中华散文百家

主　编◎乔继堂
编　委◎鄢晓霞/李剑霞/李晓丽/崔人元

中华散文百家

邹韬奋◎著

刘宏标◎选 编

邹韬奋散文

散文百家

上海图书馆馆藏经典阅读

上海科学技术文献出版社

出版说明

在中国文学史上，散文具有突出的地位，这恐怕是谁也不能否认的。在文体以有韵无韵区分的时代，散文与韵文相对，固然得占大半壁江山；即使是到了诗歌、散文、小说、戏剧四大文学体裁齐备的时代，散文亦是一方重镇。近世以来，其他文学样式尤其是小说等长足发展，但散文依然焕发着耀眼的光彩，不但有作家钟情此种文体，专事散文随笔的创作而卓成大家，即使以其他体裁创作为主的作家，也或多或少地从事过散文写作；而且由于散文体裁较为广泛的适用性，众多不以作家名世的人也留下了丰富的散文作品。这些散文作品不仅是我们的文学遗产，也是我们的思想文化遗产，其所蕴涵的滋育我们的营养真可谓“无穷无尽”。正是为了较为系统地整理这笔宝藏，挖掘其丰富营养，我们编辑出版了这套丛书。

这套丛书计划以二十世纪初为起点，以人为单位，从我国历代散文作家中选取名家精品，汇成丛集。入选作者除专门的散文家之外，自然也包括其他作家，甚至不以作家名世的作者；与此相应，不仅选取狭义的纯粹散文作品，也选取那些在历史上曾经影响甚巨但不那么纯粹的大散文作品，从而不仅体现散文的文学价值，更体现散文创作在思想文化方面的价值。也可以说，这是这套散文丛书最为突出的特色——不仅是文学的，更是思想文化的；不仅关乎写作技巧，更是关乎素质养成；不仅可供了解作家作品，更可以由此体察历史洪流、社会巨变的大风景……

丛书所选各家散文的编排，或按其原集编排，或重新分辑编排，一视作者原作情况而定。选文除作必要的技术处理外，其余一仍其旧，以见作品原貌。为了阅读的方便，对一些于今天的读者不太熟悉的专门术语等作了适当的注释。关于具体的编选情况，以及作者及其作品的情况，每一集后缀以编后语，给以简略的说明。

丛书计划分批相对集中出版，先期推出二十世纪上半叶的名家名作，随后向两个方向延伸，陆续成其规模，期于有所贡献。

愿广大读者襄助之；愿广大作者襄助之。

上海科学技术文献出版社

目　录

爱与人生

天下极乐之根源莫如爱，天下极苦之根源亦莫如爱。然苟得爱之胜利，则虽极苦之中有极乐存焉。则谓爱亦极苦之根源，实表面之谈。谓爱为极乐之根源，乃真天地间万古不磨之真理也。其势力盖足支配芸芸众生，无有能越其界限者。得之则人生有价值，不得则人生无价值。知此则人生有乐趣，不知此则人生无乐趣。爱为人生之秘机，爱为人生之秘钥。人兽之别，即系乎此。

天地间爱之最真挚者有二，曰母子之爱与夫妇之爱。孟子谓“三军可夺帅，匹夫不可夺志”。母子之爱与夫妇之爱，虽赴汤蹈火，绝脰（诛身，有）不能损其毫末者。其精神直可动天地，泣鬼神，莽莽大地，芸芸众生，至德极善，无以逾此母子之爱占人之前半生，夫妇之爱占人之后半生。人之一生，盖为爱所抚养，爱所卫护，爱所浸润，爱所维持。人生无爱毋宁死，人生有爱虽死犹生。

母子之爱与夫妇之爱皆本诸天性，与有生俱来，不过表显有先后。其潜伏于本能中，则因其同为天地间最纯最洁之爱，根源即在乎此。

儿童终日与慈母相依，亲近抚爱，融和如春。无第三人离间其间。母子心目中，除爱外，无所用其顾忌，无所用其避嫌，无所用其抑制。故能存其天真，保其真爱。

夫妇之爱，其出于天性，与母子同。然在吾国则但见母子之爱，至于夫妇间则十八九皆冷淡如路人，与天性适相背驰，则又何哉？

吾固已言之，母子之爱占人之前半生，夫妇之爱占人之后半生。若仅得母子之爱而缺夫妇之爱，则谓大多数人仅生得一半。前半生有其生命，后半生虽生犹死，殆非过言。呜呼，何吾国死人之多也。吾为此惧，请为国人一采其致死之由。

最先由于基础之错误，正当婚姻应先有恋爱而后有夫妇。吾国之大多数婚姻固无所谓恋爱，即有恋爱亦往往在名分已定之后。其间出于不得已者居十之八九。此其遗憾，虽女娲再世，无力填补。夫人无愉快欣慰之怀，而希冀其常有和气迎人之笑容温语，固不可得。若虽有愉快欣慰之怀，乃非由衷心，出于勉强，则其表面即强作笑容，其实际盖吞声饮泣，有不足为外人道者。即有笑容温语亦暂而不久，伪多而真少也。明乎此，则吾国夫妇间何以冷淡如路人，其原因可不待辩而自明。盖本无所爱，不能强作爱之表现。犹之乎本无母子之情，而欲强一任何妇人视一任何儿童如己子，强一任何儿童视一任何妇人如己母，除于戏台上一时扮装之外，遍天地间不可得也。呜呼，彼本为路人又安怪其冷淡如路人哉。

其次由于腐儒之提倡陋俗。吾国腐儒所极力提倡之陋俗，足以摧残夫妇间之和气生气，使之灭息无复有余烬者，莫如“夫妇相敬如宾”及“举案齐眉”各谰言。吾人聚素心人促膝谈心于一室，无所拘束，无所顾忌，言笑自如，各畅所怀，行坐任意，举止自由，其快乐安慰较与新客同座，端坐拱手，唯诺随人，其相差岂可以道里计。然而吾人对于素心人之情谊，较与新客之情谊，又何若。今以夫妇之亲且爱，而劝其相敬如宾，已近囚狱，苟益以举案齐眉之行为，则径可以加以锣鼓与猴戏比其优劣矣。此虽为例不多，常人未必皆尝行此，然有腐儒举为鹄的以示模范，其流弊所及，足以丧尽能医众苦之真爱而有余。腐儒不足责，吾惟祷其速死。活泼有为之青年，安可不稍稍运其思想，一洗陋俗，而勿再为半死之人。当知“恭恭敬敬”、“客客气气”，皆为招待路人之良法。至于夫妇之间，则以融和怡悦为尊尚。

最后由于腐败之大家族环境，一人前半生所享受之母子之爱，无人间之，后半生所享受之夫妇之爱，则在吾国之陋俗，有多端之离间。其最甚者，莫如腐败之大家族环境。夫妇之爱，无论如何其受授及享用，皆绝对仅限于当局之二人，不容有第三人搀杂其间。吾信此实可为社会学中之一定律。欲保持此定律之价值及完备，其第一条件，在有小家庭制度。若在腐败之大家族环境内，则欲搀杂或破坏，最少亦有阻碍之力者大有人在。苛虐之翁姑固无论已，即叔伯妯娌亦居间阻碍。此数人而能与此小夫妇团结一气，则将二人之爱而推广扩充之，成为数人之爱。爱之本身，固尚自若，无如夫妇之爱无论如何绝对限于当局之二人。谓此为我所发明之社会学中定律，亦无不可。即当局愿让，旁人亦无福消受。旁人既无能消受，乃无时不肆其谗谤倾轧之伎俩。当局为避嫌计，不得不敛其爱之形迹。于是虽于彼此言笑之间，苟非在晏居之处，未有不存戒心者。而其尤当力戒以避人耳目者，莫甚于亲爱之态度。戒之既甚，易之者舍冷淡莫属。冷淡既久，爱之精神亦随之湮没。盖精神虽为表现之本，表现亦助精神之长存。久作愁眉哭脸之人，心境亦随之俱移。此则心理学家所证明，非区区一人之私言也。呜呼，腐败之大家族环境。庆父不去，鲁难未已。此恶不除，家庭永无改良之由。半死之人遍国中，永无超度之期矣。或曰，子喋喋言爱与人生，人生所贵亦在为人类“服务”Service 耳。仅孜孜于爱之为言，何见之未广乎？曰，基督教之精粹在为人类服务，而其精义则以爱置于希望之前，人生得全其爱则学识道德及事业皆得其滋养而日增光辉，服务之凭藉亦全在乎此。子乃不揣其本而齐其末，殆亦半死之流亚欤。吾复何言。

（原刊 1922 年 3 月《约翰声》第 33 卷第 2 号）

有效率的乐观主义

有一个名词，个个人的脑子里都应该有的；个个人的心里都应常常想到，常常念着的，这就是“乐观主义”。一个人的目的愈远，计划愈大，他的工作所经过的途径也愈远；在前进的时候，有许多愁虑、困难、穷苦、失望，都是当然要碰到的。乐观主义的人，就是不怕这些恶魔，反而振起精神，抱着希望，向前干去！倘被恶魔所屈服，便亡了；倘能战胜恶魔，便是胜利！

凡是要做得好的事情，都不是随随便便就行的，都不是容易的。你自己要立于什么地位？要达到什么地步？情愿付什么代价？你所希望的地位或地步总在那里，不过必须先付足了代价的人，才能“如愿以偿”。沿着大成功的一条路上，有许多小失败排列着，最后的成功是在能用坚毅的精神，伶俐的眼光，从这许多小失败里面寻出教训，尽量地利用它，向进猛进。而这种“寻出”和“尽量的利用”，惟有抱乐观主义的人才能够办到。牛顿发明地心吸力学说的时候，全世界人反对他；哈费（Harvey）发明血液循环学说的时候[①]，全世界人反对他；达尔文宣布进化律的时候，全世界人反对他；白尔（Bell）第一次造电话的时候[②]，全世界人讥诮他；莱特（Wrihgt）初用苦工于制造飞机的时候[③]，全世界人讥诮他。讲到孙中山先生，最初在南洋演讲革命救国的时候，有一次听的人

---

① 哈费：今通译哈维（1578—1657），英国生理学家、医学家，著有《心血运行论》。

② 白尔：今通译贝尔（1847—1922），美国发明家，电话的发明者。

③ 莱特：即莱特兄弟（兄 1867—1912，弟 1871—1948），美国飞机发明家。1903年设计、制造出世界首架飞机。

只有三个。这许多人都要抱着乐观主义，极强烈的乐观主义，使他们能战胜全世界的糊涂、盲从、冷酷、恐怖、怨恨、反抗。而且工作愈伟大，所受的反抗也愈厉害，简直成为一种律令，对付这种厉害的反抗，最重要的工具是乐观主义。

有许多人以为乐观主义的人不过是“嘻皮笑脸”，“随随便便”，“一切放任”，“撒撒烂污”，“得过且过”，“唯唯诺诺”。请君切勿误信这种谬说。真正的乐观主义的人是用积极的精神向前奋斗的人，是战胜愁虑穷苦的人。这类的苦境，常人遇着，要“心胆俱碎”，“一蹶而不能复振”的；只有真正乐观主义的人才能努力奋斗，才敢努力奋斗！所以讲到乐观主义还不够，要有“有效率的乐观主义”才行。

（原刊 1927 年 4 月 24 日《生活》周刊第 2 卷第 25 期）

闲暇的伟力

“闲暇”两个字，用再平常一点的话讲起来，就是“空的时候”。

金屑：在美国费列得费亚的造币厂地板上，常用造币材料余下小如细粉的金屑，看过去似乎是很细微不足道，但是当局想法把它聚集拢来，每年居然省下好几千圆的金洋！能用闲暇伟力的成功人，也好像这样。

短的闲暇：我们常听见人说：“现在离用膳时候只有五分钟或十分钟了，简直没有时候可以做什么事了。”但是我们试想世界上有多少没有良好机会的苦儿，竟利用许多短的闲暇，成功大业，便知道我们所虚掷的闲暇时间，倘若不虚掷，能利用，已足使我们必有所成。此处闲暇时间外的本来的工作时间尚不包括在内，可见闲暇的伟力，真非常人所及料！

格兰斯敦：格兰斯敦是英国最著名的政治家[①]，他的法律的政治的名著，世界上研究法律政治的人无不佩服的。但是他一生无论什么时候，身边总带一本小书，一有闲暇的时候，就翻来看，所以他日积月累，学识渊博。大家只晓得他的学识湛深，而不晓得他却是从利用闲暇伟力得来。

法拉台：法拉台（Michael Faraday）是电学界极著名的发明

---

① 格兰斯敦：今通译格累斯顿（1809—1898），英国政治家，曾作为自由党人四度出任首相。

家[1]。他贫苦的时候是受人雇用着订书的，一天忙到晚；但是他一有一点闲暇，就一心一意做他的科学试验。有一次他写信给他的朋友说："我所需要的就是时间，我恨不能买到许多'写意人'的'空的钟头，甚至空的日子'。"但是有"空的钟头""空的日子"的"写意人"，反多一无贡献，和"草木同腐"，远不及"一天忙到晚"的法拉台，就在他能利用闲暇的伟力。

虽忙：一个人虽忙，每日只要能抽出一小时，如果用得其法，虽属常人也能精熟一种专门科学。每日一小时，积到十年，本属毫无知识的人，也要成为富有学识的人。

心之所好：尤其是年轻的人，在本有工作之外，遇有闲暇时候，总须有一种"心之所好"的有益的事做。这种事和他原有的工作有无关系，都不要紧，最要紧的是真正"心之所好"，有"乐此不疲"的态度。

现今："现今"的时间。是我们立志可以作任何事的"原料"；用不着过于追想"已往"，梦想"将来"，最重要的是尽量地利用"现今"。

（原载 1927 年 10 月 9 日《生活》周刊第 2 卷第 49 期）

---

① 法拉台：今通译法拉第（1791—1867），英国物理学家，近代电磁学的奠基人。著有《电学实验研究》等。

走狗

“走狗”这个名称，大家想来都是很耳熟的。说起“走”这件事，并不是狗独有，猪猡会走，自称“万物之灵”的人也会走，何以独有“走狗”特别以“走”闻名于世？飞禽走兽，飞是禽的本能；走是兽的本能；这原是很寻常的事实，并不含有褒贬的意味。但是“走狗”的徽号，却没有人肯承认——虽则这个人的行为的的确确地是在表示着他是一位道地十足的走狗；换句话说，被人称为走狗，大概没有不认为是一件大不名誉的事情。你倘若很冒昧地对你的朋友当面说“老兄是个走狗”，无疑地是得不到什么愉快的反应的。这又是什么道理呢？

玩狗是西洋女子的一件很普遍的消遣的事情——这些女子当然是属于有闲阶级的。中国的“阔”女子中也有很少数的染着这样的“洋气”。听说中国某著名外交官的太太便极爱养狗，养了十几只小哈吧狗，她的丈夫贵为公使，有时和她出门带着秘书，一等秘书二等秘书三等秘书等等要很小心谨慎地替她抱狗，恭恭敬敬地侍候着。但这在中国，究竟寥寥可数，所以我们未曾做过著名外交家的骄贵太太的随从者，对于玩着狗的游戏，究竟不易得到“赏鉴”的机会。依记者“萍踪”所到，在英国看见太太小姐们拖着狗在公园里或小山上从容闲步的很多。我在伦敦有一处住宅的附近有一个很广大的草原（Hampsterd Heath），遇着星期日，在这里游行的男女老幼非常的多，你在这里可以看见许多妇女手里拖着一只小狗。有许多把拉狗的皮带解下，让狗自由地随着。在这种地方，我才无意中仔细看出走狗的特色。你可常看到这种随着的小狗，它的主人可随便地带着它玩，无不如意。它的主人把一只皮球往前远抛，它就兴会淋漓地往前跑，拼命把那个皮球抓着衔回来给它的主人；它的主人再抛，它再跑，再拼命抓着球衔回来。有的没有带着皮球，只要拾着一根树枝，也可以这样抛着玩。这大草原上有池塘，有的狗主人领着狗走进池边，把一根树枝抛在池里远处，呼唤着狗去衔回来，这狗也兴会淋漓地往小池里钻，拚命游泳过去，很吃力地把那根树枝衔回来，主人顾盼着取乐。至于这主人是怎样的人，平日干的什么事，叫它干的是什么事，有什么意义，有什么效果，在这疲于奔命的走狗，并没有什么分别，只要你豢养它，它就对你“唯命是听”。自号“万物之灵”的人类里面的走狗，最大的特色，无疑地也是这个和狗“比美”的美德。其实“衣冠禽兽”的人类中的“走狗”较真的走狗，还要胜一筹的，是真的走狗除非是疯狗，至多是供人玩玩，有的在乡村里还能担负守夜的责任，“衣冠禽兽”中的“走狗”却要帮着豢养他（或它）的主子无恶不作，越“忠实”越“兴会淋漓”就越糟糕！在这种地方也可以说是人不如狗，不要再吹着什么“万物之灵”了。

个人自由与国家自由

——与民生有密切关系的民权主义之研究

法国革命时候所用的口号是自由，平等，博爱三个名词，犹之乎中国现在革命所用的口号是民族，民权，民生。西方各国民权的昌盛是由于力争个人的自由，所以外国学者往往把“民权”和“自由”并称。但是我们所争的自由和他们便有点不同：他们重在争回个人的自由；我们重在争回国家的自由。我们所提出的革命目标，既要大家都起来奋斗，一定要和人民有切肤之痛的，才能唤起大家热心来附和。所以我们要切实明了我们自己的境地，不可抄袭他国的唾余来胡乱附会的。

西方各国为什么要力争个人的自由而后才获得民权呢？这是因为当时君主的专制达于极点，干涉人民的言论自由，思想自由，行动自由……，各个人受了那样残酷的专制，深感不自由的痛苦，所以要奋斗去争个人的自由，解除那种痛苦。那种痛苦解除了，民权便盛起来。至于中国的情形便不同了。历代的皇帝最重要的是保皇位。除对于侵犯皇位的严刑外，人民做什么事，皇帝便不理会。人民方面除纳粮外，对于政府也没有什么关系。所以就中国人民的个人方面说，向来没有受过什么大不自由的专制痛苦。我们所受的痛苦是因为国家不自由所给予的间接的痛苦。因为中国衰弱，受了外国的政治经济与人口的压迫，没有力量抵抗，弄到民穷财尽，生路日蹙。所以我们要团结起来，成为一个大团体，争回独立的国家自由。

（原刊 1927 年 7 月 3 日《生活》周刊第 2 卷第 35 期）

久仰得很！

说谎话是恶习惯，是不名誉的事；这是大家都知道的，但是在中国社交方面，有一种“当面说谎话”而犹自以为“有礼貌”！

寻常遇着一位生人，无论是由自己问起“尊姓”“大名”，或是由熟友介绍，第一次总要说一句“久仰得很”！这句话对于真有声望的人说，还说得去；但通常无论第一次遇着阿猫阿狗，总要说“久仰得很”！嘴里尽管这样说，心里到底“仰”不“仰”，似乎一点不管！

有一次我遇某校开校友会，欢迎该校新校长，开会之前，那位做主席的朋友，未曾问清那位新校长的“大名”，后来他立起来致开会词，大说“这位新校长是我们久仰得很的”。开会辞说完之后，他要想请新校长演说，叫不出他的“大名”，只得左右顾盼，窃问他的“大名”，窃问了还不够，还要张着喉咙宣言：“这位新校长的大名，我还没有请教过，对不住得很！”连“大名”都没有听见过，居然“久仰得很”，不知道他到底“仰”些什么？

西俗第一次看见生人，常说“我见着你很愉快”，说这句话的人到底心里愉快不愉快，当然也很难说，但是比对于一点不知道的人大吹其“久仰得很”，似乎近情些。

（原刊1927年10月2日《生活》周刊第2卷第48期）

集中的精力

不分散精力于许多不同的事情，专心一志于一件最重要的事业，这是现今世界上要成功的人的一种极重要的需求。在这种需要集中注意集中精力的时代，凡是分散努力不能有所专注的人，绝无成功之望。

大不同：成功者与失败者大不同之点，并不在他们所做的工作的分量，是在乎他们工作的效率。有许多失败的朋友，他们所做的事并不少，讲到量的方面，与成功的人比起来，并无逊色。但是他们却是瞎做，不晓得利用机会，不晓得由失败里面获得教训；他的大毛病就是身手虽在那里做，精神上却没精打彩的，并未曾用他全副精力，专注于此，所以虽然做了，徒然白费工夫。

无目的：这种人只晓得埋头苦做，你倘若问他目的何在，他就瞠目莫知所对。我们要知道，我们要寻得什么东西，心里先要存着要寻得这东西的观念，否则物且无有，何寻之有？环集于花上的昆虫，不止蜜蜂，但是采蜜以去的只有蜜蜂。

不但用于工作：集中的精力，不但宜用于工作，就是研究学问，非集中精力，一定像走马灯一样；就是游戏，也非集中精力去玩，不能获到休养身心的良果。

说得好：钦斯来（Charles Kingsley）说得好：[①]“我专心致志于一件事情的时候，好像在世界上只有这一件事。”惟其能如此，所以关于这事的前前后后，无不留心，无不竭精殚思，便做成有智力

---

① 钦斯来：今通译（查尔斯·）金斯利（1791—1875），英国作家、牧师，著有《英雄们》等。

的工作（intelligent work），不是瞎撞的事情。

小孩子：你若教一个小孩子学走路，引诱他的眼睛望着一件特殊的东西，他便精力集中，望着这件东西走，特别稳妥，特别敏捷，你倘若在各方诱他叫他，他便分散注意力，上你的当，一失足便跌了下来。这件小事很可以说明集中精力的妙用。

艺术：试就艺术说，无论什么真正的艺术，明确的目标，是其中一个重要的特色。如果有一位画画的人，他把许多观念，同时都堆入一张帆布上画了起来，并无或轻或重之处，便是画成一张乱七八糟的画，决不能成为一位画家。真正的画家，却要利用种种的变异，把一个最主要的意思托现出来，好像其他许多景物，许多光线，许多颜色，都是向着那个主要的意思为中心，共同把他表现出来。

人生：人生也是如此，所以良好和融的生活，无论才能如何广阔，学识如何丰博，一生总须有一个做中心的大目标。在此目标之下，才能学识等等都好像是附属物，共同把他逐渐表现出来，陪衬出来。

（原刊 1927 年 10 月 16 日《生活》周刊第 2 卷第 50 期）

敏捷准确

成功是一对父母产出的宁馨儿——敏捷与准确。无论哪一位成功的人物。他一生里面总有“一发千钧”、“稍纵即逝”的重要关头，当这种时候，倘若心里一游移不决，或彷徨失措，就要全功尽弃，一无所成！

错误：遇着事就敏捷去做的人，就是偶有错误，也必终抵于成功！一个因循耽误的人，就是有较好的判断力，也必终于失败。

救星：一人不幸做了“迟疑不决”的牺牲者，其唯一的救星是“敏捷的决断，果敢的行为”。

欺人：对事要敏捷，还要准确。与人交际人最寻常而却最神圣的准确是践约。与人约了一定的时候，临时不到或迟到，除有真正的万不得已的理由外，便是一件有意欺人的事情，在新道德方面是一件切忌的恶根性。

华盛顿：华盛顿做总统的时候，常于下午四点钟在白宫宴请国会议员①，有的时候有几位新议员到得迟，到的时候看见总统已坐在那里吃，不舒服的意思形于神色，华盛顿便老实对他们说：“我的厨子只问预约的时间到了没有，从来不问客人到了没有。”

拿破仑：拿破仑有一次请几位他的大将用膳，到了预约的时候，那几位大人还没有到，他一个人大嚼一顿。等他们来了，他已经吃完，离座对他们说：“诸君，用膳的时候过了，我们立刻要去

---

① 白宫在1792年开工，1800年竣工。华盛顿的任期与白宫建成后的时间无重叠。

办公。”

信用：敏捷是信用之母。敏捷最能证明我们做事有序，做得好，使人信任我们的能力。至于确守时间的人，常是能够守信的人，也就是可恃的人。

（原刊1927年10月23日《生活》周刊第2卷第51期）

随遇而安

一个人要有进取的意志，有进取的勇气，有进取的准备；但同时却要有随遇而安的工夫

姑就事业的地位说，假使甲是最低的地位，乙是比甲较高的地位，依次推升而达丙丁戊等等。由甲而乙，由乙而丙，由丙而丁……中间必非一蹴而就，必经过一段历程。换句话说，由甲到乙，由乙到丙……的中间，必须用过多少工夫，费了多少时间，充了多少学识，得了多少经验，有了多少修养。

倘若未达到乙而尚在甲的时候，心里对于目前所处的境遇，就觉得没有乐趣，希望到了乙的地位才能安泰；到了乙，要想到丙，于是对于那个时候所处的境遇，又觉得没有乐趣，希望到丙的地位才能安泰……这样筋疲力尽的一辈子没有乐趣下去，天天如坐针毡，身心都觉没有地方安顿，岂不苦极！

所以我们一面要进取，一面对于目前所处的地位，要能寻出乐趣来，譬如在职务上有一件事做得尽美尽善，便是乐趣；有一事对付得当，又是乐趣。在甲的时候，有这种乐趣；在乙的时候，也有这种乐趣；岂不是一辈子做有乐趣的人？这便是随遇而安的工夫，这样的随遇而安是积极的，不是消极的。彻底明白了此中真谛，真是受用无穷！

（原刊 1927 年 11 月 13 日《生活》周刊第 3 卷第 2 期）

坚毅之酬报

一个人做事，在动手以前，当然要详慎考虑；但是计划或方针已定之后，就要认定目标进行，不可再有迟疑不决的态度。这就是坚毅的精神。

大思想家乌尔德（William Wirt）[①] 曾经说过："对于两件事，要想先做哪一件，而始终不能决定，这种人一件事都不会做。还有人虽然决定了一件事的计划，但是一听了朋友的一句话，就要气馁；其先决定这个意思，觉得不对，既而决定那个意思，又觉得不对；其先决定这样办法，觉得不对，既而决定那样办法，又觉得不对；好像船上虽然有了罗盘针，而这个罗盘针却跟着风浪而时常变动的；这种人决不能做大事，决不能有所成就，这种人不能有进步，至多维持现状，大概还不免退步！"

有一个报界访员问发明家爱迭生："你的发现是不是往往意外碰到的？"他毅然答道："我从来没有意外碰到有价值的事情。我完全决定某种结果是值得下工夫去得到的，我就勇迈前进，试了又试，不肯罢休，直到试到我所预想的结果发生之后，我才肯歇！……我天性如此，自己也莫名其妙。无论什么事，一经我着手去做，我的心思脑力，总完全和他无顷刻的分离，非把他做好，简直不能安逸。"

坚毅的仇敌是"反抗的环境"，但是我们要知道"反抗的环境"正是创造我们能力的机会。反抗的环境能使我们养成更强烈的

① 乌尔德：今通译（威廉·）沃特（1772—1834），美国作家、政治家。

抵御的力量；每战胜过困难一次，便造成我们用来抵御其次难关的更大的能力。

文豪嘉莱尔（Carlyle）[①] 千辛万苦的著成一部《法国革命史》。当他第一卷要付印的时候，他穷得不得了，急急忙忙地押与一个邻居，不幸那本稿子跌在地下，给一个女仆拿去加入柴里去烧火，把他的数年心血，几分钟里烧得干干净净！这当然使他失望得不可言状，但是他却不是因此灰心的人。又费了许多心血去搜集材料，重新做起，终成了他的名著。就是一天用一小时工夫求学问，用了十二年工夫，时间与在大学四年的专门求学的时间一样，在实际经验中参证所学，所得的效益更要高出万万！

（原刊 1927 年 11 月 27 日《生活》周刊第 3 卷第 4 期）

---

① 嘉莱尔：今通译卡莱尔（1795—1881）：英国历史学家、散文家，著有《法国大革命》、《论英雄、英雄崇拜及历史上的英雄主义》。

干

南方人说“做”，北方人说“干”。我近来研究所得，觉得最好的莫如干，最不好的莫如不干。这个地方所指的事情，当然是指宗旨纯正的事情，不然做强盗也何尝用不着干。

天下事业的成功是没有底的，人生的寿数是有限的。无论哪一种学业或哪一种专学，决不是可由任何个人所能做到“后无来者”的。但是在某一专业或某一专学，我实际果然干了，能成功多少，便在这种专业或专学进步的成绩上面占一小段。继我努力的同志，便可继续这一小段后面再加上去。这逐渐加上去的小段，他的距离或长或短，换句话说，那一段所表示的成功或大或小，当然要看干的人的材智能力。但紧紧的是要干，倘若常常畏首畏尾而不干，便决无造成那一段的希望。

要养成“干”的精神，先要十分信仰天下事果然干了，无论大小，迟早必有相当的反应或结果，决不会白费工夫的。

有了这个信仰，还要牢记两点：（一）不怕繁难。愈繁难愈要干，只有干能解决繁难，不干决不能丝毫动摇繁难。（二）不怕失败，能坚持到底干去，必能成功，就是成功前所经过的失败，也是给我们教训以促进最后成功的速率。就是我个人一生失败，这种教训也能促进继我者最后成功的速率。所以还是要奋勇地干去。若不干，固然遇不着失败。也绝对遇不着成功。

（原刊1928年1月8日《生活》周刊第3卷第10期）

感　情

我们待人，金钱的势力有限，威势的势力也有限，最能深入最能持久的是感情的势力，深切恳挚的感情，是使人心悦诚服的根源。

我们的亲属，或是我们的挚友，其中若有不幸而离开人世的，我们不自禁其鼻酸心痛，悲哀涕哭；听见有一个不相识的路人在门口被汽车轧死，我们至多悯惜而已，决不至流出眼泪来。亲属挚友是人，路人也是人，然而或悲或不悲，不过一则有感情，一则无感情而已。

友人某君在某机关居于领袖的地位，他对于其中的职员，除公事外，对于各人的私事，各人家庭状况之困难情形，个人疾病之苦痛情形等等，都很关切，时常查询慰问，有可以帮忙的地方无不热诚帮忙，所以许多同事视他不仅是公事上一个领袖，也是精神上得着安慰的一个良友。

又有一个机关的领袖，他的学识经验都很使人佩服，但是我问起他机关里职员对于他的感想怎样，所得的答语是："我们对于他敬则有之，不过感情一点儿没有！"我追求其故，才知道这位领袖于公事之外，对于同事私人的事情，从来没有一个字问起。你就是告了几天病假，来的时候，他把公事交给你就是了，问都不问，慰问更不必说！依他那样的冷淡态度，你死了，他就移原来薪水另雇一人就是了，心里恐怕一点不觉得什么！所以替他做事的人，也不过想我每月拿你多少钱，全看钱的面上替你做多少事，如此而已，至于个人的感情方面，直等于零！

上面那两个机关，在平日太平的时候，也许看不出什么差异，一旦有了特别的事故来，如受外界的诱惑或内部的意见而闹风潮的时候，结果便大不同了。

我还有一位朋友在上海某机关服务，他是常州人，不幸生了病，回乡去卧了一个多月，他那个机关里的领袖三番五次的写信慰问他，叫他尽管静养，不要性急。他说当时捧读这种情意殷切的信，真觉得感慰交并，精神上大为舒服，简直可以说于医药之外，也是促他速愈的一个要素！

我们倘能平心静气从这类事实上体会，很可以看出待人的道理；我们平日待人的时候，很要在这种地方留神，也可以说是做人处世的一种道理。

（原刊1928年8月12日《生活》周刊第3卷第39期）

肉麻的模仿

模仿本来不是坏事情，而且有意义的应需要的小模仿反是一件极好的事情，例如模仿外国货以塞漏卮，模仿强有力的海陆军以固国防，模仿良好品性以正心修身，何尝不好？但是无意识的模仿，便有不免令人肉麻的地方。

自从《胡适文存》出版之后，好了！这里出一部“张三文存”，那里又出一部“李四文存”！好像不印文集则已，既印文集，除了“某某文存”这几个字外，就想不出别的稍为两样一点的名称！我看了实在觉得肉麻！这种没有创作精神的“文豪”，只怕要弄到“文”而不“存”！

还有许多做文章的人，见别人用了什么“看了……以后”作题目，于是也争相学样，随处都可以看见“听了……以后”，“读了……以后”的依样画葫芦的题目，看了实在使人作呕！我遇见这一类题目，便老实不再看下去，因为“以后”的内容也就可想而知！

交易所初开的时候，随处都是交易所，好像除了交易所，没有别的生意好做！后来跳舞场开了，也这里一家，那里一家，好像可以开个不完！不细察实际需要而盲目模仿的事业没有不失败的，交易所和跳舞场便是好例。现在又群趋于开设理发店，将来若非一个人颈上生出两个头来，恐怕不够！

即讲到本刊的排印格式，自信颇有“独出心裁”的地方，但是近来模仿我们的刊物，已看见不少，听见有一种刊物的“主人翁”竟跑到印“生活”的那家印刷所，说所印的格式要和“生活”“一色一样”！我们承社会的欢迎，正在深自庆幸，并不存什么“吃醋”的意思，不过最好大家想点新花样，若一味的“一色一样”，觉得很无味。

我们以为无论做人做事，宜动些脑子，加些思考，不苟同，不盲从，有自动的精神，有创作的心愿，总能有所树立，个人和社会才有进步的可能。

（原刊 1928 年 8 月 12 日《生活》周刊第 3 卷第 39 期）

高　兴

咱们孔老夫子有个最得意的门生，《论语》里说他“一箪食，一瓢饮，在陋巷，人不堪其忧，回也不改其乐”。[①] 这位颜先生并非因为没菜吃，住在破烂的房子，做了这样的一个“穷措大”而不快乐。他所以还能那样高兴，是因为他对于所学实在津津有味，所以虽穷而不觉得；虽然穷得“人不堪其忧”，而他因为有心里所酷爱的学问在那里研究得实在有趣，所以仍是一团高兴。这段纪事并不是奖励人做穷人，是暗示我们总要寻出自己所高兴学的，所高兴做的事情，高高兴兴地去学，高高兴兴地去做。

电影发明大家爱迭生幼年穷苦的时候，[②] 就喜欢作科学的实验；他十几岁在火车上作小工的时候，有一天藏在火车里预备实验用的玻璃瓶偶因震动倒了下来，硝镪水倒了满处，给管车的人狠狠的打了两个耳光，把他一搂，丢到火车的外面去！他虽这样的吃了两个苦耳光，到老耳朵被他弄聋，但是他对于科学的实验还是很高兴的继续的干去，不因此而抛弃，因为这原是他所高兴学的所高兴做的事情。

这样的“高兴”精神，是最可宝贵的东西：我们倘能各人寻出自己所高兴学的所高兴做的事情，朝着这个方向往前做去，把所学的所做的事，好像和自己合而为一，这真是一生莫大的幸福。所以做父母师长的人要常常留意考察子女学生的特长和特殊的兴趣，就此方面指导他们，培养他们；做青年的人要常常细心默察自己的特

---

① 语出《论语·雍也》。

② 爱迭生：今通译爱迪生（1847—1931），美国发明家。

长和特殊的兴趣，就此方面去准备修养；就是成年，就是在社会上的人，也要常常注意自己的特长和特殊的兴趣，就此方面继续的准备修养，寻觅相当机会，尽量的发展，各尽天赋，期收最大限度的效率。

和“高兴”精神相反的就是“弗高兴”；表面上虽在那里做，而心里实在“弗高兴”，心里既然弗高兴，当然只觉其苦而不觉其乐。《国策》里说“苏秦读书欲睡，引锥自刺其股，流血至踝！”历来传为佳话，许多人称他勤苦求学的可嘉！我以为这样求学并不是因为他高兴求学而求学，并不是因为他觉得求学中有乐处而求学，乃是把求学当作“敲门砖”，当一件苦事做，所以这位老苏只不过造成一只“瞎三话四”的嘴巴，用来骗得一时的富贵，并求不出什么真学问来。我们以为求学就该在求学中寻乐趣，否则无论他的股刺了多深，血流了多少，我们却一点不觉得可贵，反而认为是戆徒的行为！

“高兴”精神之所以可贵，因为它是由心坎中出发的，不是虚荣和金钱以及其他的享用所能勉强造成的。在下朋友里面有某君现在从事一种高尚专门的新式职业，闻名于社会；进款也不少，出入乘着的是自备的汽车，住的是括括叫的洋房，在别人看起来，总觉得他“呒啥”了。但是我有一天和他谈起他的职业，才知道他对于所做的事情并不喜欢，而且觉得讨厌，要想拼命的赚几个钱之后改做别的事情。我觉得他在物质的享用上虽“呒啥”，而精神上的抑郁牢骚，充满“弗高兴”的质素，竟不觉得有什么做人的乐趣！我心里暗想，这位朋友真远不及箪食瓢饮住在陋巷的穷措大颜老夫子的快乐。为什么缘故？因为一个“高兴”一个“弗高兴”！做到了高兴做的事情，就是箪食瓢饮住陋巷还能高兴；做弗高兴做的事情，就是洋房汽车还只是弗高兴！

高兴的精神固然可贵，但是倘若趋入歧途，也很尴尬！上海有著名律师某君高兴于嫖，虽他的夫人防备之严有如防盗，他还是一团高兴的偷嫖。他虽十分的惧内，但是惧内的效用竟不能损他高兴的分毫，他的夫人一不提防，他就一溜烟的溜出去了！他所乘的是自己的汽车，一到了窑子的门口，总叫他的汽车夫把空车开到远远的一个地方停着，以免瞩目——他夫人的目。恰巧有一天他和一位“白相朋友”到某大旅馆开一个房间，正在征妓取乐，不料密中一疏，竟任汽车停在那个旅馆的门口。他的夫人忽然心血来潮，到他事务所来“检查”，寻不着他，于是立即乘着一部黄包车，在几条马路上大兜其圈子，实行其“巡查”，寻觅她丈夫的汽车。也算这位大律师触霉头，她凑巧寻到那个旅馆门口时，看见自己汽车的号数赫然在目。当时在汽车里正打瞌睡的汽车夫阿四，于朦胧之际忽见“太太”来了，知道“路道弗对”，便装作不知道主人到哪里去了。这位“太太”哪肯罢休，睁圆了眼睛，一把抓住阿四，大声吓道：“你不说出来，明朝停你的生意！”阿四想“停生意弗是生意经”，只得老实告诉她。于是这位发冲眦裂的“太太”三步作两步走，奔入那个房间，好像霹雳一声，把那位大律师抓了出来，立刻赏给两个结结实实的响脆耳光！那位陪伴的朋友看见来势汹汹，三十六着，走为上着，一溜烟的躲而且逃！这位大律师虽经过这一场恶剧，他现在对于嫖还是一团高兴，还是东溜西溜的偷出去。爱迭生的不怕吃耳光，吃了耳光还要高兴，终成了一个有贡献于全世界人类的科学发明家；这位大律师的不怕吃耳光，吃了耳光还要高兴，也许终至倾家荡产，弄得一塌糊涂！

还有一点，我们也要注意的，就是具有特别天才的人，如上面所说的颜回和爱迭生之流，他们的高兴精神也许开始就有，至于比较平常的人，往往要先用一番努力的工夫，做到相当的程度，才找得出兴趣来，所以努力也是不可少的，不过在努力的进程中，一面努力，一面逐渐的有进步，同时即于逐渐的进步中增加高兴的精神，也就是于努力之中有快乐，不像苏秦那样刺着股，流着淋漓的血，强做那样弗高兴的事情！

（原刊 1928 年 12 月 2 日《生活》周刊第 4 卷第 3 期）

办私室

诸君听惯了“办公室”这一个名词，忽然看见这个题目叫做“办私室”，也许疑为写错了字，或者是指洋房里面排着浴盆和抽水马桶的那个房间；其实既不是写错了字，也不是指那个与“方便”为缘的办私房间，是指虽称“办公”而实为“办私”的地方。

怎么叫做“办私”？开宗明义第一章即是安插私人。只要你做了一个什么“长”，局长也好，校长也好，或只要做了什么“理”，总理也好，协理也好，总之只要你做了一个独当一面有权用人的领袖，大领也好，小领也好，便得了无上机会去实行“举不避亲”的政策！舅老爷可任会计，姑老爷可任庶务，表老爷可任科长，侄少爷可任科员……真是人才济济，古人说“忠臣孝子出于一门”，这至少也可以说是“各种饭桶出于一门”！外面的真正的专门人才虽多，其奈不是“出于一门”何！

常语有两句话，一句是“为人择事”，一句是“为事择人”；其实能为事择人，是要办某事而选用合于此事的人才，固然是很好的事情，就是因有了人才，寻得相当的事叫他去做，也不是什么不好的事情。所最可痛的是不管事情弄得怎样糟，只要是自己的亲戚弄得饭碗算数！

但是“办公室”到底是办公的地方，只有秉公办事始能令人心悦诚服，倘若硬把“办公室”一变而为“办私室”，便极容易引起暗潮，引起纠纷。有某机关的庶务先生，因为要拉一个私人做茶房，就原有的茶房里面拣出一个“弗识相”的开除掉，弄得全体“茶博士”宣布罢工，闹得乌烟瘴气！我又亲见某机关的领袖任事十余年，全取人才主义，从不用一私人，凡有什么难问题，或同事中有所争执的事情，他数言解决，众无怨言，因为大家都知道他是大公无私，全以当前的事实为评判的对象，自然使人易于谅解。这位领袖对于“办私”的机会虽不知道利用，但据他自己对我说，他因此对于“办公”方面却大为顺利。

做领袖的人要做全机关的表率，所以尤忌在办公室里“办私”。但是任何办公室，除了领袖，还有许多职员，而办公的职员也往往各办其私。西友某君有一次很诧异的问我说道：“在外国银行里，各办事桌旁的办事员总是忙于办公，何以偶入中国的银行，往往看见许多人就办公桌上看报？”他这种话当然不能抹杀我国人办的许多银行，但是我们试冷眼观察，吾国办公机关里的职员，于办公时间内看了大报还看小报的人有多少？这种私而忘公的精神怎样的普遍！

听说外国国民看报的人比我国多得不知几何倍数，他们每日由家出外赴办公室的时候，往往利用在途中坐车的一些时间内把本日的报展开来看看，到了办公室便须认真的办公，他们真是笨伯！何以不知利用办公室里的办公时间来看看报呢？可见他们不及我国办事的聪明了！

我国办公事的人还有一种“办私”的好机会，就是滥用机关里的信封信笺，就在办公室里来写私人的信！

据梁实秋先生说他有一天接到一封从外国邮局寄来的信，那信封是免贴邮票的信封，在贴邮票的角上印着：“如有以此信封作私用者，处以二百元之罚金。”这种事情，在咱们的聪明办公者们看起来，未免要笑他们不懂得“办私室”的妙诀，以为公私何必分得如此分明，未免“小题大做”了！

我有一位朋友在某机关里服务，他告诉我说他有一位同事差不多天天在办公室里用机关里的信封信笺大写其情书，他虽“挨弗着”拜读那些情意缠绵的情书内容，但偶尔把眼角斜过去偷瞧偷瞧，但见满纸“吾爱”！这也可以算是在办公室里极“办私”的能事了！谁家女郎，得到这样多情的如意郎君，所不堪闻问的是那间表面上号称“办公室”里的事务成绩！

我又听说外国的各种机关正在那里利用种种科学的原理来增加办公的效率，我国“办私室”的效率对于“办私”方面似尚不无成绩，也许可与讲究效率的外国并驾齐驱！我们中国社会事业所以难有进步，也许是有一部分因为这一方面的成绩太好了！太普遍了！

（原刊1929年1月13日《生活》周刊第10卷第9期）

尽我所有

我们常看见有许多学英文的人，遇了用得着的时候，总怕开口，所以学校里有的请了外国人教英文，遇着师生聚会或宴会的时候，常有一堆学生躲来躲去，很不愿意和他同席，更不愿意和他多谈。这是什么缘故？也许是因为他觉得自己说得不好，怕出丑。其实你是外国人，西文是你的母音，我是中国人，本来不是说英语的，我懂得多少就说多少，能说得多好就说多好，如果说得差些，我总算“尽我所有”说了出来，有的不行的地方，有机会再学就是了，一些没有什么难为情！若本来自己不行，却扭扭捏捏、遮遮掩掩，试分析自己此时的心理，岂不是要表示我原是不错，不过不高兴说就是了！自己没有而要装做有，这便是不知不觉中趋于“伪”的一条路上去！天下作伪是最苦恼的事情，老老实实是最愉快的事情，“尽我所有”便是老老实实的态度，有了这种态度，岂但说什么英语心里无所畏，做什么都有无畏的精神，说英语不过是一种较为浅显的例罢了。

在校里做学生的时候，在课室里倒了霉被教师喊着名字，叫起来考问几句，胆小一些的仁兄，往往也吓得声音发抖，懂得两句的，只吞吞吐吐地答出了一句！这里面当然也有“撒烂污”的朋友，但是也有很冤枉的。既经懂了何以还有这样的冤枉？也是缺乏“尽我所有”的态度。有了这种态度，只要在自修的时候，“尽我所有”的能力用功，答的时候“尽我所有”的知识回答，既经“尽我所有”，于心无愧，如再不免“吃汤糰”，所谓“呒啥话头”，用文皱皱的话便是所谓“夫复何言”，我害怕要吃，不害怕也要吃，怕他作甚！这样一来，心境上成了所谓“君子坦荡荡”，不至于做“小人常戚戚”了[1]。

做学生对付功课需要这种“尽我所有”的态度，就是我们要求自身的发展，也何尝不需要这种态度。有人告诉我们说，我要升学没有钱，做不到，学生意心里又不愿，怎样好？他不知道我们要求发展只有以目前“所有”的境地做出发点，不能一步升天的！没有钱升学诚然是不幸，但是天上既不能立刻掉下钱来，学生意的人也不见得个个都无出息，也是事在人为，我们便须利用“尽我所有”的凭藉而往前做去，否则就是立刻急死也是无用的！而且我们深信果能抱着“尽我所有”的坚毅奋发的态度往前干，不怕困难的拼命的干，总有达到目的的日子！只怕我们不干！只怕我们不能“尽我所有”！

岂但无力升学的苦青年，社会无论什么人都有他们说不出的痛苦，说不出的不满意，最需要的也是这种“尽我所有”的态度，尽量利用我们所有的能力，所有的凭藉，无论或大或小，总是“尽我所有”的往前干，干到不能干无可干时再说！有了这种态度，只望着前途，只望着未来，不知道什么是困难，不知道什么是危险，不知道什么是烦闷，不知道什么是失望，但知道“尽我所有”的往前干，干到不能干无可干再说！俗语所谓“做到哪里算哪里”，一个人本来不能包办一切，本来只能“尽我所有”，此外多愁多虑多烦多恼，都是庸人自扰的事情！

这种“尽我所有”的态度，岂但从个人事业的立场言是非常需要的，就是我们想到社会的改进方面，也要有这种态度。即就全国不识字的人民一端而言，约占全数百分之八十，而现在的德国和日本，全国不识字的人仅达百分之十，国民的知识程度相差如此之远，想到以全民为基础的民国前途，很容易使人气馁。但是我们决不能因“气馁”而能为国家增加丝毫的进步，也只有抱定“尽我

---

① “君子坦荡荡”、“小人常戚戚”：语出《论语·述而》。

所有”的态度，一人的力量能做多少即做多少，一团体的力量能做多少即做多少，一种刊物的力量能做多少即做多少，“尽我所有”的往前干！干一分是一分！干两分是两分！前途怎样辽远，我们不管！要“尽我所有”的向前猛进！

（原刊1929年1月20日《生活》周刊第4卷第10期）

无所不专的专家

天下无万能的人，也很少一无所能的人（除非自己糟蹋掉），倘知各就自己天赋能力的大小及趋向，加以培植，加以学力，加以经验，各自用得其当，就所专攻的学识经验以从事专业而贡献于社会，在自己则能使固有之天才获最大限度之发展，在社会则能因此而获得最大限度的裨益，此专家之所以可贵。

但在我国往往产生许多无所不专的专家，试回想从前的政界，有人今日做司法部长，隔几时可以做教育总长，再隔几时又可以做内务总长……各部的什么长，在名称上似乎是各有所专，在别国是要选各得其所的专门人才充任，在我国则凡是做了大官的人就无长不可做；这是无所不专的官僚专家；到现在此种风气还是不免。这种风气之所由来，当然有很深的历史背景。我国从前虽有所谓士农工商，但农工商是够不上受人尊崇的，只有“士”是受人尊崇的，所以一钻入私塾，就可听见什么“惟有读书高”的声浪，而所谓“士”者即是无所不专的专家，只要读过四书五经，什么事都可以干！“相”是文的，“将”是武的而读书人却可以“出将入相”，到了外面可以做将，已到了里面就可以一变而为了相！医生原是一种很专门的事业，但在“医”字之上却加一个“儒”字，称为“儒医”，儒者是读书人也，于是读书人不但可以“出将入相”，又可以由旁路一钻而做“医”。

到了现在，环境虽不无一部分的变异，而这种深入人心的“遗风余韵”还暗中滋长着，原是往往虽受有专门的教育，而却不安其分，不肯专其所专，却喜欢掮出无所不专的虚浮花样来，在社会上瞎混！有某君在文学上有了努力，并得到相当的名誉，却抛弃了他的特长和已往的经验而分心于别的不相干的事情。有某君在教育上有过相当的学识经验，不从这方面有所译述，忽然乱七八糟的发表经济学上的译著，法学上译著，政治学上的译著，反给真正有研究的人批评得焦头烂额。诸如此类的不经济的行为，不但于社会上是有害无益，而且把本人所固有的多少天赋，也随之埋没，未免可惜。

最好笑的是本国虽产生了骛外虚浮的无所不专的专家，遇有外国的专家到了，往往也把这样的态度来对他。例如美国的克伯屈博士①，他固然是美国教育界的名宿，但他的特殊贡献是在“教育法原理”，不是包括教育上的一切，而到了中国之后，我国的许多大教育家却分列日期，第几日要他讨论大学教育，第几日要他讨论中学教育，第几日要他讨论初等教育，第几日要他讨论职业教育，第几日……好像几十代祖宗在教育上未解决的一切问题都要请他来解决一下！我够不上做教育大家，当时未曾列席，不过我看报上发表了这样的日期表，念他未曾做到“中国特产的无所不专的专家”，颇替他担忧。后来在报上看见他对于各日讨论的无所不专的教育问题，所答的话里面好几处是说：“这个问题，我不敢妄断，你们要根据中国的特殊情形去解决的”，这不是这位专家“吃瘪”，实在是他未曾做到我国所崇拜的“无所不专的专家”资格！

中国“无所不专的专家”所以遍地都是阻碍真正事业的进步，他们本人不自量，无自知之明，及好出风头，固然是自己害自己，而社会却也不能辞其咎，因为一个人无论你专了什么，一旦成了什么名人，社会上便当你是万能。这里请你做校董，那里请你做董事；你的文章尽管狗屁不通，有人争先恐后的请你做广告；你的字尽管写成鬼样子，有人争先恐后的请你题签；甚至包医花柳病的文序上，也要拉你写一个尊姓大名！

---

① 克伯屈：今通译基尔帕特里克（1871—1965），美国教育家、哲学家。著有《设计教学法》、《教育哲学纲要》。

无所不能的人实在是一无所能，无所不专的专家实在是一无所专，即有一知半解，决难有深入的研究心得，更说不到对社会有真正实际的贡献，不过把浮薄的虚声，大家骗来骗去罢了。

天下无万能的人，人贵有自知之明，为己身事业计，为社会进步计，中国观念都有认清楚的必要。

（原刊 1929 年 7 月 7 日《生活》周刊第 4 卷第 25 期）

两看的比较

书我所欲也，电影亦我所欲也，二者常可得兼，这倒是我自己的一件幸事。依区区的经验，看书和看电影很有可以比较的地方：

我们在看电影之前，往往先要看看报上各家影戏院的广告，但是有时广告上的戏目虽很动人，你真的跑去一看，却“呒啥好看”，甚至“一塌糊涂”，高兴而往，败兴而返，于是乎颇觉得报上的广告靠不住。在下大概只于星期日下午有暇看看电影，星期日西文报纸有电影特刊，对各片内容都有较详的说明，我其先也作为参考，但他们因广告营业关系，对各戏院不得不敷衍，篇篇说明都是说好，一律的都好，便寻不出好坏的真相来，也没有什么信用。犹之乎一个朋友，你和他商量事情，你这样他说好，你那样他也说好，唯唯诺诺无所不好，这样便是一位等于没有脑子的朋友，于你是丝毫没有益处的。于是我只有另辟途径，寻出比较可恃的两法，一是认定几个可看的“明星”，是我所信任的某某几个明星主演的，大概总不至如何使我失望；二是有些欣赏程度大概相同而说话又靠得住的朋友先去看过，对我说很可以看看，我知道他尝试过了，便放心去看，大概也不至上当，因为要上当的已经被他捷足先上了，我便可以不必再蹈覆辙。（以上所说是指美国影片，国产电影至今引不起我的兴趣。）

讲到看书，也有相类的地方。有的时候，广告上所公布的书名未尝不引起我们购买之心，尤其是大擂大鼓的登大广告，某名人题签啊，某要人作序啊，说得天花乱坠，更易动人，你真的去买一本看看，也许内容大糟而特糟，你虽大呼晦气，但是腰包却已经挖过了。你要先看看各报上的书评吗？往往就是坏的也都是好的，也令人无从捉摸，因为有许多是应酬书业机关或著作人的。（《新月》月刊里的《书报春秋》却是有声有色，是一个例外，但是每期因限于篇幅，批评的本数当然还不够满足我们的“读书欲”。）西文的书籍，就是一本很寻常的教科书，你在序文里就可以看出，大都经过好几位有学问的人的校阅，校订，或指正的，著者特于序末志谢，可见他们对于读者很负责任。我国的著作大家好像个个都是大好老，大都是很能独立的著述，用不着请教人的，横竖倒霉的是读者，你买的时候他的大著总已印好出版，只要能出版发售，什么事他都可以不管了。至于翻译的作品，妙的更多，译者对于原书似乎可以不必有彻底的了解，对于这门学术似乎更不必有过深切的研究，只须拿起笔，翻开字典，逐句的呆译下去，看了就译，译了就印，印了就卖，卖了就令读者倒霉！所以像我这样经不起白挖腰包任意挥霍的读者也只得用看电影的方法：认定几个比较可靠的作者（倒不一定是名人），或常请教可靠的朋友介绍介绍。

当然，出了一个新脚色，无论是明星，或是译著家，有时我也要作初次的尝试，但如果尝试一次上了当，以后便不敢再请教。这样看来，以著述问世的人，不对读者负责似乎是仅害了读者，其实还是害了自己，因为他好像一与世人见面，就把自己嘴巴乱打了一阵，将来的信用一毁无余了。

（原刊1929年8月18日《生活》周刊第4卷第38期）

消极中的积极

据在下近来体验所得，深觉我们倘能体会“消极中的积极”之意味，一方面能给我们以大无畏的精神和勇往迈进的勇气，一方面能使我们永远不至自满，永远不至发生骄矜的观念。孔老夫子是我国历史上的一位伟人，他视富贵如浮云，是何等的消极！据他的一位很刚强的弟子子路说，他明明是“道之不行，已知之矣”，又是何等的消极！但是他却不赞成当时长沮和桀溺（均与孔子同时的隐者）一流人的行为。他自三十五岁起由鲁国往齐国，周游列国，仍冀于无可为之中而或可获得多少的结果，一直奔到六十八岁才回到鲁国。孟子说他“三月无君则皇皇然”，则又何等的积极！

无论何人不能不承认孙中山先生是我国近代史上的一位伟人，据他自述：“……虽身当百难之冲，为举世所非笑唾骂，一败再败，而犹冒险猛进者，仍未敢望革命排满事业能及吾身而成者也……”以孙先生的眼光与魄力，在当时还是“未敢望革命排满事业能及吾身而成”，其消极为何如？但是“未敢望”尽管“未敢望”，却能于“一败再败”之余“而犹冒险猛进”，其积极又何如？

以“道之不行，已知之矣”为背景，以“未敢望及吾身而成”为背景，可以说是以消极为背景；以消极为背景的积极进取，不知有所谓失望，不知有所谓失败，因为失望和失败都早在预期之中，本为常例，不足为例外。世之不敢进取者无非怕失望，无非怕失败，以消极为背景的积极进取既不怕什么失望，也不怕什么失败，则明知向前进取尚有上面所谓“例外”者可得，坐而不动则永在上面所谓“常例”者之中，两相比较，还是以进取为得计；况且进取即不幸，至多如未进取时之一无所获，则本为消极的意料中所固有，静以顺受，无所怨怼。所以我说“消极中的积极”能给我们以大无畏的精神和勇往迈进的勇气；只有不怕失望不怕失败的人才有大无畏和勇往迈进的精神。

我个人对于人生就以消极为背景，我深信有了以消极为背景的人生观，然后对于事业才能彻底的积极干去。我记得陈畏垒先生在他所做的《人生如游历的旅客》一文里有这样的几句：“我们此地不能讨论到世界的原始和宇宙的终极，但是我们每一个小我的人生，所谓‘上寿百年’，年寿上是有限制的，古人说‘视死如归’，虽没有说归于何处，而大地上物质不灭的原则是推不翻的，我们不必问灵魂的有无，我们可以说我们最后的归宿便是形体气质——仍归于所自生的世界。宗教家言所谓来处来，去处去，我们要改为来处来，还从来处去。承认了这一个前提，那么我们自少而壮而老这一段生存的时间，岂不是和‘旅行’没有两样？”我完全和他表同情，我所以对于人生以消极为背景，也是因为感觉“每一个小我的人生”在“年寿上是有限制的”，“我们最后归宿”都不免“形体气质——仍归于所自生的世界”。有了这样的感觉，我们便应该明澈的了解：我们所能做的事只有竭尽我们的能力，利用我们的机会和“生存的时间”，能为社会或人群做到哪里算哪里，决用不着存什么“把持”或“包办”的念头。再说得明白些，有一天给我做，我就欣欣然聚精会神的干去；明天不给我做，也不心灰，也不意冷。为什么呢？因为我想得穿了，我横竖要“仍归于所自生的世界”，我只能有一日做一日，有得做便做，没得做便找些别的做；我做了三十年四十年，或做了数天数年，在人类千万年的历史上有什么差异？如能给我多做几年或几十年，只要我做得好，在此有得做的时期内，已有人受到我的多少好处；做到没得做的时候，要滚便滚。有了这样的态度，便能常做坦荡荡的君子，不至常做长戚戚的小人；不但失望失败丝毫不足以攖吾心，就是立刻死了（奋斗到死，不是自寻短见的死），也不算什么一回事。

反过来想，就是有些成就，以我们在“年寿上是有限制的”“一个小我的人生”，其所作为在人类千万年历史上的事功里，所占地位之微细或犹不及沧海之一粟，只有尽我有涯之生向着无穷尽的路上前进，做多少算多少，有何足以自傲之处？所以我说“消极中的积极”能使我们永远不至自满，永远不至发生骄矜的观念，因为只有能把眼光放得远的人才能“矫首望八荒，乾坤一何大，安荣无遽欣，患难无遽憨”。（曾文正《不求》诗中语[①]。）

（原刊1929年9月22日《生活》周刊第4卷第43期）

① 曾文正：即曾国藩，他谥号“文正”。

忘　名

“三代下惟恐不好名”，一个人知道好名，他便要顾到清议，想到舆论，不敢肆无忌惮，不要脸的人当然更是不要名的人，所以好名原来不是一件什么坏的事情，有的时候也许是一种很有效的兴奋剂，督促着人们向正当的路上前进。所以我们对于好名的人，并不要劝他们一定要把好名心去掉，不过要劝他们彻底明白“名者，实之宾也”，要“实至名归”的名才靠得住。像因发明“相对论”而名震寰宇的德国科学家安斯坦①，他的名是实实在在的有了空前的发明，引起科学界的钦服，才有这样的结果，并不是由他自己凭空瞎吹出来的。你看据他的夫人说，他生平是极怕出风头的，极怕有人替他作广告的，甚至有人把他的相片登在报上，他见了竟因此不舒服了两天。可见他的名是他的确有实际的事业之自然而然的附属产物，并不是虚名，在他当初原无所容心。惟其有“实”做基础的“名”，才有荣誉之可言；若是有名无“实”的“名”，别人依你的“名”而要求你的“实”，你既然是本无所谓“实”，当然终有拆穿的时候，于是不但享不着什么荣誉，最后的结果，只有使你难堪得无地自容的“丑”。俗语谦词有所谓“献丑”，不肯务“实”而急急于窃盗虚声的人，便是拼命替自己准备“献丑”，这是何苦来！

我们并不劝好名的人不要好名，只希望好名的人能在“实”字上用工夫，既如上述：但是照我个人愚妄之见，一个人要享受胸次浩大的愉快心境，要不为“患得患失”的愁虑所围困，则热中好名

---

① 安斯坦：今通译爱因斯坦（1879—1955），美国物理学家，相对论的提出者。

远不如太上忘名。

我们试彻底想一想看，“名”除了能满足我们的虚荣心外，有多大的好处？我常以为我们各个人的价值是在能各就天赋的特长分途对人群作相当的贡献，作各尽所能的贡献，我有一分实际能力，干我一分能力所能干的事；我有十分实际能力，干我十分能力所能干的事。有了大名，不见得便把我所仅有的一分能力加到十分；没有大名，不见得便把我所原有的十分能力缩到一分。我但知尽我心力的干去，多么坦夷自在，何必常把与实际工作无甚关系的名来扰动吾心？

美国著名飞行家林德白因飞渡大西洋的伟绩而名益噪①，乃至他随便到何处，都有新闻记者张望着，追询着，甚至他和他的新夫人度蜜月，都要千方百计的瞒着社会，暗中进行，以避烦扰。这是大名给他的好处！

美国前总统现任大理院院长的塔虎脱②，最近因为生了病，动身到加拿大去养病。他原已病得走不大动，坐在一个有轮的靠椅上，用一个人推到火车站去预备上火车。他既是所谓名人，虽在养病怕烦之中，仍有许多新闻记者及摄影者包围着大摄其影，虽然经他再三拒绝，还是不免，他临时气急了，勉强跑出了椅子，往火车上钻，一面摇着手叫他们不要跟上。这也是大名给他的好处！

我们做无名小卒的人，度蜜月也好，养病也好，享着自由自己不觉得，谁感觉到他们的许多不便利？身前的名对于我们的本身已没有什么增损，身后的名则又如何？杜甫《梦李白》诗里说“千秋万岁名，寂寞身后事”，死后是否有知，我们未曾死过的人既无从知道，又何必斤斤于“寂寞”的“身后事”？况且身后的名，于我们的本身又有什么增损？例如生在二千四百七十二年前的孔老夫子，他自有他的价值，他生时自有他的贡献，后来许多帝王硬把他

---

① 林德白：今通译林白（1902—1974），美国飞行家，1927年单人驾驶单翼飞机不着陆飞越大西洋。

② 塔虎脱：今通译塔夫脱（1857—1930），美国第27任总统。

捧成“独尊”，现在有许多人硬要打倒他；或誉或毁，纷纷扰扰，他在死中是否知道？于他本身又有什么增损？

蔡孑民先生有两句诗说：“纵留万古名何用？但求霎那心太平”，我觉得可玩味。我们倘能问心无愧，尽我心力对社会有所贡献，此心便很太平，别人知道不知道，满不在乎！有了这样的态度，便享受得到胸怀浩大的愉快心境，便不至为“患得患失”的愁虑所围困，所以我说热衷好名远不如太上忘名。

（原刊 1929 年 10 月 6 日《生活》周刊第 4 卷第 45 期）

不堪设想的官化

近有一天在友人宴席间遇着上海银行界某君，听他谈起官化的乌烟瘴气，又引起我来说几句不中听的话。

这位某君也者，原是上海银行界里一个红人儿，最近被任为不久即可开幕的官商合办性质的某银行的总经理。这个银行本拟国立的，已有了什么筹备处，堂哉皇哉官办的银行筹备处难免有一个大优点，就是官化！官化的最大优点是安插冗员，养成婢颜奴膝一呼百诺吃饭拿钱不必做事的好风气。最近这个正在筹备中的银行招了若干商股，变成官商合办的性质。在招商股的时候，因为官的信用太好了，恐怕商人不信任而不肯投资，乃用拉夫手段把某君拉去做一个开台戏的跳加官。某君被拉之后，跑到官办的筹备处去瞧瞧，但见一切筹而未备，却用了许多冗员，不但冗员而已，并用了几十个冗茶房（即仆役），冗的空气总算不薄，既是够得上“冗”字的美名，当然没有什么事干，不过一大堆的奔走唱诺而已。某君想不办则已，要办只得将官办的筹备处和要办的银行划开，他不管筹备处，只管依照银行的严格办法，另行组织起来。有许多冗员来见他，做出做官的样子，俯首垂手弯背，有椅不敢坐，开口总理，闭口总理，无论何事，不管是非，总是唯唯喏喏连答几个“是”字。这在做惯了官、摆惯了臭架子的官僚，当然听了像上海人所谓“窝心”（适意也），不过这位不识抬举的某君却只重办事的真效率，听了那样娇滴滴的柔声反而觉得刺耳怪难过！看了那样百媚横生的姿态反而觉得触眼怪难受！还有许多人拿着要人的荐条，某君一概不看，有的竟说是部长叫他来见的，某君老实不客气的说这里用人是以办事能力为标准，部长和这里是没有关系的。他几日来天天要抽出大部分的时间来见客，都是要这样对付一班阔人背后的饭桶，简直好像和他们宣战！

有所不为而后有为。某君原有他自己的银行事业，对于那个银行的总经理可干可不干，所以不为官化毒气所包围，那个银行的前途有些希望，也许就在这一点。由官化的人物主持的官化的机关，好像霉了的水果，没有不溃烂的。无论何事，由这种人办起来，公款是不妨滥支的，私人是不妨滥用的，至于办事的效率却是他脑袋里始终连影子都不曾有过的东西。

（原刊 1929 年 12 月 1 日《生活》周刊第 5 卷第 1 期）

明哲保身的遗毒

富有阅历经验的老前辈，对于出远门的子弟常叮咛训诲，说你在轮船上或火车上，如看见有窃贼或扒手正在那儿偷窃别个乘客的东西，你不但不可声张，并且要赶紧把眼睛往旁急转，装作未曾看见的样子，免他对你怀恨。这样几句很平常的寥寥“训话”，很可以表示传统观念遗下来的“明哲保身”的精神。

有了这种精神浸润充盈于大多数国民的心理，于是大多数国民便只知有身，不知有正谊公道，不知有血气心肝，不知有国，不知有民族。所以当八国联军攻破京津时，顺民旗随处高悬；当联军占据北京时，该处绅士至请联军统帅瓦德西大看其戏，优礼迎迓；当天津尚在八国联军手里，该地绅士居然歌功颂德，鼓乐喧天的恭送匾额给德国将帅。所为者何：亦不外乎明哲保身而已矣！

对外存着这种明哲保身的态度，简直只要这条狗命可得忍辱含垢活着，国家尽管受侮，民族尽管受辱，都可以淡然置之，泰然安之，因为这种人所求者只不过明哲保身而已矣！对内存着这种明哲保身的态度，贪官污吏尽管横行，武人祸国尽管内乱，做国民的却尽管袖手旁观，各人只要一时苟延残喘，什么话都不敢说，什么意见都不敢提了。发了财的舆论机关，号称民众口舌，只要极简单的做几句模棱两可不着边际不痛不痒的社论或时评，所沾沾自喜者，每年老板可有二十万三十万的赢余下腰包，以不冒风险为主旨，拆穿西洋镜，亦不过明哲保身而已矣！

全国对内对外大家受着明哲保身的遗毒，以只顾自己一条狗命的苟延残喘为唯一宗旨，于是结果如何？在内则纵任少数人之倒行逆施，斫伤国脉，兵匪遍地，民不聊生，死于天灾者动辄以数百万人计，死于兵祸者动辄以数十万人计，这种死路都是大家但求明哲保身之所赐！在外仅就近事言，济南之变，白受日人惨杀的中国国民几何人？这种死路至少也是大多数国民对内对外人人但求明哲保身所直接间接酿成的惨剧！

最近上海由中国人开的大光明戏院开演侮辱中华民族的有声电影《不怕死》，洪深先生激于义愤，当场对观众演说，该院总经理中国人高镜清先生先则嗾使其所雇西人经理加以侮辱殴打，继则传唤其所恃西捕老爷加以拘捕管押，大概高先生也是深明中国人明哲保身的心理，自信很有把握，初不料洪先生却不是一个谙于明哲保身道理的人！我并觉得我国不谙明哲保身的人太少了，所以引起上面所说的一大拖感触，以为做今日内忧外患的中国人，应该人人养成不怕死的精神，为主持正谊公道，为力争国家民族的荣誉生存，就是一死也心甘意愿。其实做今日的中国人已经生不如死，就是这样的死去，反可以救救以后未死将死的许多惨苦同胞。我们要人人铲除明哲保身的遗毒；要把自己个人的生命看得轻，所属民族的荣存看得重；否则生不如死，何贵乎生？

历史上杀身成仁慷慨赴义的志士先烈，他们心性里最缺乏的成分是明哲保身的遗毒，最充分的是不怕死的精神——为主持正谊公道，为力争国家民族的荣誉生存不惜一死的精神。我国人受明哲保身的遗毒太多了，四万五千万国民里面具有这种不怕死的精神者能渐渐增加若干人，即中国起死回生的希望能渐渐增加若干程度。

（原刊 1930 年 3 月 16 日《生活》周刊第 5 卷 14 期）

信　用

一个人的信用可丧失于一朝一夕一事一语，但培养信用却在平日之日积月累，而不能以一蹴几，故欲凭空一旦取人信用是不可能的事情。明乎此点，则欲求人之信用而不注意于平日自己之言行者实为莫大之愚妄。其次则信用须由“实行”获得，而非可藉“空言”窃取。嘴里尽管说得天花乱坠，像煞有介事，最初一次至多不过引人注意，然闻者注意之后即随之以事实上的推察，一次空言，令人怀疑，二次三次空言，则注意且不能唤起，更何有于信用？明乎此点，则欲求人之信用而仅以空言搪塞或敷衍者亦为莫大之愚妄。综述上意，信用之养成须经过相当的时期与确凿的事实。苟在所经过的时期与事实方面果有以取信于人，则人之予以信任乃自然的倾向，无所用其作态或自己挂在嘴巴上吹着，因为信用之为物必经过时期与事实之证明，不是摆在面孔上或挂在嘴巴上的东西。

人民对于执政当局的信用也有一样的途径。为政者在所经过的时期中与所经过的事实中，果能廉洁奉公，为国尽瘁，确无贪婪之行为，果无亲戚私党把持盘踞作威作福搜刮脂膏奢侈恣肆的迹象，使爱者痛心，仇人快意，则虽默而不言，人民的信用自在，否则虽言者谆谆，听者藐藐，所说的话都是白说的。这个时代虽似乎是专会埋怨别人的时代，但记者却以为须痛下一番反省的工夫。敌人不足畏，自己和自己的左右最可畏。信用是要由自己在经过的时期与经过的事实中造成的，有公开的事实与人以相见，敌人虽悍，无所施其技。

（原刊 1930 年 8 月 24 日《生活》周刊第 5 卷第 37 期）

自觉与自贱

自觉心是进步之母，自贱心是堕落之源，故自觉心不可无，自贱心不可有。本期沧波君自英通讯，提起我国驻外的公使馆领事馆，有的连牌子都不愿挂，国旗都不愿悬，这种习惯是否已普及于我国驻外的外交机关，虽不可知，但有此事实之发现，已足引起国人的注意。我们试分析这种心理，实含有自己看不起自己的祖国，自己不愿做中国人的意味。试再作进一步心理上的分析，便知这是发生了自觉心以后的自贱心。以堂堂代表一国的外交官，乃具有这种自贱心，已属可痛，而依默察一般人所得，深恐这种变态的心理不仅限于所谓外交官也者。这种潜伏的祸根，苟非铲除净尽，则我们的民族前途实祸多而福少，进步减少希望而堕落的路愈跑愈远。

所谓自觉心，简言之，即自觉有何长处，便当极力保存而更发扬光大；自觉有何短处，便当极力避免而更奋发有为。自觉心所以能成为进步之母者，即在乎此，若自觉有所短而存着自贱的心理，便是自甘永居卑劣的地位，所得的结果是颓废，不是进步。

我国在此混乱时代，当然有许多不满人意的地方，我们所该努力的方向是要靠我们自己群策群力把不满意的地方使它变成满意，否则你尽管不愿做中国人。终究是中国人，不愿挂中国牌子不愿悬中国国旗的中国公使或领事，不见得就因此一跃而为其他什么特别出风头国家的大公使或大领事；不见得就因此可以获得别人的特殊尊重。想穿了这一点，我们自觉之后，只用得着自奋，用不着自贱。我们当光明磊落泰然坦然的做中国人，尽我们心力做肯求进步的中国人。无所用其自大，亦无所用其自贱。

（原刊 1930 年 11 月 16 日《生活》周刊第 5 卷第 49 期）

办事上需要的几个条件

除了尸位素餐的官吏、坐领干薪的蠹虫及游手好闲的纨绔子弟外，大概都不能和办事绝缘，所谓服务社会的“服务”两字的意义，也就是办事的意思。办事上所需的条件，如在理论方面唱高调，简直可以著一本很厚的大作，但记者在此文所欲论述者，决不愿徒发空论，乃根据事实上之观察与实际上的体验，以为我们在办事上有几个确实需要的。

假定一个人对于他所办的事，已具有相当的知识技能，他在职务方面能否胜任，至少还要看有无两个最低限度的条件：第一是肯切实的负责，第二是有细密的精神。求之我国历史上的人物，其负责精神最足令人感动者，殆莫过于诸葛亮。他原来是“臣本布衣，躬耕于南阳，苟全性命于乱世，不求闻达于诸侯”，初不负什么重要的责任，后来他因为“先帝不以臣卑鄙，猥自枉屈，三顾臣于草庐之中，咨臣以当世之事，由是感激，遂许先帝以驱驰”，于是他不负责则已，既已负责，便毅然“受任于败军之际，奉命于危难之间”，甚至不顾成败利钝，“鞠躬尽瘁，死而后已”，其忠肝义胆，照耀千古，故“出师未捷身先死，长使英雄泪满襟”，其感人之深一至于此，全在他的负责精神，刘备在时他负责，刘备死后他还是负责。我们平常办事，固然用不着大张其辞，一来就说到“死而后已”，但既受信托办理一事，在人面前随口承诺的答应了下来，一转身便马马虎虎；办得好不好不管，时间赶得赶不上不管，推一步走一步，催一次快一点，你不留神督促查询，他便随意宕挨延误，或草率交卷，好像货出不退换，满不在乎！遇着这种宝贝，你一次或两次上了当，以后简直不敢领教。事业范围越大，你个人的督察能力愈难，所需要肯负责的同志愈亟，但对自己私事肯切实负责的多得很，公事肯切实负责的实有如凤毛麟角。故肯切实负责的人，实为办事上最渴望而不易得的同志，因为只有这种人能使你放心，能分担你的责任。

其次最感缺乏的便是细密的精神。细密的对方便是粗忽或是鲁莽。姑舍大事而以小事为喻，有人替你誊写一封信，总要替你誊错几个字，使你非自己过眼总不能放心发出，其实只要誊后细密地看一遍，便没有这个毛病。又如有人替你发信，也许把甲的信套进乙信封，把乙的信套进甲信封，弄得两边不接头，遇有重要的事件，时间上手续上的延误固不必说，有时信件内容有秘密之必要，他却如此替你公开起来！有时有附件要加入，他把这信发出，附件还附在他的办公桌上！小事如此，大事你便不敢交托他了。

以上两点是我们所可认为办事的最低条件，这都是可以用意志的力量和训练的工夫养成的。在“最低”之上，如要再作进一步的要求，愚意以为还有一个条件，便是自动的精神何创造的能力，能就所负责的范围及所做的细密工作上，想出更好的计划，定出更好的办法，精益求精，与时俱进。此则具有超卓思想的异才，发展事业的柱石，不仅能不负所托而已。

（原刊 1931 年 4 月 11 日《生活》周刊第 6 卷第 14 期）

能与为

“能其所为”与“为其所能”而能合并，在个人在社会都是莫大的幸事；初虽未能，肯学习而做到能，则由“为”而“能”，亦尚可有为；最下者虽“能”而不“为”，或不能而妄“为”。

一人事业上之成就与其能力为正比例；且自文明进步，分工愈精，则能力之专门化亦愈密，能于此者未必亦能于彼，故与事业之成就为正比例的能力，尚须注意其所专者是否适合于其所为。果有相当的能力，而此相当的能力又适合于所做的事业，其效率之增高，业务之发展，实意中事，在社会方面之兴盛繁荣，全恃此种事业获得此种人材；在个人方面之感觉兴味与愉快，亦全恃此种人材有机会尽心竭力于此种事业。此即所谓“能其所为”与“为其所能”合而为一。故有志于某种事业者，与其临渊羡鱼，毋宁退而结网，结网无他，即当对于此某业所需要之能力先加以充分的准备。昔人所谓“水到渠成”，所谓“左右逢源”，都是有了充分准备以后的亲切写真。

能力之养成，常有待于实际应付问题与处理事务时之虚怀默察，及领悟窍诀。故“学”与“为”常可兼程并进，互有裨益。在此原则下，虽最初有所未能，或能而未精，只须肯存心学习，未尝不可由“为”而“能”，古今来有不少对社会有重大贡献的人物，虽未有领受正式教育之机会，而犹能利用其天赋，由困知勉行而卓然有所树立者，都是由这条路上走出来的。不过要走得上这条路，一下走不到康庄大道，必须不厌曲径小路之麻烦；换句话说，即勿因事小而不屑为，当知“百尺高楼从地起”，天下决无一蹴即成之事，亦未有一学即能之业，无不从一点一滴的知识经验积聚而成，若小事尚不能为，安见其能为大事？

尤可悯者为虽“能”而不“为”，一种事业所以能有特殊超卓的成绩，全恃从事者能以满腔热诚全副精力赴之。若因循苟且，敷衍暇逸，即有能力，无所表现，虽有能为之能，等于不能，虽有可能，永为不可能。这种毛病，不在相当知识之无有，实在良好品性之缺乏——尤其是服务的精神与忠于所业的态度，还有一个大病根，便是畏难。这种人仅见他人之成功，而不知他人之成功实经过无数次之失败，实尝过无数次之艰苦。常人但见成功之际之愉快，不见苦斗时代之紧张；但闻目前的欢声，岂知已往的慨叹？任何事业的成功史中必有一段伤心史，诚以艰苦困难实为成功必经的阶段，尤以创业者为甚，虽已有“能”，在创业时期中必须靠自己打出一条生路来，艰苦困难即此一条生路上必经之途径，一旦相遇，除迎头搏击外无他法，若畏缩退避，即等于自绝其前进。

不能而妄为，其为害超过于虽能而不为，盖一则消极的无所成而已，一则积极的闯祸。此类人既不屑学习，又不自量力，好虚荣而不顾实际，善大言而不知自惭，阻碍贤路，贻害社会，决无自省之日，徒有忮求之心，怨天尤人，永难觉悟。自知未能者尚可使其能，实际无能而自以为有能或甚至自以为有大能，轻举妄动，虽至失败而尚不知其致败之由，乃真无可救药。

（原刊 1931 年 5 月 9 日《生活》周刊第 6 卷第 20 期）

呆 气

我们寻常大概都知道敬重“勇气”和敬重“正气”。昔曾子谓子襄曰：“子好勇乎？吾尝闻大勇于夫子矣：自反而不缩，虽褐宽博，吾不惴焉；自反而缩，虽千万人，吾往矣！”这是从理直气壮中所生出的勇气。孟子说：“我善养吾浩然之气。”有人问他什么叫做浩然之气，他说：“难言也，其为气也，至大至刚，以直养而无害，则塞于天地之间；其为气也，配义与道，无是，馁也。”这是天地间的浩然正气。但是我意以为非有几分呆气，勇气鼓不起来，正气亦将消散；因为“虽千万人，吾往矣”！非有几分呆气的人决不肯干；“以直养而无害”，亦非有几分呆气的人也不肯干。试想富贵不能淫，威武不能屈，贫贱不能移，不是呆气的十足表现吗？

研究任何学问，欲求造诣深邃者，也不可不有几分呆气。据传发明地心吸力学说的牛顿，有一天清晨正在潜思深究的有味当儿，他的女仆预把鸡蛋置小锅旁备他自煮作早餐，他一面沉思，一面把手上的一只表放入锅内滚水中大煮特煮，这不是呆气的表现吗？又据传说电学怪杰爱迭生结婚之日，与新夫人同车经过他的实验所，把夫人暂停在门外，自己跑进去取什么东西，不料进去之后，忘其所以，竟在一张桌上大做其实验，把夫人丢在外面许久，最后由新夫人进去找了出来，才一同回家去，这又不是呆气的表现吗？大概研究学问非研究到有了呆气的境域，钻得不深，求得不切，只有皮毛可得。彼科学家思创造一物，发明一理，当其在未创造未发明之前，人莫不讥为梦想，甚乃狂易，认为徒耗光阴，结果辽远，而彼科学家独能不顾讥笑，埋头研究，甚至废寝忘食，甘之如饴，非有几分呆气为后盾，岂能坚持得下去。

委身革命事业以拯救同胞为己任者，也不可不有几分呆气。彼革命志士，思为国家谋幸福，为人民除痛苦，而当其未达到谋幸福除痛苦之前，无一兵一卒之力，无弹丸凭藉之地，在他人见之，未尝非纸上谈兵，痴人说梦，认为必不可以实现，然卒以彼大革命家之规谋计划，冒万险，排万难，忍人之所不能忍，为人之所不敢为，刀斧不足以惧其心，穷困不足以移其志，置身家性命于度外，而登高一呼，万方响应，翕然从风，固为万流景仰，但在流离颠沛之际，非有几分呆气为后盾，岂能坚持得下去？诚以凡事非有几分呆气来应付，处处只计及一己利害，事事顾虑前途得失，无丝毫之主见，无丝毫之冒险精神，迟疑不前，趑趄不进，永在彷徨歧路之间而已。

此外欲能忠于职务，亦非具有几分呆气不可。在办公室中但望公毕时间之速到，或手持公事而目注墙上所悬时计者，大概都是聪明朋友的把戏，事业交在这种人手上是永远办不好，这是可以保险的。因为他所缺乏的就是忠于职务视公务如己事的呆气。降而至于交友，也以具有几分呆气的朋友为靠得住。韩退之所慨叹的"士穷乃见节义"①，朋友穷了，仍不忘其友谊，此事非有较高程度之呆气者不办！

我们寻常的心理，大概无不喜闻他人之誉我聪明，且亦时欲表现其聪明；又无不厌闻他人之称我为呆子，而并不愿自认为呆子。初不料呆气也有那么大的好处！

（原刊1931年5月16日《生活》周刊第6卷第21期）

---

① 韩退之：即韩愈，字退之。"士穷乃见节义"，出自其《柳子厚墓志铭》。

硬吞香蕉皮

重远先生偶然谈起从前吴俊陆（做过黑龙江省督办）吃香蕉皮的一桩笑话。当时东北对于外来的香蕉是不多见的，所以有许多人简直没有尝过，有一次吴氏到了沈阳，应几位官场朋友的请客，赴日本站松梅轩晚宴，席上有香蕉，他破题儿第一遭遇见，不费思索的随便拿了一根连皮吃下去，等一会儿，看见同座的客人却是先把皮剥掉然后吃，他知道自己吃法错了，但却不愿意认错，赶紧自打圆场，装着十二分正经的面孔说道："诸位文人，无事不文质彬彬的，我向来吃香蕉就是连皮吃下去的！"一时传为笑柄。其实错了就老实自己承认，倒是精神安泰的事情；文过饰非是最苦痛的勾当。世上像吴氏这样硬吞香蕉皮还振振有词的虽不多见，但明知错了不肯认错，还要心劳日拙的想出种种方法来替自己掩饰，甚至把规劝他的人恨得切齿不忘，这种心理似乎是很为普遍。这种人穷则独害其身，达则兼害天下！因为他所能接近的全是胁肩谄笑的奸佞小人，所最不能容的是强谏力争的正人君子。

听说最近被刺的军阀张宗昌生平有三不主义，第一是不知道他自己的"兵"有多少，第二是不知道他自己的"钱"有多少，第三是不知道他自己的"姨"有多少。所谓"姨"者便是姨太太。据北平传讯，他的棺材运到北平车站的时候，"内眷未进站，挂孝少妇约十六七辈，含泪坐灵棚下，柩至，乃依次出拜，伏地号陶而呼曰：'天乎！天乎！'十余人异口同声，亦复一阵凄绝，一时哀乐呜呜，与嘤嘤啜泣之呼天声相间杂……少妇装束一致，丧服之内，露其灰色长衫，衫或绸或布，发多剪，留者仅二三人，除'五太太’外，最长者亦不过二十五六，最年轻有正在破瓜年纪者，然丧容满面，亦皆憔悴不堪”。这里面有一点颇可注意者，这一大堆供作玩物的可怜虫大有舍不得她们所处境地的样子，在旁人觉得她们原有境地的可怜，在她们似乎还觉得不能保持原有境地之为可怜，换句话说，她们似乎情愿忍受。其实我们如作进一步的看法，在这样的社会制度和经济制度之下，她们都是不知自主也无力自主的若干寄生虫而已，说不上什么情愿不情愿。

（原刊1932年10月1日《生活》周刊第7卷第39期）

不相干的帽子

在如今的时代，倘若有人有意害你的话，最简易而巧妙的办法，是不管你平日的实际言行怎样，只要随便硬把一个犯禁的什么派或什么党的帽子戴到你的头上来，便很容易达到他所渴望的目的；因为这样一来，他可以希望你犯着“危害民国紧急治罪法”第几条，轻些可以判你一个无期徒刑，以便和你“久违”“久违”，重些大可结果你的一条性命，那就更爽快干净了。

记者办理本刊向采独立的精神，个人也从未戴过任何党派的帽子。但是近来竟有人不顾事实，硬把和我不相干的帽子戴到我的头上来。有的说是“国家主义派”，读者某君由广州寄来一份当地的某报，里面说“你只要看东北事变发生后，《生活》周刊对于抗日救国的文章做得那样的热烈，便知道它的国家主义派的色彩是怎样的浓厚！”原来提倡了抗日救国，便是“国家主义派”的证据！那只有步武郑孝胥、谢介石、赵欣伯、熙洽诸公之后①，才得免于罪戾！

不久有一位朋友从首都来，很惊慌地告诉我，有人说我加入了什么“左倾作家”，我听了肉麻得冷了半截！我配称为什么“作家”！“左倾作家”又是多么时髦的名词！一右就右到“国家主义派”，一左就左到“左倾作家”，可谓“左”之“右”之，任意所之！如说反对私人资本主义，提倡社会主义，便是“左”，那末中山先生在“民生主义”里讲“平均地权”，讲“节制资本”，讲

---

① 这里的几个人都曾出任伪满洲国高官，沦为汉奸。

“民生主义就是社会主义”，何尝不“左”？其实我不管什么叫“左”，什么叫“右”，只知道就大多数民众的立场，有所主张，有所建议，有所批评而已。

最近又有一位读者报告给我一个更离奇的消息，说有人诬陷我在组织什么“劳动社会党”，又说“简称宣劳”，并说中央已密令严查。这种传闻之说，记者当然未敢轻信，甚至疑为捕风捉影之谈。这种冠冕堂皇的名称，我梦都没有梦见过，居然还有什么“简称”！我实在自愧没有这样的力量，也没有这样的资格。

有一天有一位朋友给我看，某报载张君劢等在北平组织国家社会党，说我“已口头答应加入”。那位记者不知在哪里听见，可惜我自己这个一点不聋的耳朵却从未听见过！我们在小说里常看见有所谓“三头六臂”，就是有三个头颅，也难于同时戴上这许多帽子，况且区区所受诸母胎者就只这一个独一无二的头颅，大有应接不暇之势，实觉辜负了热心戴帽在鄙人头上者的一番盛意！

根据自己的信仰而加入合于自己理想的政治集团，原是光明磊落的事情，这其中不必即含有什么侮辱的意义。不过我确未加人任何政治集团，既是一桩事实，也用不着说谎。我现在只以中华民族一分子的资格主持本刊，尽其微薄的能力，为民族前途努力，想不致便犯了什么非砍脑袋不可的罪名吧。

要十分客气万分殷勤硬把不相干的帽子戴到区区这个头上来，当然不是我个人值得这样的优待，大不该的是以我的浅陋，竟蒙读者不弃，最初每期二三千份的《生活》，现在居然每期达十余万份（这里面实含着不少同事的辛苦和不少为本刊撰述的朋友的脑汁，决不是我一人的努力），虽夹在外国每期数百万份的刊物里还是好像小巫之见大巫，毫不足道，而在国内似乎已不免有人看不过，乘着患难的时候，大做下井落石的工夫，非替它（《生活》）送终不可，而在他们看来，送终的最巧妙的方法莫过于硬把我这个不识相的家伙推入一个染缸里去染得一身的颜色，最好是染得出红色，因为这样便稳有吃卫生丸的资格，再不然，黄色也好，这样一来，不幸为我所主持的刊物，便非有色彩不可，便可使它关门大吉了。我的态度是一息尚存，还是要干，干到不能再干算数，决不屈服。我认为挫折磨难是锻炼意志增加能力的好机会，讲到这一点，我还要对千方百计诬陷我者表示无限的谢意！

（原刊1932年10月8日《生活》周刊第7卷第40期）

思想犯罪

据日本文部省调查，去年度日本全国学生因思想犯罪而被处分的事件，计一百四十八件，被处分人数计八百六十二人，打破以前之纪录，就中高等学校占五十一件，四百十名，为总数之百分之五十，至本年度学生因思想左倾而犯罪者仍有增加。去年既打破以前之纪录，今年又仍有增加，统计表上的这条曲线大概总是向上高而不会往下低的了。

禽兽能否说得上有思想，我们虽不得而知，自诩为万物之灵的圆颅方趾的人类，所以异于禽兽的，至少是特富于思想，似乎是一个很重要的特点；舍禽兽而比较人类，人的智愚差异，思想当然也是很重要的特点。这样说起来，思想原是可以珍贵的东西，方培养之不暇，何以目为“犯罪”而“被处分”呢？这里面的缘故，在如今最时髦的罪名是“左倾”。如果你服从“中庸”之道，看见“朱门酒肉臭，路有冻死骨”一类的不平的事实，只当你未曾生了两只眼睛，或虽无法把眼遮蔽而不幸看见了，只认为那“朱门”里面的那些“吃人”的人是几生修到，而那“路”上的那些“屈死”是罪有应得，除此以外，一点不动天君，那是最合于明哲保身的三昧，什么毛病都不会出！否则这是“左倾”思想的发源地，便不免“犯罪”，便不免“被处分”了！压迫“左倾”思想的人们，只注意于“左倾”思想，而不注意于“左倾”思想的发源地，不知这种发源地一日存在，由这里发源的“左倾”思想即无法消灭；这种发源地愈凄惨愈扩大，“左倾”思想亦必随着激进而广播。我们姑不谈思想方面的什么高深理论，且请睁睁眼睛看看当前的事实。

在我国历史上，压迫思想的模范人物殆莫善于焚书坑儒的秦始皇。他自以为这样便可稳得“关中之固，金城千里，子孙帝王万世之业也”，但终因为“父老苦秦苛法久矣”[①]，瞬息亡于斩木揭竿之手，很可以做不顾事实但知制造“思想犯罪”者的参考资料。

（原刊1932年11月5日《生活》周刊第7卷第44期）

① 此处二语分别出自贾谊《过秦论》、《史记·高祖本纪》。

四P要诀

据说在美国对于人的观察，很通行所谓四P要诀。第一个P是Personality，译中文为“人格”；第二P为Principle，可译为“原则”或“主义”；第三P为Programme，可译为“进行程序”或“计划”；第四P为Practicability，可译为“可以实行”或“可行”。原文这四个字都有P字为首，故称四P。就是说要观察人，第一要注意他的“人格”怎样，第二要注意他的“主义”怎样，第三要注意他的有无“计划”或怎样，第四要注意他的计划是否“可行”。他们以为对人能仔细考察他的四P，思过半矣。

不过我们倘略加研究，便觉得所谓“人格”，人人看法不同。在统治者看来，往往觉得奴性并无背于人格；在革命者看来，和罪恶妥协都是人格的破产。从前认女子殉夫或上门守节是女子的无上的好人格，现在却不值得识者之一笑。这样看来，所谓“人格”，还该需要一种新标准。我以为人格的新标准，应以对社会全体生活有何影响为中心；对于社会全体生活有利的便是好的，对于社会全体生活有害的便是坏的。例如压迫者榨取者之欢迎“奴性”，是要利用多数人以供少数人享用的工具，这于全体生活是有害无利，是很显然的，关于第二P的“主义”，也可以这同样的标准做测量的尺度。

第三P和第四P合起来讲，有了“计划”还要“可行”，这便是说计划要能对准现实，作对症下药的实施，不是徒唱高调的玩意儿。但是有时“计划”之“可行”，虽为识见深远者所预见，往往为眼光浅短者所无从了解，嚣然以高调相讥，为积极进行中的莫大障碍。在这种情况之下，便靠实有真知灼见者之力排众议，以坚毅的精神，和困难作殊死战。等到成绩显然，水落石出，盲目的反对或阻碍有如沸汤灌雪，立见消融。所以第四 P 的辨别判断，尤恃有超卓的识见，对于现实须具有丰富缜密的观察。

（原刊 1932 年 12 月 3 日《生活》周刊第 7 卷第 48 期）

卧着拿薪水

据报载最近冯玉祥氏对新闻记者谈话，有“国家将亡，应卧薪尝胆，但他们正在卧着拿薪水”等语，末了一句颇饶幽默意味。我们做老百姓的看惯了当今所谓要人也者，往往上台时干得乱七八糟，下台后却说得头头是道，所以我们对于大人先生们的高论，常觉得要大大的打个折扣。但像冯氏说的这句话，对于国难中老爷们的泄泄沓沓醉生梦死好像已倒在棺材里的心理形态，似乎描摹得颇有几分似处。拿应拿可拿的薪水，原不算什么罪过，可是一定要不客气的“卧着拿”，那撤烂污的程度未免太高明了！

但是我们如略再仔细的研究一下，便觉得仅仅拿薪水的仁兄们，就是“卧着”拿的，大概都是藉此勉强糊口活家的可怜虫。讲到国家民族的元恶大憝，却是那些不靠薪水过活，所拿的远超出于薪水，你虽求他们仅仅安安分分的“卧着”而不可得的一大堆宝贝！

诚然，现在有一班全靠着显亲贵戚，在衙门里挂个衔头吃现成饭的官僚老爷们，拿着薪水无事可做，只须“卧着”就行，他们只要靠得着封建的残余势力，尤其是有做小舅子资格以及能和这种资格发生直接间接关系的人们，都有便宜可拓，都只须“卧着拿薪水”！但是他们不得不求生存，这样的社会既不能容纳这许多求生者，他们只得往比较可以糊口的路上钻。对这种人我们仍只觉得怜悯，认为是社会制度造成的罪恶。

至于上等的贪官污吏和搜括无厌还要打着玩玩的军阀，那是“卧着拿薪水”并非他们所屑为的。“捐税名称之繁，既已无奇不备；勒借预征之酷，复又遍及灾区。”（见国府请求川军停战命令）这比“拿薪水”要高明得千万倍了。但他们却不愿安分的“卧着”，却要“罔顾国难，藉故交兵，军旅因内战而捐精英，黎庶因兵劫而膏锋镝。”就是客客气气的请求他们“引咎互让，立止干戈”（亦见上令），他们仍充耳不闻，玩得起劲，这就请求他们“卧着”而不可得了！

（原刊1932年12月3日《生活》周刊第7卷第48期）

怎样看书

“自修有许多的困难，这是实在的。但这些困难并不是不能克服的。第一，我们要有决心。学校的功课，即使它不是我们所高兴研究的，但我们怕考试不能及格，致不能升级或毕业……不得不勉强读它，至于自修，是没有这种外界的推动力的；是完全出于自动的努力，然而自动的努力所求得的知识，才是我们自己的知识，才能长久的保存着。为要通过考试而读的书，考试一过去，就忘得干干净净了！因受教师之督促而读的书，一离开了学校，就完全抛弃了！只有为自己和出于自己的努力的，才能永续地研究下去……”

这一段话是在《怎样研究新兴社会科学》（柯百年编）一书里面看见的，这似乎是平淡无奇的话，但凡是在社会上服务后感觉到知识上的饥荒的人，对于这几句话想来没有不引起特殊感触的。我们感觉到知识上的饥荒吗，只有下决心，自动地努力于自修，永续地研究下去。一天如至少能勉强抽出时间看一小时的书，普通每小时能看二十页，一年便可看完三四百页一本的书二十几本，四五年便是百余本了，倘能勉强抽出两小时，那就要加倍了。记者最近正在编译《革命文豪高尔基》一书，全书约十五万字，已写完了三分之二，其中最令我感动的是高尔基艰苦备尝中的无孔不钻的看书热，我执笔时常独自一人对着他的故事失笑。

不过看书也要辨别什么书，有的书不但不能使人的思想进步，反而使人思想落伍！有位老友从美国一个著名大学留学回来，他是专研政治学的，有一次来看我很诧异他说道：“我近来看到一两本书，里面的理想和见解完全是另一套，和我在学校里所读的完全两样，真是新奇已极！”原来这位仁兄从前所读的都不外乎是为资产阶级捧场或拥护不平等的社会制度的学说，受了充分的麻醉，他的这种“诧异”和“新奇已极”，未尝不是他的幸运，他也许从此可从狗洞里逃出来！

此外关于看书这件事，还有两点可以谈谈。第一点是以我国出版界之幼稚贫乏，能看西文原书的当然愉快，如看译本，糟的实在太多，往往书目很好听，买来看了半天，佶屈聱牙，生吞活剥，莫名其妙！钱是冤花了，时间精神更受了无法追回的莫大的损失，我们要诚恳的希望译书的先生们稍稍为读书的人设身处地想想，就是不能使人看了感到愉快，感到读书之乐，至少也要让人看得懂。第二点是在这个言论思想自由的空调尽管唱得响彻云霄的年头儿，看书也有犯罪的可能，常语谓“书中自有颜如玉”，如今“书中”大可引出“铁窗风味”来！什么时候没有这种蛮不讲理的举动，便是什么时候望见了社会的曙光。

（原刊 1933 年 1 月 7 日《生活》周刊第 8 卷第 1 期）

滑稽剧中的惨痛教训

做现代的中国人至少有一种特殊的权利，那就是睁着眼饱看以国事为儿戏的一幕过了又一幕的滑稽剧！寻常的滑稽剧令人笑，令人看了觉得发松，这类滑稽剧却另有妙用，令人看了欲哭无泪，令人惨痛！最近又有奉送热河的一幕滑稽剧刚在很热闹的演着。何以说是“滑稽”呢？

打算不抵抗而逃，这原也是一件虽不光明正大而总算是这么一回事，但心里早就准备三十六着的第一着，而嘴里却说得棚棚硬，别的要人们的通电演说谈话等等里的激昂慷慨其甜如蜜的好文章姑不尽提，也没有工夫尽提，就是这次逃得最快，逃得最有声有色的老汤，他除偕同张学良、张作相等二十七将领通电全国，说什么“时至今日，我实忍无可忍，惟有武力自卫，舍身奋斗，以为救国图存之计，学良等待罪行间，久具决心……但有一兵一卒，亦必再接再励”。（所以值得加密圈，因为讲得实在不错也！）[①] 并堂而皇之的特发告所属将士书，有“吾侪守土有责，敌如来犯，决与一拼，进则有赏，退则有罚。望我将士为民族争光荣，为热军增声誉”等语；后来又亲对美联社记者伊金士说“非至中国人死尽，必不容日人得热河。”他临逃时还接见某外记者，正谈话间，老汤忽托词更衣，一去不返！

逃就逃，说的话算狗屁，也滑稽不到那里去，他却逃得十分有声有色，竟把原要用来运输供给翁照垣将军所率炮队的粮食与炮弹

---

① 原文引号中字下均加有着重圈。

用的汽车二百四十辆，及后援会的汽车十余辆扣留，席卷所住行宫里的宝物财产，带着艳妾，由卫队二千多人，蜂拥出城，洁浩荡荡的大队逃去！途中老百姓扶老携幼，哭声遍地，有要攀援上车的，都被车上兵士用皮鞭猛打下来！

军用的运输汽车既被扣留着大运其宝物财产，于是只得雇人力车参加征战，听说翁将军在前方迭电催请速运弹药，平方当局不得已，乃以代价雇大批人力车运往古北口，许多人力车前进虽不无浩浩荡荡之概，但和“速运”却是背道而驰的了！敌人以飞机大炮来，我们以人力车往，不是愈益显出了我国的军事当局对于军事有了充分的准备吗？

以号称十五万国军守热河，日兵一百二十八名长驱直入承德，甚至不够分配接收各官署机关，这也不得不算是一个新纪录！

这种种滑稽现象，说来痛心，原无滑稽之可言。身居军政部长的何应钦氏五日到津，谓“热战使人莫名其妙”，他都“莫名其妙”，无怪我们老百姓更“莫名其妙”了。此幕滑稽剧开演后，代理行政院长宋子文氏发表谈话，谓最大原因为器械窳劣，训练不良，准备毫无。我们也有同感，所不知者，“准备毫无”，应由谁负责罢了。

我们在这滑稽剧中所得的惨痛教训，即愈益深刻的感到只有能代表民众的武力才真能抗敌，把国事交给军阀和他们的附属品干，无论你存何希望，终是给你一个幻灭的结果。“置之死地而后生”，现在中国在“死地”上者决轮不到军阀和他们的附属品，像老汤的“宝物财产”，从前已喧传有一大批运到天津租界，（当时有的报上说他此举正是表示抗敌决心，）此次还有二百余辆汽车的“宝物财产”可运，至少又有半打艳妾（参看本期杜重远先生的《前线通讯》）供其左拥右抱，这在他不但是决无自置“死地”之理，简直是尚待享尽人间幸福的人物——至少在他是算为幸福——只配挨“皮鞭猛打”的老百姓，和这类军阀乃至他们的附属品，有何关系？他们的最大目的就只为他们的地盘，私利，（老汤从前一面对国内宣言尽职守土，一面对日方表示抑制义军，本也为的是自己地盘，等到地盘无法再保，便逃之夭夭)，什么国难不国难，关他们鸟事?

无论帝国主义者和军阀的势力，都不过在加紧的自掘坟墓，被他们“置之死地”的大众，为客观的条件所逼迫，必要起来和他们算帐的。大众努力的程度，和他们解放的迟早是成正比例的，中途的挫折和困难，不但不应引起颓废或悲观，反应增强努力的勇气，增加猛进的速率。

(原刊1933年3月11日《生活》周刊第8卷第10期)

个人的美德

有一位老前辈在某机关里办事，因为他的事务忙，那机关里替他备了一辆汽车，任他使用。有一天他对我说，他想念到中国有许多苦人，在饿寒中过可怜的日子，觉得非常难过，已把汽车取消，不再乘坐了。我问他什么用意，他说改造社会，要以身作则。他这样做是要把自己的俭苦来感化别人的。我说我很怀疑这种“感化”的实效究竟有多少，因为许多“苦人”根本就坐不起汽车，用不着你去感化；至于上海滩上的富翁阔少，买办官僚，决不会因为你老不坐汽车，他们也把汽车取消。就是我这样出门只能乘乘电车，或有的地方没有电车可乘，因为要赶快，不得不忍心坐上把人当牛马的黄包车，也无法领略你老的“感化”作用。他听了没有话说。

就一般说，这位老前辈算是有着他的个人的美德，但他要想把这“个人的美德”的“感化”作用来“改造社会”，便发生我在上面所说的困难了。他真正要想改造社会，便应该努力促成一种社会环境，使白坐汽车的剥削者群无法存在，劳苦大众在需要时都有汽车可坐，这才是根本的办法；但是这种合理的社会环境是要靠集体的力量实际斗争得来的，决不是像“取消汽车，不再乘坐”的“个人的美德”所能由“感化”而造成的。

有人羡称列宁从革命时代到他握着政权以后，只有着一件陈旧破烂的呢大衣，连一件新大衣都没有，叹为绝无仅有的个人的美德，好像要想学列宁的人只须学他始终穿着一件破旧的大衣便行！其实列宁并非有意穿上一件破旧的大衣来“感化”什么人，他的伟大是在能领导大众为着大众革命，在努力革命中忘却了自己的衣服享用，恰恰是无意中始终穿着一件破旧的大衣。倘若不注意他为解放大众所积极进行的工作，而仅仅有意于什么个人美德的感化作用，那就等于上面那位老前辈的感化论了。无疑地列宁决不是要提倡穿着破旧的大衣，他所领导的革命成功之后，劳苦大众不但无须穿着破旧的大衣，而且因社会主义建设的着着成功，大家还都得穿上新的好的大衣！

我在德国的时候，听见有人不绝口地称赞希特勒的俭德，说他薪俸都不要，把它归还到国库里。我觉得他的重要任务是所行的政策能否解决德国人民的经济问题，是否有益于德国的大众，倒不在乎他个人的薪俸的收下或归还。老实说，像我们全靠一些薪俸来养家活命的人们，便无从领受这样“个人的美德”的“感化”。

我们的意思，当然不是反对个人的美德，更不是说奢侈贪污之有裨于社会，不过鉴于有一班人夸大“个人的美德”对于改造社会的效用，反而忽略或有意模糊对于改造现实所需要的积极的斗争。

（原载 1936 年 2 月 26 日《大众生活》第 1 卷第 16 期）

工作的大小

工作有没有大小的分别？就一般的观念说，工作似乎是有大小的分别。我们很容易想到大人物做大事，寻常人做小事。这种观念里面，也许含有个人的虚荣心的成分，虽则没有人肯这样坦白地承认。但是有的人要想做大事，不满意于做小事，不一定出于个人的虚荣心，也许是出于很好的动机，希望由此对于社会有较大的贡献；依他看起来，大事的贡献较大，小事的贡献较小，因为要对社会有较大的贡献，所以不愿做小事，只想做大事。这个动机当然是很可嘉的。我们当然希望社会上人人都有较大的贡献，于是对于能够有较大贡献于社会的人们，特别欢迎。

不过什么样的事可算做大？什么样的事只能算小？什么样的贡献可算做大？什么样的贡献只能算小？这却是所谓仁者见仁，智者见智，不易有一致的见解。

我们如在军界做事，就一般人看来，也许要觉得做大将是比做小卒的事大。但是我觉得做丢尽了脸的不抵抗的大将，眼巴巴地望着民族敌人今天把我们的民族生命割一刀，明天把我们的民族生命刺一枪，而不能尽一点军人卫国的天职，做这样的不要脸的大将，实在还不如做十九路军淞沪抗战时的一个小卒。在这样的场合，一个小卒的工作对于国家民族的贡献反而大，一个大将的贡献不但是小，而且等于零！

也许你要驳我，说对民族敌人不抵抗的不要脸的大将，当然是太不要脸，对国家民族不能有什么的贡献，这诚然是不错，但是如做了真能抗敌卫国的大将，那便有了较大的贡献了。这样看来，大将的工作仍然是比小卒的工作大，大将的贡献仍然是比小卒的贡献大。

我承认这话确有一部分的理由，不过我们要知道一个军队要能作战，倘若全军队都是大将，人人都做指挥官，这战事是无法进行的；反过来说，倘若全军队都是小卒，如同一盘散沙，没有人指挥或领导，那末这战事也是无法进行的。所以在抗敌卫国的大目标下，大将和小卒在与敌作战的军队里虽各有其机能，但是同有贡献于国家民族是一样的。在本质上，工作的大与小，贡献的大与小，原来就没有什么分别的。硬看做工作有大小，贡献有大小，这只是流俗的看法罢了。

宜于做大将的材料，我们赞成他做大将；宜于做小卒的材料，我们也赞成他做小卒。从本质上看来都没有什么大小高低之分，我们所要问的只是他们为着什么做。

（原刊 1936 年 6 月 18 日香港《生活日报》第 12 号）

从现实做出发点

“理想为事实之母”，这句话好像是很合于真理的，尤其是因为很耳熟的一句成语，我们往往不加思索地把它认为确切不变的真理。其实我们如仔细思量一番，便知道这句话有着语病，因为很容易使人误会，以为理想是可以超越现实而凭空虚构的，不想到自古以来任何大思想家的理想，都有他的现实的社会背景，都有事实之母，而不是凭空产生的。由事实产生的理想，再由这理想而影响到后来的事实，这诚然是谁也不能否认的，由这样的观点看去，说“理想为事实之母”，这句话原也讲得通，但是还不可忘却一个很重要的条件，那便是要在现实上运用这个理想，必须从现实做出发点，必须顾到当前的客观的事实，不是能够抛开你当前的现实而可以立刻或很顺利地实现你的理想。

哲学家的重要任务是要改变世界，而不是仅仅用种种方法解释世界。人类是能够改造历史的。所以我们要推动历史巨轮的前进，不可屈服于现实，必须负起改造现实的使命，但是要改造必须从现实做出发点，不能抛开现实而不顾，这是很显然的。例如你要改造一所屋子，你必须根据这所屋子的种种实际的情形设计，无论如何是不能抛开这所屋子而不顾的。

我们倘若能常常牢记着我们是要从现实做出发点，便不至犯近视病的苦闷，悲观，为艰苦所克服的等等流弊。

我们闭拢眼睛静思我们理想中的中国，尽管是怎样的自由平等，愉快安乐，但是你要实现这个理想，必须从现实的中国做出发点；现实的中国不能这样完全的，是有着许多可悲可痛的事实，是有着许多可耻可愤的事实，我们既明知现实的中国有着这种种的当前事实，又明知要改造中国必须从现实做出发点，便须准备和这种种事实相见，便须准备和种种事实斗争，这是意中事，是必然要遇着的；从事实做出发点的斗争，决不是没有阻碍的，有阻碍便必然地有困难，解决困难也必然要经过艰苦的历程，这是意中事，也必然要遇着的。其实中国如果是已像我们理想中的那样完全了，那就用不着我们来改造；改造时如没有阻碍，没有困难，那也用不着我们来斗争。倘若你一方面要改造中国，要排除阻碍，解决困难；一方面却因中国的糟而苦闷，悲观，怕见阻碍，怕遇困难；这不是自相矛盾吗？这矛盾所给与你的痛苦，是因为未曾注意要从现实做出发点！如果我们注意我们必须从现实做出发点，我们既不能像孙行者的摇身一变，脱离这个现实的世界，翻个觔斗到天空里去，那末我们只有向前干的一个态度，只有排除万难向前奋斗的一个态度。为什么呢？因为我们必须从现实做出发点，现实就根本是有缺憾的，必然是不完全的，必然是有着许多不满意的，甚至必然是有着许多事实令人痛心疾首的，我们既不能逃避现实，就不能逃避这种种，就只有设法来对付这种种；一个人或少数人来对付不够，就只有设法造成集体的力量来对付。

现在有不少青年有志奋斗，但同时却有许多逃不出苦闷的圈子。苦闷是要消磨志气的（虽则在某一场合也可以推动奋斗），所以我们要注意：我们必然地要从现实做出发点。

（原刊 1936 年 7 月 5 日香港《生活日报星期增刊》第 2 卷第 5 号）

论民族固有道德

中山先生在“民族主义”讲演里，分析忠孝仁爱信义和平，为中国民族固有道德。近来守土长官，封疆大吏，对于侵略者只会屈服退让，对于小百姓只会残虐剥削，早已把总理遗教，抛在九霄云外，惟有所谓民族固有道德，却到处在提倡着。北自北平，南至广州，当局提倡旧道德，提倡读经复古，可谓不遗余力。虽然旧道德不是一面挡箭牌，可以抵挡侵略国的枪刺炮弹，旧道德也不是一服续命汤，可以挽救军阀独夫的没落运命，这有眼前事实证明，但是孙先生所谓民族固有道德，却依然值得我们来详细研究一下。

民族固有道德，以“忠”列第一位。“忠”的最大意义是忠于国家，忠于民族。但是现在恰巧相反。我们民族中间，出卖国家民族的汉奸一天天增多。大的如郑孝胥、赵欣伯、殷汝耕、石友三等等，小的如华北和福建的贫民，甚至为了两三毫钱，出卖给日本人。这种大大小小的汉奸，一个个升官发财，作威作福，而有民族气节、尽忠报国的志士，反而一个个消沉下去，这不是关怀民族道德的人们所最痛心的事吗？

许多贫苦无识的同胞，因遭层层剥削，无法生活，不得已而充当汉奸，这是可以原谅的。但是有些统兵将领，官僚政客，甚至文人学者，也竟甘心充当汉奸，出卖民族利益，这断不是出于偶然。原来我国近年内战始终不绝，政令迄未统一。当局但求巩固政权，甚至不择手段。有时不免以高官厚禄为饵，吸引天下豪强，以求平定反侧。犯上作乱，为旧道德所不许。朝秦暮楚，为士君子所齿冷。可是此种玷污民族道德的事实，在近年政治舞台上，却层见迭出，我们的当局至少要负一大部分责任。政府为维持威信起见，不得已而加以容忍，虽情有可原，但是首鼠两端的投机分子，可以升官发财，而有主义有信仰的志士，却不免于出国诛戮。这种政策上行下效的结果，将使全国男女，只知有富贵利禄，而不知有国家民族。那就无怪汉奸的数目要一天天增多了。

所以要杜绝汉奸的产生，必须消灭一切汉奸心理，使投机者无法幸进，使朝秦暮楚之辈，不能得志，使中国人民个个忠于国家，忠于民族。这个更用不到写成标语，贴在墙头。最要紧的是由政府在内政上切实做去。只要政府对内，信赏必罚，光明坦白，一切都以国家民族利益为前提，这样汉奸自然绝迹了。

（原刊 1936 年 7 月 19 日香港《生活日报》第 43 号）

青衣行酒

小的时候看《纲鉴》，看到晋朝的怀帝被汉主刘聪所虏，靦颜称臣，称刘聪为陛下，“汉主聪谓帝日：‘卿昔为豫章王，朕与王武子造卿（“造”是访问的意思），卿赠朕拓（柘）弓银砚，卿颇记否？’帝曰：‘臣安敢忘之？但恨尔日，不早识龙颜。’聪曰：‘卿家骨肉，何相残如此！’帝曰：‘大汉将应天受命，故为陛下自相驱除，此殆天意，非人事也。”这不能不算是极尽委屈求全的能事了！但是刘聪还不够，“汉主聪宴群臣于光极殿，使帝著青衣行酒。庾珉、王隽等不胜悲愤，因号哭”。我们古时青衣是奴隶的标志，“青衣行酒”便是做着倒酒的奴隶，庾珉和王隽都是怀帝的旧臣，所以看到这样的惨状，禁不住号哭起来。结果这两位号哭的朋友固然被杀，就是甘为奴隶而不辞的怀帝，仍然被杀。我小的时候虽朦里朦懂，当时看了这一段，小小心弦也被震动，感到莫名其妙的凄惨！

最近看到报上的消息，在华北日军进攻北平大演习的时候，遭难的老百姓流难失所，不堪设想，怀仁堂上却特设盛筵欢宴日军司令，“举杯为祝，众皆鼓掌”。并“殿以中西歌典”，这惨痛的现象，和上面所说的情形，不知道有什么两样！

有朋友由华北来，谁都盛赞二十九军的爱国精神和宋哲元氏的处境困难，但认为非有全国整个的救国行动，华北在实际上是必然要全部沦亡的，尽管在名称上也许还存着多少的烟幕。

历史如果还有教训的话，晋朝的怀帝该是我们的前车之鉴吧！

（原刊 1936 年 11 月 8 日上海《生活星期刊》第 1 卷第 23 号）

月下中流

——经苏彝士河①

我们原定办法，由意轮船公司招待搭客往埃及首都开罗游览，愿去的每人缴费六镑半，汽车、火车及午晚餐食等在内，三日上午由苏彝士城出发，可于当晚十点钟到塞得港（Port Sid）上原船继续前行。六镑半合华币在百圆左右，为数不能算小，但同行的好几位都觉得机会难得，不愿错过；我也觉得在小学时读历史，就看到书本上画着埃及金字塔和人首狮身“Sphinx”的像，虽行囊悭涩，到此也硬着头皮随众报名缴费。满心以为四千年的胜迹即在目前，不料二日下午得到取消的消息，虽省了百圆，却感到无限的失望和惆怅，也许此生就永远没有第二次的机会，因为我回国时想走陆路。

八月三日下午六点钟，船到苏彝士城，仅停一小时，不靠岸，有几只送客登轮的小火轮和几只小船泊在佛尔第号的船旁，十几个阿拉伯人爬上来兜售报纸、画片及其他杂物，搭客都拥聚在甲板上购买，我也买了两打关于开罗名胜及苏彝士河的景物相片，寄给本刊。

记者此次虽很失望地未曾到开罗去游览，但三日夜里经过苏彝士河的情形，却给我以悠然意远的印象。此时一轮明月高悬，蔚蓝的青天净洁得没有丝毫的渣滓，清风吹来，爽人心脾，搭客们多聚在船头特高的甲板上远瞩纵览。只见船的两边都是一望无际的沙

① 苏彝士河：即苏伊士运河。

漠，右为亚洲，左为非洲，离船大都不过十几尺或几尺。船头前排着两盏好像巨眼的大电灯，射出耀目的光线，使前面若干距离内的河身好像一片晶莹洁白的玉田。在狭隘的运河中特别显得庞大的船身徐徐地向前移进，假如不看前面而仅望左右，又恍若一辆奇大无比的汽车在广阔无垠的沙漠上缓缓前驶似的。这夜记者在甲板上凭栏静眺，直看到十二点钟，才进到卧室里去睡觉，在睡梦中还好像明月清风，随我左右。

沟通红海和地中海，缩短欧亚海行路线的这条苏彝士运河，经法人勒赛普斯（Ferdinand de Lesseps）和无数工人十四年的辛勤劳力，中间战胜过无数次的破坏和种种困难，才于一八六九年十一月十七日正式开幕，距记者于月夜静寂中通过此河的今日，已六十四年了。这条运河长八十八里，阔从一百码至一百七十五码，原来估价需二万万法郎，后来用到四万万法郎，约等于一千四百万金镑，合现价在二万万圆以上了。一半资本在法国募得，其他一半几全为当时埃及总督塞氏（Mohommed Said ）所买，后来他把股子卖给英国政府，于是英政府在管理上便握有大权了。（当时塞氏赞助勒赛普斯的计划甚力，现在苏彝士河尽头的塞得港，意即“塞氏港”，就是为纪念他而取名的。）

说到起意要建造苏彝士运河的，颇有趣的是要轮到法国一世之雄的拿破仑。他在一七九八年进攻埃及时，忽想到要造一条运河通红海，便任命一个工程师名叫勒伯尔（Monsieur Lepere）的视察并报告研究的结果。这个工程师奉命执行了，他的报告虽承认这个计划有种种的利益，但是宣言红海和地中海的水面不平等，要在地中海沿岸筑海港是一件不可能的事情，于是作罢。不料这就隐隐中种了今日苏彝士河的种子。在此三十七年后（一八三六年）勒赛普斯被任为亚历山大的代理领事，到该埠时，所乘的船因查疫停顿，搭客不得即行上岸，他于无聊中展阅朋友送给他的几本书，里面有一本是勒伯尔的笔记，竟引起他对建造这条运河的浓厚兴趣，终靠他百折不回的努力，造成在亚欧航行上开辟新纪元的苏彝士运河。

八月四日晨走完了苏彝士河而达到塞得港。有半天的停泊，虽不靠岸，但意轮公司有小火轮运送搭客上岸及回船，也很便利。记者便和同行的张、周、郭、李诸君同上岸一游。道路很平坦广阔，房屋虽属洋房式子，而且一来就是五六层，但在前面总是用木料造成突出的一部分，好像露台似的，围满着各种花样的窗户。街上遇着的都是穿着长袍戴着和土耳其人一样的帽子的男子，妇女除极少数穿西装的以外，大多数是头披黑纱，鼻以下部分也用黑纱围着，额前还挂着一个黄色木制像小塔的装饰品垂到鼻上。这也可见该处妇女解放还在什么程度了。

我们参观了一个回教教堂，里面地上用草席铺着，正殿用绒毯铺着地，到门口时须在鞋上套着草包似的套鞋，才得进去。听说一般人民每天须到各教堂洗手洗脚祷告五次。该教堂里有个引导参观的人，对我们大讲教义，引到里面一个狭弄里的时候，向我们要钱，给一个先令，不肯休，加一个，才了事。我们都觉得虽听他讲了一些教义，却被他敲了一个竹杠！在教堂里最注目的，是那班祷告者跪在地上高举两手，用足劲儿向下拜的那副神气。

我们出门时望望脚上所套着的那双草包式的套鞋，倒也觉得奇特，便用所带的摄影机拍了两张照。我们五个人共乘着一辆马车，做了一番马路巡阅使（塞得港满街马车，汽车极少）。其实塞得港没有什么名胜可看，原也只有几条街市供游客兜几个圈子。此外还值得一记的有两件东西：一个是巍然屹立河边的勒赛普斯的铜像，连座共高五十七尺；一个是一百八十四尺高的石造灯塔，夜里每十秒钟显露强烈白光一次，在海上二十哩距离以内都看得见。

一九三三年八月五日，上午，佛尔第号船上

威尼斯

八月六日下午四点钟佛尔第号到意大利的东南海港布林的西，这算是记者和欧洲的最初的晤面。该埠不过因水深可泊巨轮，没有什么胜迹可看，船停仅两小时，记者和几位同行的朋友却也上岸跑了不少的路。像样的街道只有一条，其余的多是小弄，在海边上虽正在建筑一个高大的纪念塔，但我们在街上所见的一般普通人民多衣服褴褛，差不多找不出一条端正的领带来。我们穿过好几处小弄，穷相更甚。有好几处门口坐着一个老太婆，门内挂着花布的帘子，时有少妇半裸着上身探首帘外向客微笑，或曼声高唱；她们用意所在，我们大概都可以猜到。

八月七日下午到世界名城之一的威尼斯。同行中有李汝亮君和郭汝楠君（都是广州人）赴德留学，李君的哥哥李汝昭君原已在德国学医，特乘暑假到威尼斯来接他的弟弟和他的老友郭君，并陪他们游历意大利。记者原也有游历意大利重要各地的意思，便和他们结作旅伴，同行中赴德学医的周洪熙君（江苏东台人）听说在八月底以前，意大利在罗马举行法西斯十周年纪念展览会三个月，火车费可打三折，也欣然加入，于是我们这五个人便临时成了一个小小的旅行团。到威尼斯时，李汝昭君已在码头相迎，我们便各人提着一个手提的小衣箱上岸，介绍之后，才知道李君的哥哥也是本刊的一位热心读者，这个小小的旅行团也可以说是一小部分的“《生活》读者旅行团”了。我们先往一个旅馆里去过夜，两李一郭住一个房间，记者同周君住一个房间，第一天便开始游览。有伴旅行，比单独一人旅行，至少可多两种优点：一是费用可以比较地经济；

二是兴味也可以比较地浓厚。

在太平洋未取地中海的势力而代之的时候，威尼斯实为东西商业贸易上最重要的一个城市，在世界史上出过很大的风头，现在是意国的一个重要的商埠和海军军港，在港口禁止旅客摄影，同时也是欧美旅客麇集之地。该城不大，约二十五哩长，九里宽。第一特点是河流之多，除少数的几条街道外，简直就把河当作街道，两旁房屋的门口就是河，仿佛像涨了大水似的。我国的苏州的河流也特多，有人把我国的苏州来比威尼斯，其实苏州的河流虽多，还不是一出门口就是河。以这小小的威尼斯，除有一条两百尺左右阔的大运河（Canal Grande），像 S 字形似的贯穿全城外，布满全城的还有一百五十条小运河，上面架着三百七十八条桥（大多数是石造的，下有圆门），我觉得这个城简直就可称为“水城”。除附近的一个小岛利都（Lido）上面有电车外，全城没有一辆任何形式的车子，只有小艇和公共汽船；小艇好像端午节的龙船，两头向上蹺，不过没有那样长，里面有漆布的软垫椅，可坐四个人至六个人，船后有一个摇桨，在水上来来去去，就好像陆地上的马车。公共汽船的外形也好像上海马路上的电车或公共汽车，船上的喇叭声和上海的公共汽车的喇叭声一样。我们在画片上所见的威尼斯的景象，往往是两旁洋房夹着一条运河，上面驾着一条圆门的桥，河上一个小艇在荡漾着，这确是威尼斯很普遍的景象。

除许多运河外，有若干街道都是用长方形的石头铺成的，有的只有五尺宽，路倒铺得很平，因为没有任何车辆，所以石头也不易损坏，在这样的街道上接踵摩肩的男男女女，就只有两脚车——步行——可用。街道虽窄，两旁装着大玻璃窗的种种商店却很整洁。街上行人衣冠整洁的很多，和布林的西的很不同。原来大多数都是由欧美各国来的游客，尤其多的是来自号称“金圆国”的阔老。

威尼斯最使游客留恋的是圣马可广场（Piazza di San Marco）和该场附近的宏丽的建筑物。该广场全系长方形的平滑的石头铺成的，有的地方用大理石，长有一百九十二码，阔自六十一码至九十码，三面都有雄伟的皇宫包围着，最下层都开满了咖啡店和各种商店，东边巍然屹立着圣马可大教堂（San Marco），内外只大理石的石柱就有五百余根之多，建于第九世纪。该广场上夜里电灯辉煌，胜于白昼，游客成群结队，热闹异常。在圣马可广场附近的有大侯宫（Palazzo Ducale）一座，亦建于第九世纪。宫前有大广场，宫的对面咖啡馆把藤制的椅桌数百只排在沿路，坐着观览的游客无数。圣马可大教堂的右边有圣马可钟楼（Campanile di San Marco），三百二十五尺高，建于第九纪末年。里面设有电梯，登高一望，全城如在脚下。此外还到威尼斯城的东南一小岛名利都的看了一番，该处有世界著名的游泳场。游泳场后面的花草布置得非常美丽，游泳而出，在街上走的男女很多，女子多穿着大裤管的裤子，上面穿着薄的衬衫，有的就只挂着一条这样的大裤子，上半身除挂裤的两条带子外，就老实赤膊，在街道上大摇大摆着，看上去好像她这条裤子都是很勉强挂着似的！

自然，这班男女并不是一般意大利人民，多是本国和欧美各国的少数特权阶级，只有他们才有享用这样生活的可能。该处既为有闲阶级而设，讲究的餐馆和旅馆的设备齐全，都是不消说的。

威尼斯的景物美吧？美！记者在下篇所要记的佛罗伦萨也有它的美，但这是意大利五六百年乃至千余年前遗下的古董，我们还不能由此看出该国有何新的建设成绩。我们在许多人赞美不置的威尼斯，关于大多数穷人的区域，也看了一番，和在布林的西所见的也没有什么两样。记者于九日就离开威尼斯而到佛罗伦萨去。

一九三三年八月十一日，上午，在罗马记

佛罗伦萨

记者于八月九日午时由威尼斯上火车，下午五时三十七分才落到充满了古香古色的佛罗伦萨（Florence），为中部意大利最负盛名的一个城市。在中世纪罗马方盛的时代，佛罗伦萨是它的主要的文化中心；意大利的语言、文学以及艺术，都在此地发达起来的。所以现在该处所遗存的无数的艺术作品和在与历史发生联系的纪念建筑物，其丰富为世界所少见，于是佛罗伦萨也成为吸引世界游客的一个最有趣味的名城。

佛罗伦萨的雄伟的古建筑和艺术品太多了，记者又愧非艺术家，没有法子详尽地告诉诸友，对于艺术特有研究的朋友，最好自己能有机会到这种地方来看看。

记者在二十年前看到康有为著的《欧洲十一国游记》的《意大利》一书，就看到他尽量赞叹意国的全部用大理石建造的大教堂。此次到佛罗伦萨才看到可以称个“大”字的教堂（La Cattedrale di Sonta Maria de Fiore），建于十三世纪，有五百五十四尺深，三百四十一尺阔，三百五十一尺高，门用古铜制成，墙和门都有名人的绘画或雕刻，外面炎热异常，走进去立成秋凉气候。在那样高大阴暗的大堂里，人身顿觉小了许多。“大殿”上及许多“旁殿”上插着许多白色长蜡烛，燃着的却是几对灯光如豆的油灯。宗教往往利用伟大的建筑来使人感到自身的微小，由此引起他对于宗教发生崇高无上的观念，其实艺术自艺术，宗教自宗教，不能假借或混淆的。

在威尼斯和佛罗伦萨的较大的教堂前都悬有英、德、法、意四国文字的通告，列举禁例。尤其有趣好笑的有关于妇女的，例如说凡是妇女所穿的衣服袖子在臂弯以上的不许进去，颈上露出两寸以上肉体的不许进去，裙和衣服下端不长过膝的不许进去，衣服穿得透明的不许进去，大概所谓摩登女子到此都多少要发生了困难问题，这也许只好怪上帝不赞成摩登女子了！男子的禁例就只是要脱帽，自由得多。

在各教堂里所见跪着祷告的不是老头子，就是老太婆，找不出一个男青年或女青年，我觉得这是可以注意的一点。

佛罗伦萨的古气磅礴的雄伟建筑物，大概不是教堂，就是城堡。城堡都是用巨石筑成，高四五层六七层不等，上面都有像城墙上的雉堞似的东西。有许多这样的城堡都成了大商店，不过古气磅礴的石墙仍保存着。此外有最大的城堡（Palazzo Vecehio，里面藏着许多名油画，墙上和天花板上都是。城堡内部的曲折广深，尤令人想见最初建造时工程的浩大。这种封建时代的遗物，不知含着多少农奴的血汗！

十日午时离佛罗伦萨，乘火车向罗马进发，直到夜里十一点半才到目的地。因车上人挤，大家立了数小时。我们在佛罗伦萨参观时都是按照地图奔跑的，在火车上又立了数小时，都弄得筋疲力尽，同行的周君喃喃地说“如再这样接连跑，只有‘跷辫子’了！”“跷辫子”不是好玩的！所以我们到罗马后，决议第二天的上半天放假，使得恢复元气后，下半天再开始奔跑。关于到罗马后的记述也许可比这一篇较有意义些，当另文奉告，现在还有几个杂感附在这里。

（一）截至记者作此文时，游了意国的四个地方，即布林的西、威尼斯、佛罗伦萨和罗马。不知怎的他们对于黄种人就那样地感到奇异，走在街上，总是要对我们望几眼，有的还窃窃私议，说我们是日本人，同行中有的听了很生气，但既不能对每人声明，也只有听了就算了。他们何以只想到日本而不会想到中国？有人说他们觉得所谓中国人，就只是流落在国外的衣服褴褛的中国小贩，衣冠整洁的黄种人便都是日本人。这种老话，我在小学时代就听见由外国留学的人回来说起，不料过了许多年，这个观念仍然存在——倘若上面的揣测是不错的话。但是我想倘若仅以衣服整洁替中国人争气，这也未免太微末了。

（二）意大利的妇女职业已较我国发达——虽则听说比欧洲其他各国还远不能及。在旅馆里，在饭馆里，在普通商店里，职务由妇女担任的很多。记者在威尼斯邮局寄信时，见全部职员都是女子担任。她们大多数都是穿着黑色的外衣，领际用白色的镶边，都很整洁。旅馆的“茶房”几乎全是女子，有的是半老徐娘，有生得比较清秀的，看上去就好像女学生，每天客人出门后，她们就进房收拾，换置被单等物。

（三）记者所住过的几个旅馆，觉得和中国的旅馆有一大异点，就是很安静，没有喧哗叫嚣的情形。执事的人也很少，帐房间一两个人，其余就不大看见人影，就是电梯也可以由客人自开，像接电灯开关似的，要到第几层就用手指按一按那个扑落，电梯就会自动地开到那一层。就是各商店里的伙计，人数也很少，不过一两人，不像我国的商店，有许多往往像菩萨或罗汉似的一排一排列在柜台后面。其实这种异点，在上海中西人的商店里已略可见到了。

一九三三年八月十二日，夜，记于罗马

世界公园的瑞士

记者此次到欧洲去，原是抱着学习或观察的态度，并不含有娱乐的雅兴，所以号称世界公园的瑞士，本不是我所注意的国家，但为路途经过之便，也到过该国的五个地方，在青山碧湖的环境中，惊叹“世界公园”之名不虚传。因为全瑞士都是在碧绿中，除了房屋和石地外，全瑞士没有一亩地不是绿草如茵的，平常的城市是一个或几个公园，瑞士全国便是一个公园；就是树荫和花草所陪衬烘托着的房屋，他们也喜欢在墙角和窗上栽着或排着艳花绿草，房屋都是巧小玲珑，雅洁簇新的（因为人民自己时常油漆粉刷的，农村中的房屋也都如此）。墙色有绿的，有黄的，有青的，有紫的，隐约显露于树草花丛间，真是一幅美妙绝伦的图画！

记者于八月十七日下午十二点离开意大利的米兰，两点钟到了瑞士的齐亚索，便算进了“世界公园”的境地。由此处起，便全是用着电气的火车（瑞士全国都用电气火车，非常洁净），在火车上遇着的乘客也和在意大利境内所看见的“马虎”的朋友们不同，衣服都特别的整洁，精神也特别的抖擞，就是火车上的售卖员的衣冠态度也和“马虎”派的迥异，这种划若鸿沟的现象，很令冷眼旁观的人感到惊讶。由此乘火车经过阿尔卑斯山（Alps）下的世界有名的第二山洞（此为火车经过的山洞，工程艰难和山洞之长，列世界第二），气候便好像由燥热的夏季立刻变为阴凉的秋天。在意大利火车中所见的东一块荒地西一块荒地的景况，至此则两旁都密布着修得异常整齐的绿坡，赏心悦目，突入另一种境界了。所经各处，常在海平线三四十尺以上，空气的清新固无足怪，远观积雪绕云的阿尔卑斯山的山峰矗立，俯瞰平滑如镜的湖面映着青翠欲滴的山景，无论何人看了，都要感觉到心醉的。我们到了琉森湖（Lakeof Lucerne）① 的开头处的小埠佛露哀伦（Fluelen），已在下午五点多钟，因打算第二天早晨弃火车而乘该处特备的小轮渡湖（须三小时才渡到琉森城，即该湖的一尽头），所以特在湖滨的一个旅馆里歇息了一夜。这个旅馆开窗见湖面山，设备得雅洁极了，但旅客却寥若晨星，大概也受了世界经济恐慌的波及。

这段路本来可乘火车，但要游湖的，也可以用所买的火车连票，乘船渡湖，不过买火车票时须声明罢了。我们于十八日上午九时左右依计划离佛露哀伦，乘船渡湖。这轮船颇大，是专备湖里用的，设备很整洁，船面上一列一列的排了许多椅子备旅客坐。我们在船上遇着二三十个男女青年，自十二三岁至十七八岁，由一个教师领导，大家背后都背着黄色帆布制的行囊，用皮带缚到胸前，手上都拿着一根手杖，这一班健美快乐的孩子，真令人爱慕不止！他们乘一小段的水路后，便又在一个码头上岸去，大概又去爬山了。最可笑的是那位领导的教员谈话的声音姿态，完全像在课堂上教书的神气，又有些像演说的口气和态度，大概是他在课堂上养成的习惯。在沿途各站（在湖旁岸上沿途设有船站，也可说是码头），设备也很讲究，上船的游客渐多，大都是成双或带有幼年子女而来的。有三个五十来岁发已斑白的老妇人，也结队而来，背上也负着行囊，手上也拿着手杖，有两个眼上架着老花眼镜，有一个还拿着地图口讲指划，兴致不浅。这也可看出西人个人主义的极致，这类老太婆也许有她们的子女，但年纪大了各走各的路，和中国的家族主义迥异，所以老太婆和老太婆便结了伴。这种现象，我后来越看越多了。

船上有一老者又把我们当作日本人，他大概有搜集各种邮票的嗜好，问我们有没有日本的邮票，结果他当然大失所望！

---

① 琉森湖：即亦译卢塞恩湖。佛露哀伦：今通译弗吕埃伦。

我们当天十二点三刻就乘船到了琉森城，这是瑞士琉森邦（瑞士系联邦制，有二十二邦）的最为游客所常到的一个城市，在以美丽著名的琉森湖的末端。我们上岸略事游览，即于下午四点钟乘火车往瑞士苏黎世邦的最大的一个城市（也名苏黎世，人口二十万余人），一小时左右即到。该城丝的出产仅次于法国的里昂，布匹和机械的生产很盛，是瑞士的主要的经济中心地点，同时也是由法国到东欧及由德国和北欧往意大利的交通要道。该处有苏黎世湖，我们到后仅能于晚间在湖滨略为赏鉴，于第二日早晨，我们这五个人的小小旅行团便分散，除记者外，他们都到德国去。记者便独自一人，于上午十点零四分，提着一个衣箱和一个小皮包，乘火车向瑞士的首都伯尔尼进发，下午一点三十五分才到。在车站时，因向站上职员询问赴伯尔尼的月台（国外车站上的月台颇多，以号码为志），他劝我再等一小时有快车可乘，我正欲在沿途看看村庄情形，故仍乘着慢车走。离了团体，一个人独行之后，前后左右都是黄发碧眼儿了。

团体旅行和各人旅行，各有利弊，其实在欧洲旅行，有关于各国的西文指南可作游历的根据，只须言语可通，经济不发生问题（团体旅行，有许多可省处），个人旅行所得的经验只有比团体旅行来得多。记者此次脱离团体后，即靠着一本英文的《瑞士指南》，并温习了几句问路及临时应付的法语，便独自一人带着《指南》，按着其中的说明和地图，东奔西窜着，倒也未曾做过怎样的“阿木林”。

记者到瑞士的首都伯尔尼后，已在八月十九日的下午，租定了一个旅馆后，决意在离开瑞士之前，要把关于游历意大利所得的印象和感想的通讯写完，免得文债积得太多，但因精神疲顿已极，想略打瞌睡，不料步武猪八戒，一躺下去，竟不自觉地睡去了半天，夜里才用全部时间来写通讯。二十日上午七点钟起身后继续写，才把《表面和里面——罗马和那不勒斯》一文写完付寄。关于瑞士，我已看了好几个地方，很想找一个在当地久居的朋友谈谈，俾得和我所观察的参证参证，于是在九点后姑照所问得的中国公使馆地址，去找找看有什么人可以谈谈，同时看看沿途的胜景。一跑跑了三小时，走了不少的山径，才找到挂着公使馆招牌的屋子。规模很小，尤妙的是公使一人之外，就只有秘书一人，阍人是他，书记是他，打字员也是他，号称一个公使馆，就只有这无独有偶的两个人（不过还有一个老妈子烧饭）！问原因说是经费窘迫（日本驻瑞的公使馆，除公使外，有秘书及随员三人、打字员两人、顾问［瑞士人］一人及仆役等）。记者揿电铃后，出来开门的当然就是这位兼任阍人等等的秘书先生，他是一位在瑞士已有十三四年的苏州人，满口苏白，叫苦连天。我们一谈却谈了两小时之久，所得材料颇足供参考，当采入下篇通讯里。可是我却因此饿了一顿中餐。

八月二十一日下午乘两点二十分火车赴日内瓦；四点五十分到。在该处除又写了《离意大利后的杂感》一文外，所游的胜景以日内瓦湖为最美。但是这样美的瑞士，却也受到世界经济恐慌的影响。其详当于下篇里再谈。

二十二，八，二十八，下午，记于巴黎

巴黎的特征

记者于八月二十三日夜里由日内瓦到巴黎，提笔作此通讯时已是九月六日，整整过了两个星期，在这时期内，一面自己补习法文（昨据新自苏联回巴黎的汪梧封君谈，在苏联欲接近一般民众，和他们谈话，外国语以德语最便，其次法语，英语最难通行），一面冷静观察，并辗转设法多和久住法国的朋友详谈，所得的印象和感想颇多，容当陆续整理报告。现在先谈谈巴黎的特征。

讲到巴黎的特征，诸君也许就要很容易地连想到久闻大名的遍地的咖啡馆和"现代刘姥姥"所宣传的什么"玻璃房子"。遍地的咖啡馆确是巴黎社会的一个特征，巴黎街上的人行道原来很阔，简直和马路一样阔，咖啡馆的椅桌就几百只排在门口的人行道旁，占去人行道的一半，有的两三张椅子围着一只小桌子，有的三四张椅子围着一只小桌子，一堆一堆的摆满了街上；一到了华灯初上的时候，便男男女女的坐满了人，同时人行道上也男男女女的熙来攘往，热闹异常，在表面上显出一个繁华作乐的世界。在这里可以看到形形式式的"曲线美"，可以看到男女旁若无人似的依偎蜜吻，可以看到男女旁若无人似的公开"吊膀子"。这种种行为，在我们初来的东方人看来，多少存着好奇心和注意的态度，但在他们已司空见惯，不但在咖啡馆前，就在很热闹的街上，揽腰倚肩的男女边走边吻，旁人也都像没有看见，就是看见了也熟视无睹。但我们在"繁华作乐世界"的咖啡馆前，也可以看见很凄惨的现象！例如衣服褴褛、蓬发垢面的老年瞎子，手上挥着破帽，破喉咙里放出凄痛的嘎噪的歌声，希望过路人给他几个"生丁"（一个法郎等于一百生丁)；还有一面叫卖一面叹气的卖报老太婆，白发瘪嘴，老态龙钟；还有无数花枝招展、挤眉弄眼向人勾搭的“野鸡”。有一次记者和两位朋友同在一个咖啡馆前坐谈，有一个“野鸡”不知看中了我们里面的哪一个，特在我们隔壁坐位上（另一桌旁）花了一个半法郎买了一杯饮料坐了好些时候，很对我们注视，后来看见我们没有人睬她，她最后一着是故意走过我们桌旁，掉下了手巾，俯拾之际，回眸对我们嫣然一笑，并作媚态道晚安，我们仍是无意上钩，她才嗒然若丧的走了。她这“嫣然一笑”中含着多少的凄楚苦泪啊！(不过法国的“野鸡”却是“自由”身体，没有什么老鸨跟随着，可是在经济压迫下的所谓“自由”，其实质如何，也就不言而喻了！听说失业无以为生的女工，也往往陷入这一途。)

至于“现代刘姥姥”所宣传的“玻璃房子”，并不是有什么用玻璃造成的房子，不过在有的公娼馆里，墙上多设备着镜子，使几十个赤裸裸的公娼混在里面更热闹些罢了（因为在镜子里可显出更多的人体)。据“老巴黎”的朋友所谈的这班公娼的情形，也足以表现资本主义化的社会里面的“事事商品化”的极致。这种公娼当然绝对没有感情的可言，她就是一种“商品”，所看见的就只是“商品”的代价——金钱。有的论时间而计价钱，如半小时一小时之类，到了时间，你如果“不识相”，执事人竟可不客气地来打你的门，不过有一点和“野鸡”一样，就是她们也是有着所谓“自由”身体，并没有卖身或押身给“老鸨”的事情；可是也和“野鸡”一样，在经济压迫下的“自由”，其真义如何也可想见，在表面上虽似乎没有什么人迫她们卖淫，尽可以强说是她们“自由”卖淫，实际还不是受着压迫——经济压迫——才干的？这也便是伪民主政治下的借来作欺骗幌子的一种实例！世间变相“公娼”和“野鸡”正多着哩！

据在这里曾经到过法国各处的朋友说，咖啡馆和公娼馆，各处都有，不过不及巴黎之为尤盛罢了。

记者因欲探悉法国的下层生活，曾和朋友于深夜里在街道上做过几次“巡阅使”，屡见有瘪三式的人物，臂膊下面夹着一个庞大的枕头，静悄悄地东张西望着跑来跑去，原来这些都是失业的工人，无家可归，往往就在路旁高枕而卧，遇着警察，还要受干涉，所以那样慌慌张张似的。法国在各帝国主义的国家中，受世界经济恐慌的影响，比较的还小，据我们所知道的，法国失业工人已达一百五十万人，但法当局讳莫如深，却说只有二十四万人（劳工部最近公开发表注册领救济费者），最近颇从事于修理各处有关名胜的建筑和机关的房屋，以及修理不必修的马路等等，以期稍稍容纳失业工人，希冀减少失业人数装装门面，但这种枝节办法能收多大的效用，当然还是个问题。向政府注册的失业工人每月原可得津贴三百法郎，合华币六十圆左右，在我们中国度着极度穷苦生活的民众看来，已觉不错，但在生活程度比我们高的法国，这班工人又喜欢以大部分的收入用于喝酒，所以还是苦得很，而且领了若干时，当局认为时期颇久了，不管仍是失业，突然来一个通知，把津贴停止，那就更尴尬了。这失业问题，实是给帝国主义的国家“走投无路”的一件最麻烦的事情。

但是在法国却也有它的优点，为产业和组织落后的殖民地化的国家所远不及的，记者当另文叙述奉告。

二十二，八，六，晚，记于巴黎

由巴黎到伦敦

记者提笔写这篇通讯的时候，到伦敦已有一个多月了，因为预计所已寄出的文稿，还可供《生活》许多时候继续的登载，所以到今天才动手续写通讯，但这一个多月的时间却也支配得很忙。大概上半天都用于阅览英国的十多种重要的日报和几种重要的杂志，下半天多用于参观，或就所欲查询的问题和所约的专家谈话，晚间或看有关所查询问题的书籍，或赴各种演讲会（去听不是去讲），或约报馆主笔谈话，或参观报馆夜间全部工作，每天从床铺上爬起来，就这样眼忙、耳忙、嘴忙，忙个整天。

记者系于九月三十日上午十点钟由巴黎动身，当日下午四点五十五分到伦敦。由巴黎到伦敦须渡英吉利海峡（English Channel），原有四条路线可走，而以走加来（Calais）和多维尔（Dover）一条路线，所经海峡距离最短。记者在事前就听见朋友说起，经过英吉利海峡虽为时仅两小时左右，但风浪极大，无论怎样富于旅行经验的人，却不得不吃些苦头；记者因怕晕船，不必要的苦头可免则免，所以就选走这条海峡距离最短的路——先由巴黎乘火车到加来（法境），由该处离火车乘轮渡海峡，达多维尔（英境），然后再乘火车到伦敦。到通济隆买票的时候，才知道要走这条路，由巴黎到加来的火车只有头二等，没有三等，这个竹杠只得让他们敲一下了。轮上，因预得朋友的警告，说三等晕得更厉害，千万要坐二等，我也只得照办，不过从多维尔到伦敦的一段火车却仍坐了三等。

下午二点钟开始渡海峡，一到船上，阴云密布，凛风吹来，气候就特别冷起来，许多男女老幼搭客身上都穿了冬天厚呢大衣，我却只穿了一件春季夹大衣，可是此时满心准备着大尝一番晕船苦楚，危坐待变身上虽似乎有些发抖，却不觉得怎样冷。船上原有大菜间供搭客们吃中饭，但一则因为这种地方价钱都特别昂贵，二则因为准备晕船，不宜果腹，所以我便打定主意叫自己的肚子饿一顿。记者饿着肚子坐着待变的时候，一面纵览同船的许多老的、少的、男的、女的，形形式式的搭客；一面却另有一种感触，觉得我所以肯、所以能不怕怎样大的风浪在前面，都鼓着勇气前进，只有应付的态度，没有畏避的态度，就只因为我已看定了目的地——所要达到的明确的对象——又看定了所要经的路线。此事虽小，可以喻大。

但是事情却出乎意料之外！我睁着眼巴巴地望着海面，准备着狂风怒涛的奔临，却始终未来；等到船将靠岸，随着大众从第二层甲板跑到最高一层甲板时，大风骤作，有许多太太小姐们的裙子随着大衣的衣裾被风吹得向上纷飞，她们都在狂笑中用手紧紧地拉着，一不留神，大腿和臀部都得公开一下，引得大家哄笑。还有许多“绅士”们的帽子也被大风吹得满地（甲板上）滚，搭客们就这样笑做一团，纷纷上岸。

由瑞士到法国时，火车驶入法境后，仅由法国海关人员在火车上略为翻看搭客的箱子（火车同时仍在继续前行），此次由法到英，上岸后却须到海关受一番盘查。他们把本国人（英）和外国人分做两起，经两个地方出入。凡是本国人，只须看一看护照就放过。一大堆外国人（其中以法国人占多数，中国人就只记者一人）便须于呈验护照后，由海关人员十几人各在一张桌旁，向客人分别查问。有个海关人员问到记者时，问我来英国干什么，我说我是个新闻记者，现在欧洲旅行考察。他很郑重地问：“你不是来找事做的吗？”我开玩笑地答他道：“我是来用钱，不是来赚钱的！”他听了笑起来，问我钱在哪里，我刚巧在衣袋里有一张汇票，便很省便地随手取出给他看一看，他没有话说，只说如在英居住过了三个月，须到警察局登记，说完就在我的护照上盖一个戳子。后来我仔细看一下，才知道这戳子上面还郑重注明："准许上岸的条件，拿此护照的人在英国境内不得就任何职业，无论有薪的，或是无薪的。"总之他们总怕外国人来和他们抢饭吃就是了——这大概也是他们失业恐慌尖锐化的一种表现。

离了海关，提着衣箱赶上火车，于拥挤着的人群中勉强找得一个座位，便向伦敦开驶。英国火车的三等比意大利的好得多了，六个人一个房间，有厚绒的椅子，椅下还有弹簧，我国火车的二等还比他们不上，三等更不消说了。车行不久后，天气放晴，气候也和暖起来了，向左右窗外看看，乡间房屋多美丽整洁，比法国的乡间好，和在瑞士乡间所见的仿佛。途径一个很大的墓地，几百个十字架式的墓碑涌现于鲜花青草间，异常清丽，但见东一个西一个妇女穿着黑衣垂首跪在碑前，想象她们不知洒了多少伤心泪！

到后因已承朋友先为租好了一个人家的房间，便搬进去住。伦敦的街道，大街固然广阔平坦，就是住宅区的比较小的街道，也都是像上海静安寺路或霞飞路那一样的光滑、平坦、整洁。住宅大都三层楼，门口都是有余地种些花草。记者所租的房间，也在这样状况中的一所屋里。这种一般的小住宅，里面大都设备得很整洁讲究，在马路上就看得见华美的窗帷，不但房里有花绒地毯，就是楼梯上也都铺有草绒地毯。抽水马桶和自来水浴室也都有。房里都有厚绒沙发可坐。除东伦敦的贫民窟外，这可算是一般人民水平线以上的普通生活，这当然不是上海鸽子笼式房屋的生活所可同日而语了，至于连鸽子笼式房屋还没得住的人，那当然更不消说。不过记者在伦敦现在所住的这个屋子，却有些特殊的情形，这些未尝不是英国社会一部分的写真，下次再说。

二十二，十一，五，伦敦

华美窗帷的后面

记者上次曾经谈起伦敦一般居民的住宅，除贫民窟的区域外，都设备得很清洁讲究，在马路上就望得见华美的窗帷。但在这华美窗帷的后面究竟怎样，却也不能一概而论。像记者现在所住的这个屋子，从外面看起来，也是沿着一条很清洁平坦的马路和行人道，三层洋房的玲珑雅致，也不殊于这里其他一般的住宅，华美的窗帷也俨然在望，但是这里面的主人却是一个天天在孤独劳苦中挣扎地生活着的六十六岁的老太婆！她的丈夫原做小学教员，三十年前就因发神经病，一直关在疯人院里；她有两个儿子，一个女儿。大儿子二十岁的时候就送命于世界大战，第二个儿子也因在大战中受了毒气，拖着病也于前两年死去了，女儿嫁给一个做钟表店伙计的男子，勉强过得去，于是这个老太婆就剩着一个孤苦伶仃的光棍。这个屋子她租了二十年，房屋依然，而前后判若两个世界。她还得做二房东以勉强维持自己的生活，租了六个房客（中国房客就只记者一个），因租税的繁重，收入仅仅足以勉强糊口。每天要打扫，要替房客整理房间，要替各个房客预备汤水及早餐，整天地看见她忙得什么似的。她每和记者提起她的儿子，就老泪横流，她只知道盲目地怨哀，她的儿子给什么牺牲掉，她当然不知道。处于她这样前后恍然两世的环境中，在意志薄弱的人恐怕有些支持不住，而她却仍能那样勤苦的活下去，我每看到这老太婆的挣扎生活，便觉得增加了不少对付困难环境的勇气。

房客来去当然是不能十分固定的，遇有房客退出，她的租税仍然是要照缴的，于是又增加了她的一种愁虑。记者搬入居住的时候，她再三郑重的说，如果住得久，她要把沙发修好，要换过一个钟，我听了也不在意；第二天偶然移动那张老态龙钟的唯一的长形大沙发，才知道不仅弹簧七上八下，而且实际仅剩下三只脚，有一只脚是用着几块砖头垫着的，至于那个钟，一天到晚永远指着九点半！地上铺着的绒地毯也患着秃头或癞痢头的毛病。她三番四次地问我住得怎样，提心吊胆怕我搬家，我原是只住几个月，便马马虎虎，叫她放心。至今那张老资格的沙发还是三只脚，那个钟还是一天到晚九点半！她往往忙不过来，索性把我的房间打扫整理暂时取消，我一天到晚忙着自己的事情，没有工夫顾问，也不忍多所顾问。有一次有一位中国朋友来访我，刚巧我不在家，她对这位朋友把我称赞得好得异乎寻常，说她的屋子从来没有租给过中国人，这是第一次，现在才知道中国人这样的。后来这位朋友很惊奇地把这些话告诉我，我笑说没有别的，就只马虎得好！这几天有一个房客退租了，她便着了慌，屡次问我有没有朋友可以介绍。（这位老太婆怪顽固，不肯租给妇女，说不愿男女混杂，并说向来不许有“女朋友”来过夜。）在资本主义发达特甚的社会里，最注重的是金钱关系，一分价钱一分货，感情是降到了零度，没得可说的。

我曾问她为什么不和女儿同住，免得这样孤寂劳苦，她说如果她有钱，尽可和女儿同住，一切关于她的费用，可由她照付，如今穷得要依靠女婿生活，徒然破坏女儿夫妇间的快乐，所以不愿。在现社会里，金钱往往成为真正情义的障碍物。

附近有个女孩子，十四岁，她的父亲是在煤炭业里做伙计的，平日到义务学校就学，每遇星期六及星期日便来帮这老太婆扫抹楼梯及做其他杂务，所得的酬报是吃一顿饭，取得一两个先令。人虽长得好像中国十六七岁的女子那样大，但因贫困的结果，面色黄而苍白，形容枯槁，衣服单薄而破旧。她每次见到记者，便很客气地道早安，我每看到她那样的可怜状态，未尝不暗叹这也是所谓“大英帝国”的一个国民！

当然，记者并不是说这一家“华美窗帷的后面”情形便足以概括一般的情况，不过在社会里的这一类的苦况，很足以引起特殊的注意，尤其是在经济恐慌和失业问题闹得一天紧张一天以后。由此又令我联想到另一件事。前天我在伦敦的一个中国菜馆里请一位朋友同吃晚饭，谈得颇晚，客人渐稀，不久有一个妙龄英国女子进来，坐在另一桌上，金发碧眼，笑面迎人，沉静而端庄，装束也颇朴素而淡雅；从表面看去，似乎无从疑心她不是“良家妇女”，但这位朋友却知道她的身世凄凉，因受经济压迫而不得不以“皮肉”做“生产工具”。我为好奇心所动，就请认识她的这位朋友把她请过来，请她同吃一顿饭，乘便详询她的身世，才知道她的父亲也是参加世界大战而送命的，母亲再嫁，她自己入中学二年后，便因经济关系而离校自食其力，在一个药房里的药剂师处当助手，做了两年，对此业颇具经验，但后来因受不景气的影响，便失业了；忍了许多时候的苦，才在一个商店里找到一个包裹货品的职务，小心谨慎地干着，不久又因经济恐慌而被裁，于是便加入失业队伍里面去了。多方设法，无路可走，除求死外，只得干不愿干的事情。她此时虽在干不愿干的事情，但因青春美貌还能动人，所以对“男朋友”还能作严格的选择。我说，青春易逝，美貌不留，不可不作将来打算，不择人而嫁，便须极力寻业。她说，嫁人不能随便在街上拉一个，很不容易，寻业已想尽方法，无可如何，并说比她更苦的女子还多着哩，有不少女子终夜在街上立着候人，直到天亮无所获而垂头丧气，甚至涕泪交流的，所在多有。据记者所见，她的话并非虚伪的。平日我夜里十点后总不出外，最近因参观几个大规模的报馆，往往深夜始归，那样迟的时候，公共汽车及地道车都没有了，零租汽车又贵得厉害，只得跑腿，上月三十日夜里参观泰晤士报馆（*The Times*），走过日间很闹热的大街叫做“Charing Cross”的时候，已在夜里两点钟后，果见两旁行人道上，每隔几家店门便有女子直立着等候什么似的，因怕警察干涉，仅敢对你做媚眼，或轻声低语，这类“站班小姐”大概都比较的年大而貌不扬，找不到“朋友”，只有“站班”的资格了！

二十二，十一，八，晚，伦敦

曼彻斯特

记者于十一月二十七日上午十点三十分钟，由伦敦乘火车赴曼彻斯特，下午二点十分钟到。此行所得关于《曼彻斯特导报》的材料，上节通讯里已述及，现在要略谈关于其他的见闻。

我们要感觉到曼彻斯特对于英国的重要，只要想到英国的经济几全靠工业制造品的出口。棉织物向居英国工业制造品的第一位，在大战前，英国棉织物的出口货，实占该国全部出口货总价值中的三分之一，大战后虽锐减，仍占四分之一；我们知道这棉织物所自产造的大本营是在兰开夏（Lancashire），而曼彻斯特却为兰开夏该业的最重要的中心地点。在大战前，可以说世界各市场的棉织物进口货，全部中的四分之三是由曼彻斯特的公司输运出来的；在大战后，关于棉织物的国际贸易，也还有二分之一是操于曼彻斯特该业中人的手里。英国在大战前成为“一世之雄”——世界上最富强的国家——就经济方面说，大部分靠它的出口贸易，出口货的大宗是棉织物，而曼彻斯特却是英国制造棉织物的中心区域。曼彻斯特和英帝国主义的繁荣，和英帝国主义对殖民地及半殖民地的经济侵略，其中密切的关系，于此可见。但是现在却到了倒楣的时代！视作靠山的出口贸易自一九二九年世界经济恐慌以来，已越缩越少，缩到不及从前的三分之一了。占着出口货大宗的棉织物当然随着一同倒媚，加以日本在这方面的激烈竞争，日帝国主义和英帝国主义大抢市场，更使这只“壮牛”（John Bull）走投无路。东洋货最凶的是价钱便宜，例如一件布的衬衫，在英国即工资不算，运输和经商的费也不算，成本至少须一个先令六辨士（普通售价每件约在五先令左右)，而日本货的布衬衫却能在英国市场上每件售价一个先令！所以即在英国直接的殖民地如香港，日本货的进口在一九三二年值七十余万镑(£737,088)，一九三三年仅开始八个月内，竟增至一百万镑以上(£1,107,229)；又如在印度，日本货的进口在一九三二年值八百余万镑(£8,883,178)，一九三三年仅开始八个月内，竟增至一千万镑以上(£10,448,081)！这里面棉织物当然也是大宗，弄得兰开夏的棉织工厂停工的停工，倒闭的倒闭，叫苦连天！帝国主义互争市场的把戏，正在钩心斗角一幕又一幕地演着，愈演愈尖锐化！

曼彻斯特虽在倒媚的时代，但仍然是烟雾弥天，加以天天是阴云密布着，无时不是黄昏的模样。由工厂的烟囱里出来的烟还不够，街上还有一种旧式的汽车，不用汽油而是烧煤的（大多数是运货车)，上面也有个小烟囱，在街上来来往往大放其烟灰。我每出门一次回到旅馆里，或仅出门走了几步路，用手巾向脸上一擦，或鼻孔里一抹，总是黑化。住这工业区的人民，烟灰想总吃得不少。但街市热闹，商店装潢美丽，交通便利，马路平阔，男女熙来攘往，却不失其为大城市的气概。

记者住在一个小旅馆里，房间约有二三十间，最下层有颇舒适的公共写字间和餐室。旅馆虽小，却非常清洁，楼梯和地上都铺着花绒地毯。里面除一个老板和一个老板娘外，就只有两个青年女侍者，虽仅穿着蓝布的罩衫，白布的圆领和胸前的围巾，但美慧天成，令人愉悦；可是一天忙到晚，我看什么事都是她们俩干着，早晨六七点钟就听见她们的迅捷的足声在房门外响着，直到夜里十一点钟以后才得休息，而那对主人却终日闲暇着。有一次刚巧只我一个人在公共写字间里的墙壁火炉前看报，这两个女侍者里面有一个进来替火炉加煤，我乘便问她星期日也略能得到休息的时候吗？她努着嘴说也是一样的一天忙到晚，说完后嫣然一笑，回转身又匆匆忙忙地去干着别的工作了。就在这小小的一个旅馆里，有资产者和仅靠劳动力以求生者，便截然分明，使人感到劳逸的不均，人生的不平。

到的那天，有位在曼彻斯特的朋友杨君知道我来，特从伦敦买到几样中国菜的料子，预备约中国学生某君烧几样中国菜来吃晚饭，不料某君不在家，他忽想到有个他所熟悉的业洗衣作的华侨某甲也是烧中国菜的能手，便同去找他，就在他店里同吃晚饭，带来的几样菜请他一手包办。这个小小的一家洗衣作，某甲是老板，这家店就是他的产业，年逾半百，人很老实，不过生得奇丑，这有个中国伙计，看上去很像鸦片鬼。此外还有一个五十来岁的英籍老太婆和她的一个生得可算健美的女儿，年约二十左右，腹部已膨胀，听说已有了三个月的身孕。这个老太婆很健谈，和我谈了许多关于英国的家庭习俗，特别注意钱的重要！后来听杨君说，才知道她的女儿不久前已嫁给这个洗衣作老板某甲，这老太婆就靠女儿吃不尽，这也许是她对于“钱的重要”的一种表现吧。两女四男同桌吃了一顿。席中老太婆、杨君和我，话最多，某甲和伙计因只会说广东话，变腔的英语也说不到几句，所以只尽量的喝酒吃菜。那个年轻女子虽偶尔说话，但大部分时间都静默着，好像在想着无限心事似的。饭后和杨君在途中时，我说菜的味道很好，不过看着那个满腔心事的年轻女子，不知怎的心里始终感到有些怏怏不乐。其实这也是旧社会制度里的常有现象，像我国某“要人”，年逾半百，听说潜伏梅毒已到了第三期（比较起来，那位勤苦老实的某甲好得多了），还娶了年轻貌美的大学女生。这女生的家属还在事前千方百计地怂恿她出嫁，因为高攀了贵戚，全家从此可以不愁不“鸡犬升天”了！这算是旧社会制度里的婚烟自由！

二十二，十二，三十一，伦敦

利 物 浦

英国棉织业大本营的兰开夏有两个最著名的城市：一个是曼彻斯特，记者在上次通讯里已略述梗概了；还有一个是利物浦（Liverpool），在兰开夏西南沿海的一个船业中心，有英国的“西方门户”之称。该埠沿岸接连着的船埠达六哩半之远，港内水面积有四百七十五亩之广，无论怎样大的轮船都能靠岸。英国进口货的四分之一和出口货的五分之二，都经过利物浦。该埠除在运输上占重要地位外，最重要的工业是造船，故大规模的船坞，连绵数里，坐着架空的电气火车，沿船埠兜了好半天，还看不完。但是英国的出口贸易，既跟着世界经济恐慌而踏上了倒楣之路，运输业当然随着一同倒楣。曼彻斯特到了倒楣时代，利物浦也不得不到了倒楣时代。繁荣时代，规模越大越煊赫；倒楣时代，规模越大越糟糕，越难收拾。在一九三三年的一年中，造船业工人有一半以上失业；船埠工人及水手有三分之一以上失业，形势严重，可以想见。

记者于十一月三十日上午十一点三十分钟由曼彻斯特乘火车动身，下午二点十分钟到利物浦。市面萧条，较曼彻斯特露骨得多。在利物浦大学地理学院肄业的朋友涂长望君（《生活》的读者）到车站来照拂，并承他陪伴了两天，诚挚可感。记者此次出国最感愉快的是藉着《生活》的媒介，遇着许多有志的青年朋友，涂君也是其一。我们虽未曾谋面过，但却是一见如故，快慰平生，因为我们在精神上都早成了好友。涂君说利物浦大学地理学院教授（兼院长）罗士培（Prof. Percy M. Roxby）对中国非常表同情，叫我去谈谈。当天下午四时左右便同往，将近该校和进了该校的时候，陆陆续续看见男女同学迎笑着对涂君打招呼，态度都很亲热。据涂君告我，该校因罗士培教授对中国异常表同情，每讨论到远东问题，总是帮中国，所以造成风气。他所主持的地理学院的男女生近百人，都是对中国特具好感的。我才恍然于许多男女生对中国人的亲热态度。

罗士培教授十年来曾三次到过中国，对于中国文化及地理问题的著作颇多，对于中国学生的事情非常肯热心帮忙，遇着有演说机会的时候，总是替中国说话。中国的好坏，自有本身的事实存在，我们原不必听见有人说好话便色然而喜，但是肯表同情于中国的朋友，却也值得我们的介绍。

英国人把下午四五点钟的那顿茶点看得很重，有人说他们晚饭不吃还不打紧，下午那顿茶点是万不可少的。我们到了地理学院里的时候，正遇着罗士培和几个同事在楼上一个小房间里吃茶点，便邀涂君和我一同加入。罗士培教授说他刚接到一位伦敦朋友的信，知道我来，正盼望着晤谈。他今年五十三岁了，还是一个独身，住在学生寄宿舍里，和学生混在一起，衣服看上去也很随便，大有一个书呆子的模样，大概他的注意力都用在地理学上去了。在这天的茶点席上，却有他的一位妙龄秀美的女秘书奥德姆女士（Miss Oldham）担任“女主人”的职务，很殷勤和蔼地招呼客人的茶点。此外还有该学院的讲师史密斯君（W. Smith）。我们五个人围桌而坐，我们当然很容易谈到中国问题。我忽见他（罗士培）瑟瑟缩缩从衣袋里一个日记簿上，取出几张刚从报上剪裁下的关于中国的新闻。有一张是一个英国“死硬派”素有“中国通”之名的某甲写给《泰晤士报》的信，大意说，日本占据满洲，虽经国联认为不合理，但现在已成事实，时势不同，如仍根据国联意见，不注意事实，徒然妨碍世界和平云云。这几位英国的男女朋友——罗士培。史密斯和奥德姆——都愤愤不平，我暗中觉得我们自己不长进，旁人反代为不平，徒然增加我们自己的惭愧而已！我们约谈半小时后告辞握别。

罗士培教授有个习惯颇好笑，他谈话时，仰着头，眼睛好像总是望着天花板。倘若不是他的诚恳，简直有人疑他旁若无人。我出来后对涂君说句笑话，说罗士培的眼睛总是好像望着天花板，他大概从未知道同事里面有个那样秀美的奥德姆女士吧！

记者在利物浦时参观了利物浦大学（建筑学最著名），大规模的船坞（有许多轮船都闲空着），利物浦的贫民窟（所谓“Slum”，该处是在英国最大的贫民窟之一，衣服褴褛，房屋破烂，触目皆是）。此外在建筑上比较特别的是利物浦的“浮码头”，他们称为“landing stage”，因为在那海岸旁的潮水涨落的很厉害，最高时涨到三十四呎，低时十一呎，所以为搬货及搭客上下的便利，不得不有浮着的活码头。该码头长二千五百三十四呎，平均阔八十呎，高出水面六呎到八呎，用铁链系在岸旁，价值二三十万镑，工程殊为宏大，走上去简直是陆地，不觉得是在什么码头上。不愧为帝国主义对外实行经济侵略的大本营的规模！

还有个尚在继续建造中的大建筑物是利物浦大教堂（Liverpool Cathedral）。世界第一宏伟的大教堂是罗马的圣彼得大教堂，高四百十八呎，利物浦这个才造好一部分的大教堂也有三百零八呎高，欲抢得第二把交椅。自一九四〇年开始建筑以来，建筑了近三十年，尚未完工，其工程浩大可想。记者去瞻仰时，不得不惊叹该处大贫窟里的许多贫命集合起来，哪比得上这个上帝的福命啊！听说对此事捐款最踊跃的是该处的资本家。帝国主义最欢迎的是“圣经”（见《海上零拾》），资本家所欢迎的又是大教堂！

在英国的华侨，最多的是在伦敦（当另文记之）；其次要算利物浦了，有三百八十人，其中约有一百八十人做轮船上的水手、火夫及极少数的管事人（Steward，类于茶房头的职务），现此中失业者已有六十八人，此外有几家小菜馆及小商店，大概只专做本国人的生意，其余的大多是洗衣业，也仅靠老主顾勉强维持着。（曼彻斯特也有二十几个华侨，全是洗衣业，几全有了英籍的妻子。）他们大多娶了英国女子，冒着险到英国谋食的华侨，教育程度原很低，有许多中西文字都不识，而英国妻子至少受过高小教育，所以大半受妻子的管辖，惧内者居多，因为写信记帐以及许多事都需要仰仗她们。利物浦也有华人麇集的中国街（其实叫“peel street”），记者也去“巡阅”一番。当然都是小店，有好几家关了门，“寄人篱下”，免不得随人倒楣了！并到该处一家中国菜馆里去吃过两次饭，看见几个中英合种的男女小孩，真长得健美可爱，和他们瞎谈一阵，觉得他们天真烂漫，性情都很和蔼。有个三岁的孩子，只头发是黑的，其余就全似个洋囡囡，可爱极了，我简直想把他抱回中国来。这家老板是个广东人，老板娘是个大胖子的英妇，他们有个合种的女儿已十八九岁，具着一副婀娜的美态，一对妩媚的慧眼，说着一嘴的莺声软语，婉转动听，听说已和一个英国人订了婚，准备明年出嫁，怎样的英国人却不知道。

涂君谈起他有个好友赵云鹏君，在利物浦大学专攻桥梁工程，也是《生活》的读者，最近因肺病进了医院，听见记者来的消息，以不得一见为憾。我说我应该到医院里去慰问他，便于十二月一日下午买了一些水果，约同涂君和特由伦敦赶来利物浦陪我同赴爱尔兰的张似旅君，到医院里去看他。他住在一个大病室里，有几十个病人一排一排的沿着四面的墙旁榻上躺着，布置得很整洁。他也穿着睡衣躺着，我们三个在病室门口伸着脖子看清了他的榻位，便蹑手轻脚地偷移到他的榻旁。经涂君介绍后，我和他很诚恳地握着手，并把水果捧给他。他看见我们来了，欢喜得什么似的。我们听见他说，医生说已可无碍，身重加了两磅，不过还须疗养，也非常替他欢喜。我们除竭诚慰问外，不敢多谈，于郑重道别后，又偷偷蹑蹑地跑出了病室，已是万家灯火了。

当夜我便和张君乘轮赴爱尔兰的首都。

二十二，一，四，伦敦

独立观念中的叫化子

有独立观念的不该做叫化子，做叫化子的似乎就不会有什么独立观念，但是就记者在伦敦所见的许多叫化子，“独立观念”和“叫化子”这两个名词竟可以联在一起；有独立观念的叫化子，其现象比单纯的叫化子，当然更含有严重的意义。

你在伦敦无论如何热闹的街上，几乎在每条街上都可以看见东立一个穿着破旧衣服的老儿头，西立一个穿着破旧衣服的失业工人模样的男子。有的立在店门口边上，有的立于马路和行人道的中间，面孔向着店铺，手上有的捧着小木盘，有的捧着小纸盒，里面排着十几盒自来火，一声不响的立着发呆。当着大风奇冷的时候，还可看见这些须发雪白的老头儿们发抖。这都不是真在那儿卖自来火的，却是变相的叫化子。你如果付了钱便想拿着自来火走，那便成了“阿木林”！和英国朋友谈天的时候，有时他们说到经济上的困难，往往说笑话，说“去卖自来火吧！”“卖自来火”原来几乎成了做叫化子的代名词。手上捧着几盒自来火，虽实际是在做乞丐，觉得面孔上似乎究竟好看些（?），这是他们还舍不得独立的观念。我所看见的这以卖自来火为掩饰的叫化子虽不少，但很少看见有人挖腰包，只有一次看见一个路过的、头发也是雪白了的老太婆，拿出几个辨士给一个捧着自来火、须发同样白的老头儿。这大概还是她在年龄上出于“同病相怜”的同情心吧。

有的手上拿着一个口琴，在马路旁一面吹着，一面兜转着大跳而特跳，好像发疯似的；有的手上拿着一个手风琴，大拉而特拉，那种两手用死劲儿拉着，全身都跟着大摇大摆的神气，使你觉得他实在是用尽了全副的精神；有的手上拿着一个喇叭，在路旁吹着开步走的军号；有的坐在路旁打着洋琴，叮叮当当打了好半天，没有人肯破钞，见有人走过便大声叫着“谢谢你！”但我看去似乎仍然没有多大的效力！有的老太婆手上拿着一本书，向里立在马路和行人道中间，对着书朗声高诵，但她尽管喘着气高诵她的好书，我却没有看见有什么人去听她。最近在一条最热闹的马路上，看见一个人头上戴着方帽，身上穿着一件宽身大袖的长袍（在大学里得了学位穿的制服），夹着几本书，翻着一本，用手指着，大声演讲，看到他长袍底下衣服的破烂不堪（制服已是破旧的），以及他那副乞相，才知道他原来是装着“大学教授”架子的叫化子！他的那副怪形怪状，最初颇引起过路人的好奇心，围着看他，后来大概发现了他的真正目的，便望望然走去了。我回来道经那条路的时候，看见这位“大学教授”只单独地一个人站在那里，但他仍然口讲指划，刺刺不休，我不得不佩服他的坚毅的精神！还有一次在另一条最热闹的马路上，看见有一个四五十岁的人物，上身连外衣都没有了，在那样车辆和行人拥挤不堪的街道，在一边马路上连着大翻其斤斗！车和人都不得不让他。他那副急形急状的模样，非亲眼目睹的人，简直不能想象。这些现象，似乎都不外乎这个意思：我要拿你几个钱，也尽了一些力，不是白拿的。换句话说，便是还含有独立的观念，不愿作依赖的表示。

此外常见的是在路旁唱歌。有一个人唱，有一男一女唱，有集队唱。这种队伍有三五人，有七八人，多时竟有二十余人，双人并行，衣服都是很破烂的；人倒多是强壮的大汉，看上去多像失业工人模样，领队的一个人把鸭舌帽翻过来拿在手上，备路人把钱丢进去。这种队伍常见于热闹市街上行人最多的时候，且走且唱，引吭高歌，颇有激昂悲壮之概。大概这类失业者一肚子牢骚无处泄，乘此机会大喊大叫一番，所以声音特别激越宏亮。除唱歌叫化外，还有一种奏乐叫化队，每在星期日，有十几人，或二三十人，各拿乐器，在各马路相当的方场上，合拢来奏乐。这类奏乐队的叫化子，衣服比较穿得整齐，有的大衣常服穿得很好，乐器也比较的好，怀峨林、曼陀林等俱备。

最令人看着惨然的是四五岁到十一二岁的小叫化子，这类小叫化子虽不及成人叫化子之多，但也常得遇见。有一次我在电车站旁看见一个四岁模样的小叫化子伸手向人讨钱，那样黄金发、深蓝眼、两双红苹果似的双颊，以及那一副天真烂漫的憨态，实在令人觉得可爱！有一个中国朋友曾经有一次被一个小叫化子追随着，他身上刚巧没有零钱，那孩子多追了几步，旁有一个英国绅士模样的人出来把这个孩子拉开，轻声对他说道："这是外国人，不要去扰他。"在天真烂漫的孩子，觉得肚子饿了便须伸手要钱，什么外国人不外国人，他们原弄不清楚！至于有名无实的独立观念，他们当然更不能理会，所以不讨则已，一讨便是老实伸手问你要钱。

伦敦的叫化子虽有这样的五花八门，但是在女性方面，除五六十岁以上的老太婆外，青年的却没有。这原因很容易明白；因为她们有"皮肉"可作"交易"，迫不得已时便从这方面去发展了。你夜里在电灯辉煌人山人海的街市，如皮卡得利（Piccadilly）和摄政街（Regent Street）一带，便可看见"人肉市场"的概况。这在她们算是把"自由身体"（?）来做"交易"的，不是白拿你的钱，也就是含有独立观念的，但是多么惨酷啊！

二十三，二，一，伦敦

游比杂谈之一

在欧洲的北部海岸，法国和德国的中间，有两个小国家，那就是比利时和荷兰。这两个小国的人口都在八百万人左右，是在欧洲经过战争最多的一块地方，这不但是因为这一块地方的南部（即比利时）是正夹在法德两大国的中间，为这两大国扩充地盘时常争的地带，而且也因为这两小国有了欧洲最重要的几条河的出口，为斗争的媒介。但这两个小国家虽被人加上一个“小”字，在你抢我夺的这块地方上，居然能靠着自己斗争的力量，终于能维持他们的自由平等的地位（当时的国际形势当然也有关系，但根本还是靠自己斗争的力量），这时来自“大”国的我，来自“大”而任人宰割的中国的我，到这两国里看看，实在没有法子消除我的惭愧的心影。

记者于二月二十二日上午九点十五分由巴黎动身，十二点便到了比京布鲁塞尔（Bruxelles）。在火车里遇着一位荷兰老者，和他的妻子同坐在一个车厢里，他们俩的头发都白了，至少都在六十岁以上的年纪，而体格康健，却无异于四十岁左右的壮年。这老者能英语。我和他谈话之后，才知道他在荷兰经营船业已四十年了，听他的口气，好像是一个轮船公司经理。我问他荷兰船业最近情形如何，他说没有一个轮船公司不蚀本的，现在只得勉强维持现状，以待转机。我们知道荷兰的国力，最依靠的是他们的商业，尤其是航业。荷兰的航业到现在，虽还不及十七世纪独执世界牛耳时代，但仍占很重要的位置，他们靠着均衡出入口的差异，这是最主要的要素。但据这个经营船业四十年的老者说，现在却没有一个轮船公司不蚀本的，这也是因为他们逃不出世界经济恐慌的漩涡。

在国外遇着外国朋友，十八九要问你中日问题怎么样了，这个老者也不能例外。他似乎很抱憾他说，中国不能打，最没办法，我便把十九路军在淞沪打日本情形告诉他，他听得津津有味，随听随译给他的夫人听。我想，我们还有十九路军拿来遮遮面孔，但以偌大的中国，只有这昙花一现的十九路军，这面孔还是遮不了！记者到比国的时候，正值他们一“丧”一“庆”的当儿。我到的那一天（二十二日），是爬山跌死的比王亚尔培大出丧的日子①，也就是他们的国丧；第二天是比国新王利奥波尔第三宣誓登位的日子，也就是他们的国庆。在这两天，满街人山人海，比京附近各城的人都特为跑来看热闹，我就好像看了“比国人民展览会”。在新比王和他的王后的“銮驾”经过街道的时候，两旁挤得水泄不通的人丛中，都挥巾或挥帽欢呼；有的在最后一排的角落里，一点儿看不见国王或王后的脸，也大脱其帽，这种敬重王室的心理，在我们看来真觉莫名其妙。比王未葬前，陈尸三日，一任人民观看；各处人民到比京列队循序进去观看者，每日十余万人。听说有的看了流着眼泪，有许多情愿饿着肚子，或一夜不睡，列在队中立着，等候进去一看。这里面大概为好奇心所冲动的也不少，不过据说比王亚尔培在国王中算是很忠于国事和爱护人民的，所以确也留下了不少的哀思。

现在比国的政治和外交是唯法国的马首是瞻的，所以法国的政治如果没有什么大变动，比国的政治也就亦步亦趋，不会有什么大变动。比国的政党有天主教党，里面包括的是教徒、农民、资产阶级；自由党，里面包括的有财阀、工商界的领袖和一部分的知识阶级；社会党，里面包括的有工人，由知识阶级中人如大学教授、律师及其他自由职业者做领导；共产党。势力以天主教党和社会党的为最大，但经济实力操在自由党的手里。现在的局面，是天主教党和自由党联合战线压倒社会党，前两党为在朝党，后者为在野党。

---

① 亚尔培：今通译阿尔贝（1875—1934），比利时国王（1909—1934 年在位）。1934 年在一次登山中遇难。

在这种形势之下，政治上的大权握在什么阶级的手里，可不言而喻了。共产党在国会里也有两三个议员，当二十三日那天新比王在国会里宣誓时，各党议员呼国王万岁，共产党议员则大呼“民国”万岁，大家也莫奈何他们，这如在以“马氏交通”触犯刑章的国家里，当然也是一件不可思议的事情！

讲到经济方面，比利时是欧洲最工业化的国家里面一个老资格，列日（Liege）的煤，在中世纪就有名的，铁和钢的工业，在十八世纪的末叶就发展了，现在这三种工业仍占最重要的位置。此外关于锌、铅、玻璃、纺织，也有大量的生产。从事农业的人民不到五十万人，从事工商业者却在两百万人以上。自世界经济恐慌发生以来，愈工业化的资本主义国家，倒楣的程度也愈高，比利时虽向来有富庶之称，也不能例外。试看他们的统计：一九三一年工人失业人数为二十万零七千人；一九三二年增至三十五万人了；一九三三年增至三十八万三千人了。所以在比国布鲁塞尔极宽敞平滑的马路上，两旁的洋房和树荫多么美丽，你在这美丽的环境中就可发现着衣服破烂的变相的乞丐。有一个清晨我和老友寄寒伉俪同在这样的一个道旁散步，就两次遇着这样变相的乞丐，手里拿着几根铅笔，伸着手向你要钱。其中有一个还有羞答答的样子，大概是初上任的，还没有得到多大的经验！据寄寒说，这都是失业的工人，在两三年前是从来没有看见过的。

布鲁塞尔有“具体而微的巴黎”之称。居民八十五万人，街道整洁，建筑美丽，市政修明，确很可引起人们的美感，但比巴黎当然尚望尘莫及。建筑物以大理院（Palace of Justice）为最宏伟，价值六千万法郎，占地比罗马的圣彼得教堂的地盘还大。欧洲的宏伟建筑物，最多的是教堂，其次是皇宫，此外则大理院也常夹在里面凑热闹，为游客常到之处。在我国，游客要特跑到审判厅去看看，大概很少。布鲁塞尔比巴黎，“微”则有之，“具体”还说不上。不过有一件事却不很“微”，那就是在热闹街市如 Boulevard Adolphemax 一带，华灯初上，野鸡如鲫，我和寄寒伉俪及王君勤安等顺道过此，目见甚多。据说野鸡之外，还有不少公娼，那更可和巴黎分庭抗礼了！

记者在比虽仅前后四天，除到罗文（Liouvain）半天外，承蒙寄寒贤伉俪差不多天天陪伴着游览，所看的地方不少，比较重要的是他们博物馆的设备，国家虽小，对于民众教育的努力并不小。在同往参观历史博物馆的那一次，在同时游客中有三个美丽活泼的比国少女（依中国女子标准看去有十六七岁，在她们身体发育健全，据说实际都还不过十三四岁），其中有一个尤秀媚，忽对我们几个外国人注意，跟着我们一块儿看，最后临别时，彼此分开了，她们还回过头来嫣然对我们说“再会”，我们也欣然还报以“再会”，虽心里明知道这“再会”是大概绝对没有希望的，可是那天真少女的美感，至今还萦回脑际。

比国的最大的殖民地是在南非洲的刚果（Congo），在比京时也特地去看了他们的殖民地博物馆，内容是动植矿物的生产之丰富，同时用相片和模型表示土人之野蛮和迷信等等文化落后的情形，受尽了种种的榨取剥削，还落得个不名誉的结果！比利时本国的全部面积不过一万一千余方哩，而比利时的殖民地刚果却有九十万余方哩，大了九十倍左右！

在比京也有所谓“无名英雄墓”，即在世界大战中阵亡兵士的坟墓。在马路上经过这个地方的时候，不但走路的人都自动地脱帽致敬，就是在电车里的乘客，也都自动地脱帽致敬，这也可见一般民众教育的程度。记者也路过几次，尤其令人连带回想的是一九一四年蕞尔小国的比利时因德国侵入国境而英勇抗战的经过，德国原答应比国如许他们假道，决不侵犯，而比国毅然不许，当年八月五日，德军开始攻击，比将勒孟（Leman）率领比军抗战四倍人数的德军至四十八小时，最后因避包围，退至 Fort Loncin，仍收拾残军抗战，坚持一周之久，勒孟战倒于残墟中，昏迷失却知觉，被德军掳去，此役比军死亡四万八千人，德政府第二次提出要求假道，仍被比国拒绝，以后的情形，读者诸君都知道，用不着记者赘述。总之德军绝对不得在比国“不抵抗”中爽快通过，要进一步，便须吃进一步的苦头！当年十月十八日至三十日，德军要通过比国的野塞河[1]（Yser），被比军作十余日的死抗，比军死亡一万四千人，其英勇尤为历史上令人肃然起敬的一页，比军坚守这一小块仅余的国土，直至一九一八年大战终了时为止，未曾被德军占去，暴敌侵入国境是什么一回事，还有什么苟安图存的余地！比利时虽是蕞尔小国，她所以能卓然立于世界，也全靠这一点英勇抗战令人不敢轻视的精神。当时毅然主持抗战的比王亚尔培和首当其冲而死抗到底的勒孟将军所以能留永思于比国人民心中者，不为无故。

一九三四，五，十一，伦敦

① 野塞河：今通译伊瑟河，源出法国北部，流经比利时西部。

游比杂谈之二

比利时是在欧洲经过战争最多的一个地方，这在上面已提及。滑铁卢（Waterloo）之战，也是这许多战争里面最著名的一个。记者曾于三月二十三日午后，和寄寒伉俪偕往滑铁卢一游，整整费了一个半天的工夫。滑铁卢是一个居民仅有四千人左右的小村，在比京布鲁塞尔之南十一方哩，由布鲁塞尔去，乘一小时的电车可达。在一八一五年的六月，这是英将威灵顿（Wellington）驻扎抗战拿破仑的地点。拿氏以神出鬼没的战术，怀囊括全欧的野心，几于所向无敌，最后经滑铁卢一败，真是中国话所谓“一败涂地”，皇帝没得做，关到圣赫伦那[1]（St. Helena）岛上去，五年后便以一死了之。在当年六月十八日那天交绥的处所，就在这滑铁卢村上一个小墩名叫 Hougomont[2] 的上面开始。现在仅是一个农场，设有一个陈列馆，陈列关于该次战争的遗物，在楼上有个圆形的大画室，却很别致，中间一个大亭，亭的周围有围栏，围栏外面离七八丈的周围，便挂着高十余丈的大油画，围着这个亭子。油画的内容是描写当时联军和拿破仑军队交战的情形。油画的下面和亭外的空地接连，在地上便用真草，真茅屋，以及逼真的人马枪炮等等的模型布置着，油画的上面是画着蔚蓝的天空，和亭子上面接连着，全部用电灯衬托出来，使看的人从亭子里看出来，好像身临战地似的。除这个陈列馆外，还有一个纪念此次战事的人造的狮子山（Mont du lion），这山是比利时于一九二三年及二六年间造成的，山高约一百

---

① 圣赫伦那：也译圣海伦娜、圣赫勒拿。

② Hougomont：今通译乌古蒙，滑铁卢战役中英军右翼的一个堡垒。

五十尺，周围约一千七百尺，顶上中间有个铁铸的大狮子，二十四吨重，从山下可由二百二十六级的石级登到狮子的座子，座子周围及石级两旁都有铁栏杆围着。我们三个人都鼓着勇气爬到最高顶去远望了一番，这附近的四围便是数十万大军搏战之地，便是叱咤风云一世之雄的拿破仑大吃败仗的所在！天已渐渐地阴暗起来，匆匆下山回来，在电车里已是万家灯火了！

看到这个战地，使我回想到历史上关于此役有件趣事，那便是拿破仑自信必胜，唯恐威灵顿乘夜不战先逃！六月十七日（一八一五年）的那个夜里，威灵顿和拿破仑的两方军队均驻扎在滑铁卢，等天明交战，拿皇帝把胜仗拿得十稳，深恐威灵顿在当夜乘黑暗中逃走，特于这个夜里——已经半夜了——离开他的居屋，只带着柏塔郎大将（Marshal Bertrand）一人相随，步行走出他的禁卫线，竟大胆地走到威灵顿驻扎地的前面周围的丛村附近。这时已是夜里两点钟了，拿皇帝在万籁俱寂中倾听，忽然听见有一队敌兵在黑暗中的步伐声，他想这一定是威灵顿乘夜里黑暗中拔营，这一营大概是他的最后的卫队了！他此时绝对梦想不到第二天威灵顿的军队会那样的死抗不退。虽以拿破仑的将才，一有轻敌之心，也免不了大吃败仗，这倒可给我们一个很好的教训！

记者于三月二十四日的上午费了半天的工夫去参观比国一个文化中心的罗文，有“比利时的牛津”之称，由比京乘火车去，不及一小时即到。罗文是属于比利时的卜拉邦（Brabant）省的一个城镇，居民约有四万人，而在该处的罗文大学的学生却有五千人左右，所以满街随处可以碰到男女大学生。他们或她们虽穿常服，却都戴有不一律的制帽，各科各级的学生，都各有其特殊颜色和标志的制帽，使人一望而知，有的制帽像我们所常见的睡帽一样，各学生同时是什么学会或团体的会员，还把许多金的或银的五花八门的徽章插在帽上的周围，很特别。该校虽男女同学，向例男同学和女同学不得两个人（即仅仅一男一女）在街上同行，否则一被学校当局看见，即须传去问话，麻烦得很，所以在街上确看不见有这样的现象，顽固习俗可笑，究竟不知道有什么充分的理由！该校以医工较著名，中国留学生有二十余人，前《大晚报》记者张君也在该校肄业，记者到后，承他引导参观。罗文街上极少车辆，清静安逸，与布鲁塞尔迥异。著名建筑有五百年历史的市政厅、宏丽的教堂及大规模的图书馆等。当一九一四年八月二十五日，该城被德军占据，有意放火焚烧，连烧三天，烧毁了一千多屋子，存有十五万卷以上名著的图书馆也遭了这个浩劫，大战结束后，屋子已大多数重建，图书馆也重建了（大半出于美国人的捐款）。在德军侵占比境时，比国当局只想到死抗暴敌，并未曾想到一面准备不抵抗，一面把这些宝藏搬移到别处去，这大概因为他们深知国土一块一块地被暴敌侵占去，国且不国，搬移宝藏何用！况且他们没有不平等条约的妙用，没有什么租界可供移藏宝物，这也是比不上我们的！

比利时虽小，最有名的报纸，也有八九种之多，以“晚报”（Le Soir）为最盛，印刷精美，插图尤佳，听说销数每日近百万。该报虽号称“晚报”，每日出版四次，每次遇有最新要闻，即加以补充。第一次约在下午三点半，第二次下午六点半，第三次夜里九点半，第四次半夜，便须在第二晨售卖了，故实际已包办了全日的新闻。至于各报对中国的态度，也学着帝国主义的大国的模样，尤其是学着英法报纸的常态，那就是不登中国的消息则已，一登总是丢脸的消息居多！不过仔细想来，这也不能尽怪别人，因为我们自己，尤其是负政治上责任的人，先要问一问我们自己是不是要脸，先要问一问我们自己干了什么不致丢脸的事情！

最后请谈谈在比的中国人。在比国的中国学生约有二百余人，在安特卫普（Antwerp）当水手的有百余人，青田小贩来来往往的也有四五十人。不久以前有驻西班牙的某比领受贿滥给护照，我国的青田小贩因纳贿而溜入比境者不少，后来这个领事的舞弊情形被比政府发现，革职查办，青田小贩被连累的都被驱逐出境。在这些脑子简单的青田小贩们，认为花了钱得到了护照，有什么错处，故常到中国使馆请办交涉，而中国使馆则以此事在比政府认为违法行为，无法可想，在法律上收贿者固被认为有罪，纳贿者也不是堂皇的事情，弄得很僵，况且做的是中国人，除准备着被驱出境的份儿外，更有什么话可说？

讲到在比的中国青田小贩，去年八九月间却发生了一件趣事。有三个青田小贩同住在一个比国人的家里，那家房东有三个女儿，正好配上了这三位青田小贩，都发生了关系，其中有一个女儿年龄还在十六岁以下，于是她们的父亲在法院提出诉讼，控告他们。但是房东太太以她的这个丈夫在外面有了一个姘头，平日不但不住在家里，而且置经济于不顾，还是这三位青田仁兄常常接济她的家用，所以到开庭审判的那一天，这位非正式的丈母娘在法庭上大帮这三个青田小贩！那天观审的很多，中国使馆也派有人去旁听。那位房东太太当着大众，对法官口若悬河地大讲她的一大篇大道理！她历数丈夫种种不顾家庭的罪状，极力赞扬这三个中国人如何如何的好！法官问问那三个女儿，也都说母亲的话不错，并且都表示愿嫁给这三个中国人。结果那个父亲大吃瘪，那三位祸中得福喜出望外的青田仁兄各拥着娇妻，凯旋而回！这个案件，比国的报上只字不登，因为如把那位“丈母娘”的“中、比人的优劣论”那一篇大文章发表出来，在他们当然认为是和比国人的体面有关系的。

还有一件事，在布鲁塞尔的大规模的理发店里，请了两位中国的扦脚专家！我们中国洗澡堂里的扦脚情形，想读者诸君都知道的。这两位扦脚专家因为来修脚的多属舞女，享尽艳福，每月各有三五千法郎的收人，一位娶了法女为妻，一位娶了比女为妻。中国人在欧的著名的职业，一为洗衣，一为烧菜（开饭馆），现在大概要加上了扦脚！在巴黎时，有的法国朋友说，你们中国人的菜当然好吃，因为你们有了五千年的文明，烧菜的研究也有了五千年的历史了！现在出了扦脚专家，不知和五千年的文明也有什么关系没有！

比国人对中国的态度，讲到政治的方面，比国外交向来是亲法的，唯法马首是瞻，法在外交上对中国的态度既不佳，比也可想而知，例如中日事件发生后，比政府的态度即偏袒日本。讲到一般民众方面，可以说大多数对中国完全莫名其妙，大概看到青田小贩，便认为是中国人的代表，对于中国女子的印象，每以为仍是小脚，穿着他们在博物馆里所见的那种小脚鞋。（寄寒的夫人生得娟秀，在比外交界便很出风头，报上把她的相片登出来，即每有出门，街上行人都要特别注意她，也可以说稍稍替中国女子争得一点面子，至少使他们知道中国的女子和他们殖民地博物馆里所陈列的刚果女子究竟不同！）不过他们里面有一部分人因为本国无所不小，而觉得中国则那么大得吓人：讲面积，一来就是四五百万方哩（比国面积只一万余方哩）；讲人口，一来就是四五万万人（比国人口只八百万人）！但是中国那么大，人又那么多，而却又那么无用——至少在现状之下——大概他们不免更觉得诧异吧！

一九三四，五，十四，伦敦

荷兰的商业首都

海牙是荷兰的政治的首都，阿姆斯特丹可算是荷兰的商业的首都。记者于三月二十七日晚间十点钟和荷兰的政治首都告别，当夜十一点钟由火车到了荷兰的商业首都。在这天夜里未动身前，又承金君坚约吃晚饭，在座的有王君、冯君、金夫人和冯夫人等。这夜记者因听见冯君也要回阿姆斯特丹，本想约他同行，后来他因临时有事要延到第二天动身，于是记者一人先走。

在海牙临走时，承冯君介绍一个价格比较便宜的旅馆，我到阿姆斯特丹后，即乘车直到该旅馆居住。该旅馆有房间十九个，只有四个房间有人住，我第二天早晨吃早餐时，顺便和该旅馆的老板谈谈，他摇头大叹生意不好，并说规模更大的旅馆更不得了。

在荷兰的海牙和阿姆斯特丹的街道上所见的，最使我感到兴趣的是脚踏车之多。脚踏车原是一件很寻常的东西，但是有趣的，不但满街都是，好像蚂蚁成群结队乱窜着似的，而且乘坐的人之熟极生巧，运用如意，那两只车轮简直好像是生在身上的两条腿那样灵便！青年男女并排同乘蜜语，速率缓速如意，还要挽着臂，其灵便不在意，和步行毫无差异。有时三四人乃至四五人并排乘着大谈其话，风驰电掣而过，如在冷静的街道，原不足异，特别的是在很热闹的市街上，在许多汽车电车的夹缝中钻来钻去。在这些地方，在电车上所见的尽是老头儿老太婆，差不多看不见青午男女，要看看青年男女，只有在脚踏车上。那些健美的少女，挺着胸部，稳定着腰部，前后左右进退如意地坐在脚踏车上来来往往，煞是好看。怪有趣的是中年以上发胖得不知所云的妇女，还有很不自量乘着脚踏车在街上凑热闹的，看那个三四尺阔的臀部放在几寸阔的车上的坐位上面，好像一柱支撑着大厦，实在就难为了她！他们的脚踏车很普及，七八岁的小孩子就会乘，听说阁员的太太们乘脚踏车在街上来往，是件常事，阿姆斯特丹的人口共约七十余万，而脚踏车的数量就有五十万辆。

荷兰女子的旧式装饰很特别，旧式的房屋也颇有趣，这都只能在仅有的渔村中才看得见。阿姆斯特丹附近有两个地方看得见，一个名马恳（Marken），一个名和伦丹姆（Uolendam），都是十三世纪传下来的渔村生活。两处情形差不多，我为省时起见，只选看了一处，便是和伦丹姆。三月一日下午偕冯君夫妇和徐君同往，同乘冯君的汽车，一点钟才到。途中我们的汽车有一大段经过田旁一条马路，虽在乡村，整洁一如城市。马路的一边是一望无际的碧绿的田野，一边是长满着青草的高十几尺的土墩，冯君在车里告诉我说，这也是一种海堤，堤的外面便是须德海。我们走过的这条田旁马路，便在海平线七八尺以下，我们好像是在海的下面溜过去！这种工程很足以表示人力和自然斗争的胜利。到了渔村之后，所见的确另是一番现象。街道虽也是马路，却比较地狭窄；两旁房屋都是用木板建成的一层的小屋子，每所屋子两三个房间，也有玻璃窗，布置得也很清洁；床铺装在墙上，好像壁橱似的，有矮梯靠在床前，以便爬上去。冯夫人引导我们到一个她屡次到过已成相熟的渔妇家里，仔细地参观一下。这渔妇当然也是穿着特别的古装，已经七十五岁了，她的丈夫二十五年前出去捕鱼，一去而不复返；留下她孑然一身。她没有子女，靠洗帽为生，房间里仍依习惯整理得很清洁，指着墙上挂的她的丈夫的相片，还娓娓告拆我们关于她的丈夫的种种。冯夫人说有的时候这老太婆边说边揩眼泪！我听了很觉难过，“生别已吞声，死别长恻恻”，这真是人生无法避免的遗憾。

这种特别的装饰——广大而长的裙子，尖而且跷的木鞋，五花八门的头饰——衣服多是用花花绿绿的衣料制成的。尤特别的是四五岁的女孩儿所穿的衣饰，和他的老祖母的形式一样。那天我们在这个渔村的街道上看见两个四五岁模样的女孩子携着手走，两人所穿的都是和老太婆同样的形式，其中有一个大概因眼光不好，还带上一副有边的（似乎是白铜的）眼镜，远望去更像小人国里走来的一个小老太婆，我们都望而失笑。不过所见的不少青年女子，虽穿上这样的古服，却也能表现着她们的青春的健美态度。该处男子的服装也和寻常的不同，穿着很大的裤子，戴着奇特的帽子，但还不及妇女的特别。这天还是寻常的日子，每遇着星期日或节日，大家穿着新衣出来，那更特别地好看。

荷兰以殖民地广大闻于世，所以我也去看看他们在“商业首都”所建立的殖民地博物馆，和比利时的规模差不多，其实他们的重要用意也不外乎两点，即（一）物产丰富，大有剥削榨取的价值；（二）土人文化种种落后，大有该被剥削榨取的理由！

在阿姆斯特丹所听得最难过的一件事，便是“拚大”和中国人竟发生了密切的关系！“拚大”是荷语“Pinda”的译音，译意是“花生糖”。花生糖何以会和中国人发生了密切关系？发生了关系，何以会使中国人听了觉得难过？说来话长，请诸君耐着性儿，让我略加说明。在荷兰的华侨约近三千人，其中有粤人，有青田人，以青田小贩为最多。青田小贩在欧洲各国替中国留下很恶劣的印象，我到欧洲后时常听到，在以前通讯里也略曾提及。前年（一九三二）在荷的青田小贩里面有人因生计无路可走，忽想出一种新花样，即勉强买些花生和糖，烧成一小块一小块的花生糖，用一只洋铁小箱装着，挂在胸前出去兜售。这原是做生意，不算是什么丢脸的事情。荷人做小贩的未尝没有，但是荷人做小贩的都穿着白衣，戴着白帽，装饰很整洁，而青田小贩却衣服褴褛，穷相毕露，其中抽鸦片的更是涕泪滂沱，面有菜色，荷人看见以为他是饥饿了多少时候的结果！有的便多给几个钱，有的甚至给一圆两圆的，最初每天侥幸得二十圆的，不算希罕，平均每月有三百至六百圆的进款。这样一来，青田小贩们认为这真是好生意，于是无业的固然大卖其花生糖，有业的也改业去卖花生糖，在最短时期内便如雨后春笋似的，胸前挂着小洋铁箱满街兜售花生糖的青田小贩竟达八九百人之多！这还不打紧，最尴尬的是他们都因为最初可以能引人哀怜而多给钱的，是由于那副穷相逼人，于是都用种种方法表现穷相，衣服固然要穿得特别的破烂污浊，在冬季就穿着罩衣发抖，并有意把脸上弄脏，拖着鼻涕装死相！最初仅发现于鹿特丹（Rotterdam，亦荷兰大商埠之一），渐则遍及于海牙及阿姆斯特丹。凡是在热闹场所、各大旅馆、大菜馆以及各热闹街市，都随处可以看见在荷人认为中国人的唯一代表的卖花生糖的青田小贩！他们往往到各人家去打门强卖，中国领事馆常接到人家主妇的电话，说在做早餐时有卖花生糖的中国人来打门，午餐时又有，下午午睡时又有，做晚餐时又有，开了门便要强卖，啾啾不休，她气极了，很愤怒地叫中国领事馆以后不要再叫中国人去！他们不但在城市里，因人数多了，并分散到各村庄里去打扰。荷兰地方并不大，于是“拚大”在荷国竟很普遍地成了中国人的代名词！这个名词的含义不但是卖着花生糖而已，同时连带引起的印象是肮脏的身体，满面的烟容，呕人的鼻涕，强卖的麻烦等等，总之在他们（荷人）是认为代表一个十足讨厌的中国人！还有荷人把“拚大”为题，编成一首跳舞的歌，据说因音调非常的和谐好听，于是传播非常地普遍，各跳舞场固然都常常弹唱着，即一般人以及儿童等等，会唱的也很多。这歌的开首是“勒喀！勒喀！”（Lecker！Lecker！）；译意是“好吃！好吃！”于是街上孩童每看见中国人，除对你叫“拚大”以取笑之外，有时也装腔作势唱着“勒喀！勒喀！”

后来因为这些“拚大”仁兄集着零钱，纷纷到银行里汇款回本国故乡，为数颇巨，被银行界所注意，在报上揭穿内幕，于是大家更不愿给钱，现在还留下三百人左右仍干着“拚大”生意经，可是每天不过弄得到几角钱抽鸦片烟，度度命而已。

荷当局对此事始终不干涉，因为花生和糖都是他们的殖民地爪哇的特产，替他们推销一些，于他们无损，反正丢的是中国人的脸！

阿姆斯特丹的中国领事冯君想尽方法要把这些人送回中国，但中国政府说没有钱（据说有三万圆可将这余下的三百人送回），去了许多公事再三说明，政治会议通过一万圆，财部仅拨三千圆，设法免票等等，才送回二十人，仍无济于事。

讲到这些“拚大”青田小贩的本身，他们实在也怪可怜！其中有些原是做水手的，不胜“水手馆”中少数人的重重剥削（这“水手馆”是几个在荷各华人出些资本开设以介绍中国水手为职业的，听说求业的华人先须住宿该馆三个月，每日吃两顿苦饭，每月须出荷币六十圆，暂记在账上，三个月介绍水手职务，所入仅足以归还此债，归清后，换别人去，原人再住该馆三个月，满后再出去做水手还债，如此轮流剥削，类似猪仔），才走“拚大”这条路，在他们也不过是勉求生存罢了。我们因此又不得不连想到中国的政治经济问题，这根本问题不上轨道，这类枝节的解决办法，简直也无从说起！

做现在的中国人，在国外所遇着令人呕气的事真不少！记者在阿姆斯特丹的几天，电影院里正演着德国乌发电影公司（Ufa）所摄的侮辱中国人的影片，名叫《逃难》。这影片是以哈尔滨为篇背景，描演德国将官军士如何勇敢打俄国共产党，中国人如何怕死，如何龌龊，以及中国的军官如何贫污卑鄙等等丑态。尤可恶的是该公司联合中国在荷、德的一两汉奸，引诱在荷的华侨（即青田小贩之类的人物）两百人左右，到德国去参加表演。荷报更多方揶揄，在广告上大书而特书，说‘拚大”一变而为电影明星了！于是为好奇心所激动而去看的更多！此事在德国原已由中国学生会出来交涉，阻止开演（在柏林亦开演），但中国人有谁理？乌发公司还是悍然不顾地开演着，并且运到欧洲各国去开演。哀哉中国人！任人摧残糟蹋而已！

我还在阿姆斯特丹的二月二十八的那天，正是该地法庭开审中国人假币案的事件。有中国水手身藏假造的荷币（五圆一块的银圆）不少，拿到赌场去赌博，输则出伪币，赢则只要钞票，遂被发觉，搜出身上伪币被拘。开审的那一天，看的人很多，判处有期徒刑六个月。德国汉堡同时也发觉中国人偷运大宗伪造的马克。听说这类伪币是素讲“王道”的某国浪人在上海秘密造成的，不过由我国海外的穷侨民代为偷运推广，得些余沥而已，但中国的名誉多受一度的“洗礼”了！

一九三四，五，二十七，伦敦

南德巡礼

记者于四月六日下午乘一点三十六分火车离开柏林，两点到来比锡（Leipzig），承友人周君到站照拂。周君担任来比锡大学东方学院中国文讲师，在德十年，喜研哲学，一望而知为学养渊深的学者。我们相见后，除交换关于德国的感想外，大谈哲学问题。来比锡虽为德国中部名城，但街道上行人稀少，气象静穆，已远非柏林之急迫尘嚣可比，所以连日偕同奔走参观，而在途中步行的时候，我们两个人却好像一直开着谈话会！

到的当天下午，记者就和周君同往参观战胜拿破仑纪念碑（德文原名为 Völkerschlacht-Denkmal，可译联军战役纪念碑）。这纪念碑是纪念一八一三年普鲁士、俄国、奥国和瑞典等的联军战败拿破仑于该地而建立的。当时拿破仑率军十八万人，联军达二十七万五千人，两方人数共在四十五万人以上，不能不算是一场大战了。连打四天，才决胜负，拿破仑终于不得不率领着残军退出德国。这个纪念碑虽名为碑，其实不止是个碑，好像是个大石塔，在一个十八尺高的小墩上，前面临着一个大池塘，石塔本身有三百尺高，石塔前面有两百尺阔。由石门入内，登五百石级，得窥全城远景。内部高亦两百尺，有奇大无比的四大石像，象征勇敢、自我牺牲、信仰和民族的力量。每一石像有三丈高（坐着的），手指一个有四尺长，脚一只有七尺长，头一个有三万斤重！这纪念碑开始建造于一八九八年，十五年才造成，用石六万万磅，用费六万万马克。可以算一个“大”字！上海话有所谓“戆大”，“大”的东西看去确有些“戆”气！我对周君说，我们中国的不平等条约真正废除后，也要用一种“戆”而且“大”的建筑物来纪念它一下！

第二天（四月七日）上午参观德国图书馆（Deütsche Bucherei）和大理院（Reichsgericht）。

这个德国图书馆是德国南方的一个最重要的，凡是用德文著的书报，无论在国内外发行的，都搜藏在里面，尤以每年编行两次的最完备的图书目录为其特色。该馆开始建筑于一九一三年，在欧战困难期中仍努力进行，一九一六年居然完成。建筑费用去两百万马克，每年经费需二十五万马克，办事者一百五十人，现有藏书百万余卷，将来逐渐扩充，可藏三四千万卷。第一层最大的阅书室里可坐五百人，这阅书室里所有定期刊物达万种以上。据说每天读者人数约自一千二百人至一千五百人。但看该馆所备统计表，自一九三〇年以后，读者的每年总数，一年比一年减少。我们知道世界经济恐慌是开始于一九二九年的，刚开始的第一年中也许还见不到影响，从第二年起，影响很明显。可见精神的滋养料固重要，而面包问题更重要。

欧洲各国对于大理院的建筑，大都特别考究，来比锡的大理院既为全德国的最高法院，其建筑之堂皇富丽，那是不消说的，该院的中央高顶就有二百二十四尺高。我们进去参观时，正在审问一个共产党的案子，我们旁听了半小时。受审的那个共产党员两旁有两个警察夹着坐，森严得什么似的。但是在那样美术化的法庭，旁观者却好像在那里看戏。不过大理院虽巍然存在，现在留下的效力有多少，倒是个很大的问题。纳粹得势之后，穿着褐衫或黑衣的党员，随便可以抓人，随便可以处罚，已不知置法院于何地；最近于五月三日索性另立所谓“人民裁判法庭”，每院五个法官，均直接由希特勒委任，专司制定有碍于“纳粹国家”行动的死刑，或无期徒刑的刑罚，以期迅速了事，且不得上诉。这样一来，大理院当然可以空闲许多，被认为死的也可以死得多些快些，横直无须有什么“上诉”的麻烦手续，说你该死就该死，多么痛快！

中午承周君和他的未婚夫人韩女士（奥国人）请在一个有四百

年历史的“地下菜馆”吃午餐，这菜馆完全在地窖里，从前德国名诗人歌德（Goethe）屡次在这里喝酒，这菜馆便因此大著名，至今还把当时歌德用的玻璃酒杯特别装置在一个玻璃橱里，以供后来的酒徒欣赏。歌德的名著《浮士德》（Faust）中的人物浮士德，据说当时确有其人，也到过这菜馆里喝过酒，他所用的酒桶，至今还在。另在一室布置着《浮士德》中的一幕，以供众览。这菜馆竟把已死的歌德做“招徕工具”了！

午餐后韩女士请我们同到她的大学女生寄宿舍里喝她自备的咖啡。她是曾来中国讲学的德国哲学家杜里舒的内侄女，来比锡大学医科高材生，专研妇女儿童科，那几天正在应考德国国家博士学位。周君在杜里舒家里遇着她，做了一年多的朋友，因通信研究人生观而成了知己，将来中国多着一位良医，却也是一件好事。

下午五时许周君带我去看一位“中国迷”的来比锡大学东方学院教授爱吉士（Prof. Dr. Eduard Erkes），号好古。他是个德国人，研究中国国学已二十年，听说对于训诂学很有工夫，曾随周君到中国住北平一年，穿中过衣服，过中国人的生活，和周君换帖，称呼周君的老太爷做“老伯”，能说中国国语，虽不见得很流利，但已可完全达意，能夹在中国朋友中谈天，已很不容易了。满书房里都是中国的线装书，他觉得德国什么都不好，中国便什么都是好的。他尤其念念不忘的是中国浴堂里的擦背，他说其舒服，在欧洲无论如何享不着这样的福气！外国人喝茶必须加糖，有的还要加上牛奶，他却只喜欢照中国的喝法，光喝茶，不加什么，喝的是中国的很小杯子的龙井茶，他说加了糖就喝不来，他还想到中国来做中国人。

来比锡向以德国的书业中心著名，书店有一百零十五家之多，有的街上就接连的开着，好像上海石路的衣庄店一样，容纳雇员八千四百人；大小印刷所亦有一千零二十六家，容纳职工三万四千人。但据周君说近年来生意都很萧条，此业中叫苦连天。其实书业恐慌随着经济恐慌而俱来，这也是很自然的趋势；因为饿着肚子看书，谁也难于坚持到底的！

欧洲各名城中——至少是记者所曾经过的若干名城——都不免有“野鸡”点缀着，来比锡既是名城之一，当然也不能例外；但是有一个特色，那便是不但有“鸡”，而且有“老鸡”！这些“老鸡”因为无他法苟延残喘，虽到了四五十岁以上的“鸡”，还须涂脂抹粉，在门口寻生意，只须数十分尼（几毛钱），就得“老风一度”（此处实在加不上一个“春”字了）。周君偶然谈起这件事，也在晚间带我到那几条类乎伦敦的“东伦敦”的街上去“巡礼”一下，只得说一句不忍卒视。我问周君这样的“老风”谁要？他说得不到“春风”的可怜虫，“老风”也要！

有一夜我独自一人回旅馆，途中经过这类街道的附近，有一只“老鸡”向我低声呼唤，我加速度向前直趋，远听见她——也许只说好是牠——狠声用德语骂我一声“猪猡”（Schwein）！

四月八日，记者于下午乘着一点十四分的火车离开了“老鸡”的名城，于未到慕尼黑以前，顺途先弯到一个小城名叫爱郎根（Erlangen）的，去看看同船同舱出国而又同游意大利的朋友周洪熙君。当日下午六点十一分到爱郎根。这仅是居民不过三四万人的大县城，中国人来的很少，本地人所看见的中国人当然也极有限，觉得中国不是姓陈的，便是姓张的，要末便是姓周的，所以有时街上儿童们遇见了中国人，便叫你做“陈张周”！这也算是就他们所见识到的范围下的判断。

到爱郎根后，曾和周君及另一位对中国特别有好感的德国朋友梅雪尔君，同乘着一两小时的火车，到附近一个小名城纽伦堡去游览了一天。该城约有三十万人口，是中世纪留下来的未经改变的古城。古的城池、古的城堡、古的教堂、古的房屋、古的街道，可谓尽古色古香的能事，在德国各城中确有其特具的气象。我们到了一个五百年留下的，据说差不多是原样子的菜馆，吃了一顿饭。这菜馆就只有两个小房间，每间大概只有十尺左右宽，二十尺左右深的小地方，每间摆着两三张小桌子，挤做一团，而却是游客必到之地，尤其是因为有各国不少的名人到过。备有两大厚本的来宾题词的簿子，里面各国文字都有，独缺中国字，所以我虽非名人，也写上几句中国字以留纪念。周君也随着写了几句中国字；梅雪尔君正在学中国文，也叫我替他拟几句话，他照抄在上面。该馆以腊肠为最脍炙人口（味道的确特别的好，系中国菜的好味道，不像外国大菜里的东西），但很小，还不及中国式的腊肠一半大，而且一盘只有两根放在一堆萝葡丝上面。这本题词的簿子里，有人题着英、德、法等国文字的诗，多同声称赞腊肠的美味，但也都嫌小而且少。我们望着盘上两根“短小精悍”的腊肠，看看簿上的题诗，念着吃着，都不禁失笑。也许他们有意叫人吃得少，觉得味道更美，横直他们的生意实在好，不在乎。

四月十三日上午乘九点二十八分车，十二点五十分到慕尼黑。到后承蒙从前同游意大利的朋友李汝照汝亮昆仲和新到德国学习电学的王辅世君同来陪伴同游，很不寂寞。到慕尼黑后，第一印象是所见的男男女女，都和在北德所见的不同——都不及北德的男女生得美，老实的样子和有些土头土脑的样子，随处活跃着。慕尼黑是巴伐利亚邦（Bavaria）的首都，纳粹的发源地，有该党总部称“褐色屋”，现在也是实行“褐色恐怖”的一个大本营。该处的德国博物馆（Deutsches Museum）是世界上最大的工业博物馆，里面绕走着观览的行人道有一万五千米长（约等于三十里路），据说仅仅快走一遍要三小时。其中尤其宏伟的是关于开矿（煤矿）工作的部分，在大地窖里布置着大规模的煤矿内部及工作的种种情形，和真的一样，工作的工人就用和人一样大的模型；仅仅许多大整块的煤，当时如何运来布置，就须很大的工程了。

四月十五日上午乘八点十八分车离慕尼黑，下午三点十分到德国西部之法兰克福（Frankfurt am Main），承丁君照拂，偕同参观了两个报馆，一个是国际闻名的老资格的《法兰克福日报》（Frankfurter Zeitung），素以经济消息及评论擅长，现在“一鼻孔出气”之下，也已奄奄无生气了；一个是纳粹的本地党报，是没收了从前社会民主党的报馆办的，所以馆址及设备都颇完备。此外还看了歌德的故居，他原出身有钱的人家，所以房屋和设备都讲究，现在是空着专备游览（要买门票）。这位文学家并兼恋爱家，他的房间里壁上，还挂有他的姘头和女朋友的像。

丁君是法兰克福中国学院的副院长兼讲师，惨淡经营，任劳任怨，现已颇具规模。承他介绍一位该院的女高足德国李格尔女士晤谈（她的中国别号为木兰），她的德文原名为“Mariaune Rieger”，将姓译成中国文李格尔，将名译成中国文的别号木兰，都颇具匠心，对中国女子特钦慕木兰，也很有意思。她大概有二十三四岁，学习中国文三年，中国国语已能朗朗上口，和记者晤谈时，便是全用中国国语，婉转柔和，她的声气语调，惟妙惟肖一个中国北平来的好女子，谈话时间虽短，已很使人叹服她的聪明。我笑语丁君说，这是贵院成绩的活标本。

四月十七日晚乘十二点十五分车离法兰克福，十八日下午四点四十二分到伦敦，由暖热而阴凉，使人感觉到是截然两地了。

一九三四，六，八，伦敦

初到列宁格勒

记者由伦敦乘苏轮赴列宁格勒，在船上遇着美国的全国学生同盟的“一群孩子们”，彼此很相得，在上次通讯里，已略述大概。在将到列宁格勒的前一天，该会的领袖戈登君忽来和我商量，劝我加入他们的旅行团。我说我此次来苏联的目的是要多看些实际的情形，不愿多费时间在课堂里或书本上，而他们的计划却须在莫斯科入莫斯科大学所附设的暑期大学听讲四星期，于我的目的不合，所以只得谢谢他们的盛意，不拟加入。他说他们的目的也偏重在观察，不过上半天在暑期大学听讲一两小时，下午便全部用来参观，而且因团体的关系，不但在经济上可以省些，在参观方面也有为个人所得不到的种种便利。于是我便答应加入他们的团体，转瞬间“孩子们”都渐渐地辗转传说，知道我也加入他们一致行动，见面时纷纷和我握手表示欢迎，此后我便是这个旅行团里面的一个正式的分子了。

我们的船于七月十九日上午五点钟就到了列宁格勒，大家把衣箱杂物收拾之后，都拥在甲板上来东张西望，好像到了一个新发现的陆地，那种好奇心是无意中不自禁地流露着。船将靠岸以前，减低速率，慢慢地向前开驶，我们望望两边岸上，所见的尽是高堆着待运的木料，有的是圆柱，有的是木板，沿着两岸一望无际的堆积着；在水面上来来往往开驶着，汽笛呜呜不断地吹着，便是运货的小轮。这是正在积极建设中的苏联给与我们的第一印象。我们看见那些运货小轮上的工人，举手摇着和他们打招呼，他们也举手摇着和我们答礼，近些的还看得见他们的笑容可掬的愉快态度。

我们的船湾泊到码头了。这码是头新建的，一上岸便是木料建造的一个大广场；再前便是一座一层的屋子，屋的前面满装着玻璃窗，一进屋即有许多椅子围着许多小圆桌，有一角有着柜台，玻璃橱里面排着不少糕饼和饮料，原来是预备旅客在此休息时用茶点的，好像是个咖啡馆。在这柜台内外服务的有三四个苏联女子，全身穿着雪白的制服，头上戴着雪白的制帽，举动活泼，年青而美；望望那玻璃橱和玻璃柜台里的各种各色的糕饼，也很讲究，较在西欧所见的并无逊色。在这大厅的另一角便是书报及明信片等等的售卖处。这大概都是为外国来游的旅客而设的，所以交易都是用金币——美金或金镑。书报售卖处的职员也是女子，有两三个，年龄比较地大些，身上穿的虽是常服，但也很整洁。她们多少却懂些英语，这也许是因为实际上的需要而准备的。

在这大厅的后面（有墙隔开，有一门相通），左边是海关检查处，右边是个大商店（中间也有墙隔开，也有一门相通）。苏联的商店分几种（其详以后再谈），这个商店是属于所谓“托格辛”（Togrsin）的一个，里面交易须用金币，是专为外国旅客而设的。这“托格辛”有个后门，便是我们从此出去乘特备的公共汽车赴旅馆的地方。

我们在上岸前，先在船上的餐室里排成单人队两列，由海关派来的两个职员逐一检视各人所带的金币若干，检视后，各给收条一纸，上面载明所带金币的数量，这收条是要由旅客保藏好的，因将来出境，经过海关时还要缴验。我们知道苏联因有吸收外国现金的需要，限定外国旅客在苏联每日至少须用美金五圆，除此限制外，此外多带的金币仍得于出境时带出，不过须有海关所给的收条为凭。

我们在船上经过检视所带款项的手续后，吃了最后一次的早餐，然后一同上岸，那时已经九点半了；这次同时上岸的旅客有一百七八十人，所以检视行李共费了两小时之久。我们未轮到检验行李的，都聚在大厅上——咖啡馆——坐着等候。地上铺有线地毯，我们这群“孩子们”就七横八竖，聚坐在靠近海关检验处的地上，有的女朋友就把头靠着男朋友的腿上，索性躺着等。

有人照着名单在海关检验处门口按次呼名，每次同时被叫的约二十人左右。叫到我，我也随着一群人进去。海关职员有十余人，有男的，有女的，检验我的衣箱的却是一位女职员，看上去仅二十岁左右，头上戴着黑呢制帽，身上穿着黑呢制服，脚上穿着皮靴，服装和男子的一样，所不能逃的是一副娇嫩嫩的女子的脸和两个高耸着的乳峰，但仍不失她的那副英武的军容，她很温和有礼，微笑着约略翻视我的衣箱；最注意的是问有没有摄影机，我说有，她把我的摄影机的商标及号数都很仔细地抄写下来，并在我的护照上注明盖戳。

各人在行李被验后，苏联旅行社有人代为照料运送到旅馆去，所以都陆续走到隔壁的“托格辛”去看看。那些不打算参加暑期大学的旅客们先乘汽车走，我们这群“孩子们”须等大家行李都验完后，聚齐一同走。在这等候的时间里，我们都乘这机会仔细看看这个最初碰到的所谓“托格辛”。在莫斯科以及各大城里都有“托格辛”，那些都是大规模的，好像大的百货商店。此外在外国旅客所常到的地方，各轮船码头，或名胜的处所，多附设有比较规模简单的“托格辛”，以招揽旅客的生意，像这个海关检验处隔壁的这个“托格辛”便是后者的一种，形式大同小异，是在一个大厅上陈列并悬排苏联的各种特产，地上铺满各种绒地毡，壁上悬着许多油画，或刺绣品，橱里堆满苏联特有的各色衬衫（穿这种衬衫的，不必加穿外衣），皮货架上堆排着玩具，以及其他种种杂物，看去好像是个展览会。在这天所见的这个“托格辛”里，只柜台上那个管账的是个男子，其余的三四个职员都是女的。上面已说过，这种“托格辛”里所用的是以金币为限。有位美国朋友买了一个香烟盒，付的是美金，照算该店应该找还七仙美金，但刚巧柜台上没有零钱（因为也要找还美金），一时没有办法，这位朋友只得再东张西望，须买尽了这七仙余款的东西，才能了结，后来看中了一张明信片，价合六仙，还有一仙要想办法！幸而又看中了一个小玩具——一只水鸭——价合一仙；那个卖玩具的女职员对这位朋友说，依俄国的传统，如同时买这水鸭玩具十只，必得好运道，这位朋友大笑，说一只已够好运了。这些女职员待旅客都非常和蔼，有礼貌，满口说着俄国腔的英语，倒也柔婉动听。

关于到旅馆后的情形，下次再谈。

一九三四，十二，十八，晚，伦敦

莫斯科的鸟瞰

记者在七月十九日夜里十一点钟偕同旅行团自列宁格勒乘火车向莫斯科进发。我们这一大班人塞在三辆车里面，因时间已不早，大家上车后，都纷纷往木榻上躺下来，准备睡觉。我向四周略为张望一番，知道我们所乘的是所谓“硬车”。还有一种比较讲究的叫做“软车”。“硬车”大概等于我们的三等；“软车”等于我们的头二等。“软车”如何“软”法，此时尚未见到；此时所看见的只是“硬车”，请先说些“硬”的吧。这“硬车”和我们的三等车不同之点是：我们的只有坐位，晚上不能躺下来睡；他们却每人有个木榻，木榻上并有毛毯、棉垫、白布罩、枕头等物，在夜里可以躺下来睡。各木榻的布置是分上下铺的，车内有墙壁隔开分为若干节，每节内有六个铺位。那夜上车后，各人随意碰着一个铺位就往上躺，我那节内六个人，四个美国人，其中有个叫希尔，有个叫伯尔，和我特别要好，还有一个是竭诚拥护资本主义的黑博士奈逊。第二天早晨八点钟车到莫斯科，我们在六点半就醒了，希尔、伯尔和奈逊大辩论；前两位是信仰社会主义的，很替受压迫的黑人抱不平，把黑人的解放问题和美国的革命问题连在一起研究；后者却是满意于美国的现制度，反替死硬派的白种人辩护、开脱，同时替黑人表示种种的满足，大闹做一团。伯尔年才十八岁，年少气盛，火气直往上冲，几至动手打起来，经我力劝始罢。后来黑博士走开，我劝他们两位以后不要再对黑博士白费口舌，作无益的辩论。我说辩论其理或问题，最小限度也有两个先决条件：（1）有探求真理的诚意；（2）对所辩论的真理或问题有相当的基本知识。如今这位黑博士一味固执成见，只管说他的，对于他们两位所举的事实，简直没有听，也不愿听；而且一脑子装满了帝国主义麻醉民众的奴化教育，对于新社会科学的书一本没有看过，一点都不懂（这是听了他的高论而可断言的），我敢说他对于社会主义的内容固然莫名其妙，即对于资本主义的实质也何尝明白？既无所知，又不肯学！这种人正是高尔基所谓“只有坟墓能解决他”！

这个“黑白辩论会”刚结束，大家欢呼莫斯科到了！

老莫斯科——市侩、贵族、地主和牧师们的莫斯科——过去了，新莫斯科——劳动者城的莫斯科，在政治、经济、文化各方面努力于社会主义建设的中心“实验室”的莫斯科——涌现着出来！

我们一同往暑期大学，各人把东西放在所派的房间里（系大房间，十一二人住一个房间），略事休息，午膳后即偕众同乘特备的公共汽车环游全城三小时，先作一“鸟瞰”。关于较详的情形，当分别另篇叙述，本文里只能略述迹“鸟瞰”所得的大概。

最使我们注目的，是随处都可看见仍在继续建造中的道路，仍在继续建筑中的房屋，仍在继续布置中的公园和草地。

我们的公共汽车所经过的是树荫夹道的广阔平滑的柏油马路，这在西欧其他各国似乎是不足希罕的。但我们如想到西欧各国的好马路只见于布尔乔亚所居住来往的区域，非整千整万的劳动者所居住来往的贫民窟所能梦见；又想到十月革命后的路政和帝俄时代的天渊之别的大差异，所得的观感便不同了。在帝俄时代，莫斯科劳动者所荟萃的区域只有狭隘肮脏的烂泥路，行人道当然是没有；只于城市的中心区域有寥寥几条号称时髦的马路，那只是专备贵族们、地主们和资本家们所用的，非大多数劳动者所敢问津，所以在当时并不觉得不够！而且街道多弯曲杂乱，改造艰难，因为要改造便须受有势力的地主们的竹杠和阻挠。在革命后，这种竹杠和阻挠都一扫而光了，街道依新计划而开直推广者不少。据统计所示，一九三一年中新筑的马路达六十五万余方米；一九三二年中新筑的马路在一百万方米以上。在建筑道路的工人里面，也用“社会主义的竞赛”，加速度地替他们自己的首都建筑更多的更好的道路。他们希望在第二个五年计划终了时，莫斯科的街道都光滑得像镜子一样。

其次讲房屋。世界上各著名的“文明”（?）首都都免不掉贫民窟的点缀，而这些“窟”内的贫民又大都是劳动者，唯一的例外大概只有莫斯科吧——至少在目前。这在帝俄时代，也是莫斯科的特色！在一九一七年二月革命前，莫斯科的贫民窟的破屋——每屋有四五间用破板隔着的狭隘、黑暗、龌龊、潮湿的“斗室”（Cell）——里面堆塞着贫民三十四万余人！每个“斗室”里塞满着已娶的和单身的，儿童和成人，未病和已病的，堆塞在一起，有无床铺当然顾不到，箱子上、地上随处都睡，把破烂的衣服蒙在身上当被窝。有这“斗室”塞塞的，在当时的普罗列塔利亚还算是幸运的了①；还有无数无家可归的，便在夜里钻到“贫民旅店”里的地上去占得一个睡的地位（这种“贫民旅店”英文称“doss-house”，大抵费几个铜板租地上一个躺身的地位宿一夜，这地上当然拥挤着许多贫民，像猪栅狗栏一样，称为“旅店”，当然还嫌过于文雅）。现在不同了，在许多林立着的工厂附近，你可以看见一座一座的钢骨水泥新建四五层高的新式住宅——劳动者的住宅——有许多玻璃窗引进充足的阳光和空气，阳台上排着花草，玻璃窗上挂着窗帷。

此外我们看得最多的是莫斯科的“绿化”。这里增加了一个公园，那边增加了一块草地。在许多马路上时时可遇到一个三角形或是一个四方形的草地，上面种有花草，排有长椅。有许多是已布置好的，有许多是正在布置中的。要使莫斯科绿化，这也是莫斯科的工人所积极努力的一件有趣的事情。在老莫斯科时代，有的是大众所无从问津的私家的花园，一般平民所能享到的“公园”只是若干坟地，和死人共享，也许是揩死人的一些油！一九二五年，莫斯科

① 普罗列塔利亚：西文音译，即无产阶级。

的草地便比老莫斯科加了一倍，后来进行更积极，特别组织一个栽植委员会，计划于一九三二到一九三四年的三年间，要使莫斯科增加三千公顷（hectare，每公顷约合个半亩）的草地，即再增加一倍，他们要努力把莫斯科做成一个“花园城”。

莫斯科的电车的拥挤，我们是已早闻大名的，但是说来似乎很奇！在帝俄时代，电车很少，而却不拥挤；在革命后，电车增加，反而拥挤！（在帝俄时代，莫斯科电车轨不逾二七五公里，电车约八百辆；现在电车轨约有四六〇公里，电车两千辆。）我们在这第一天就看见电车还不免拥挤的情形，虽则有人说已不及从前拥挤得厉害。在革命前车少反而不挤，在革命后车多而挤起来，此中秘密一经说穿了，却也很平常。原来在革命前，只于布尔乔亚的区域有电车道的铺设，以增加他们的便利；在那些拥挤不堪的工人区域，根本就没有什么叫做电车。在当时电车上定有一条规则，说衣服不整洁或身有令人恶厌的臭味的人，一经卖票员或其他乘客指出，即须遵命下车。这当然是拒绝当时劳动者乘车的好方法。其实这个妙法用的机会也还不多，因为当时的劳动者每天只赚四五十个戈比，哪有力量每天拿出一二十个戈比来坐电车？他们大概只在放假的日期，偶尔乘乘电车，作为一种有趣的玩意儿，好像他们的子孙在现在的莫斯科，偶尔试乘飞机，视为一种偶尔为之的有趣的玩意儿一样！

我们的车经过真理报馆前面的时候，看见正从该报馆里出发的四人一排的长队，有男的，有女的，有两三百人之多，步伐整齐，精神抖擞，边走边唱歌，我们询问招待员，才知道这些都是该报馆的工人，于工余集队到运动场去的。数百男女工人成群结队，边走边唱，歌声和步伐声相和，我们在这天遇着好几起。他们那种振作的精神和态度，很引起在车内的“一群孩子们”的兴趣和注意。在车内忽而听见这里有一位男朋友笑着喊道：“看！那边又有一队来了！”忽而又听见那里有一位女朋友笑着喊道：“看！那边又有一队来了！”这些队伍走近我们的时候，我们停车让他们过去，他们看我们的模样，知道是来观光的旅客，都欣欣然笑容可掬地举手对我们欢呼，我们也争相举手欢呼相应。我心里想，这些在别国都是贫民窟的人物，这真是别有天地啊！

这天我们所经过的地方，也引起我们特殊注意的，当然还有红场（Red Square），克里姆林宫（Kremlin）和列宁墓等，但此时间时只从外表看看，所以想等到后来有过较仔细的观览后，再作详细叙述。

一九三四，十二，二十八，下午，伦敦

谒列宁墓

八月九日下午参观了布尔穴俘公社之后，由莫斯科的郊外回到城内，顺便弯到红场，去看列宁的墓，因为这墓在下午五时后才开放给大众看。每次在这样开放的时候，往往有两三千人在墓前的红场上排成蜿蜒曲折的双人队，顺序等候着走人幕门去瞻仰这位革命领袖。我们这天共乘着三辆特备的公共汽车，到红场时，已见有几千人排着双人队在那里等候着。他们向例对外国来宾特别优待，可不必在这长队中等候，先行进去。所以我们这三大辆汽车装到的八九十个“外国来宾”占着便宜，下车后另外排成一个双人队，先行进去。

列宁墓背着克里姆林的高墙，前面便是叫做“红场”的大广场——遇有阅兵或是其他游行大会，都在这里举行。墓的全部是用深红色的大理石建造的，虽不甚高大，而气象却非常严肃。门口有红军的兵士两个持枪守卫，矮矮的门上刻着俄文“列宁的墓”字样。进门之后，有石阶引着向下走——向地窖走。向下走时，转过两三个弯，在每一个转弯处也都有红军的兵士持枪守卫着。我们这两人一排的队伍很静肃地向下走，最后走到一个地窖，靠墙的周围是略凸的两人一排可以通行的行人道，中央便是列宁的玻璃棺所在处。这玻璃棺是三角形（寻常的棺材是长的四方形，棺材头是四方形，列宁的玻璃棺是长的三角形，棺材头是三角形），全部是玻璃造的，里面有电灯很亮地照耀着，腰以下有绒毡罩着，腰以上全部现出；身上穿的有人说是工人的衣服，看上去是古铜色的哔叽制的，形式和在中国所谓“中山装”的一样，两臂都放在外边，一只手放在腰际。枕头是红绸制的，头上没有戴帽，可看见红黄色的头发，中央已秃。宛然如生，完全像闭着眼在睡觉。棺的两头各有一个红军的兵士持枪立正着，气象很严肃。我们想到列宁虽死，他的后继者仍能本他的主义和策略，努力向前干，天天在那里建设，时刻在那里发扬光大，他虽死而未死，中国成语所谓“虽死犹生”，他很近似，所以就算他不过是闭着眼在睡觉，也未尝不可。

我们两人一排的长队，很静肃地在这玻璃棺的四围走过，大家的眼睛当然都齐集在这玻璃棺里的“闭着眼在睡觉”的那位人物。出来的时候，还看见红场上成群结队的数千人在那里等候着。

在归途中，萦回于我的脑际的，还是刚才看到的在那玻璃棺里的“闭着眼在睡觉”的那位人物。在苏联的建设得着了成功的今日，我们也许很容易想到他的成功，但我在此时却想到他在失败时期对于艰苦困难的战斗和克服，却想到他的百折不回屡败不屈的精神。

他的三十年的政治活动可当作一部战斗史读。

读过俄国革命史的人都知道在革命斗争中有布尔什维克和孟什维克的对立；前者是由列宁领导的。他对于孟什维克始终不肯马虎迁就（因为他看准了布尔什维克政策的正确，孟什维克路线的错误），在当时却有不少人希望这两派能合作，怪列宁固执，责他毁坏了党，甚至于说：“假使他在什么地方失踪，死去，那是党的多么的幸运！”孟什维克的健将丹因（Dan）也说过这样的愤语[1]，列宁的一位最忠实而勇敢的老友克立成诺夫斯基（Krzhizhanovky）曾对丹因问道：“一个人怎能毁坏全党，而且他们抵抗这一个人就那样地无用，以致诅咒他快死？”丹因回答得很妙，他说：“因为没有别一个人像他那样每天二十四小时都为着革命忙，除想着革命没有别的念头，甚至在梦中所见的也只是革命。你想象这样的一个人，你能奈他何呢！”

---

① 丹因：今通译费丹（F. L. Dan），孟什维克的领袖。

说列宁继续不断地奋斗，这固是事实；但我们如不再作进一步的研究，这种说法仍近于肤浅。尤其重要的是他的革命的行动——百折不回的斗争——是根据于他对于主义的彻底的了解和信仰；他拿住了这个舵，无论遇着什么惊风骇浪，别人也许要吓得惊惶失措，在他却只望清彼岸，更加努力向前迈进。他在无论如何困难、艰苦和失败的时候，他的信仰从来没有丝毫动摇过——我认为这是他所以不受失败沮丧的最大原因。

当一九〇六年全党代表在斯德哥尔摩开会的时候，孟什维克占多数，列宁所领导的一派失败，他的信徒有些不免垂头丧气的，列宁咬紧牙根，对他们说道："不要埋怨，同志们；我们断然要获得胜利的，因为我们是对的。"他在失败中认为"断然要获得胜利"，这不是空中楼阁，是有"对的"根据。有正确的主义做根据的策略，才是"对的"策略。

但是"对的"政策却也不能自动——不能由袖手旁观而坐待其成的——必须有义无反顾勇往直前的努力，才有达到目的的希望；列宁在被刺的前一刹那，在米契尔生工厂（Michelson）里工人会议中演讲，最后一句话是"非战胜即死亡"，这不是一句空话，他的一生便是这句话的表现。

还有一点也很重要：列宁一生的政治活动，始终不是立于"个人的领袖"地位，却总是代表着比任何个人都更伟大的一个以勤劳大众为中坚的大"运动"：这运动在他未产生以前就存在，在他死后这继续着下去的。

一九三五，二，一，夜，伦敦

两个博物馆

八月十一日参观了两个博物馆。第一个是革命博物馆，从十七世纪的农民暴动的事迹陈列起，直至一九一七年十月革命的成功止，无异一部详明扼要的俄国革命史。陈列的东西，有关于各时期革命事迹及人物相片、油画、模型及遗物等；都依时代的先后，作有系统的布置。很可注意的是列宁和他的以身殉革命的阿兄亚历山大兄弟两人竟为俄国革命动向剧变的两时期的结束和开展的人物。亚历山大所参加的“民粹党”，用恐怖政策行刺俄皇。俄皇亚历山大第二的被刺而死，就是出于该党的行为。亚历山大第二死，新皇亚历山大第三高压革命的手段较前皇更惨酷，而民粹党的行刺的恐怖政策仍继续进行，列宁的阿兄就是参加行刺新皇的计谋被捕处死。这种以少数不怕牺牲自己生命的烈士——少数的出类拔萃的英雄——用暗杀手段对付残暴的罗曼诺夫皇室中人，牺牲的精神，悲壮的气概，诚可令人肃然起敬；但祸根——全盘的组织——不除，杀去几个混蛋的个人，又会有几个混蛋的个人源源发生出来，继承着他们的混蛋事业！所以列宁认为这个方法不对：他认为这个斗争不是由少数英雄对付若干个人的斗争，是一个阶级和另一个阶级的斗争。在前一时期的事迹里，我们只看见若干英雄的个人的牺牲行为；在后一时期的事迹里，我们所看见的是党和劳动大众打成一片的伟大运动。我觉得这是俄国革命史上最重要的一个转变，也是在参观这个革命博物馆的时候所感到的最深刻的一个印象。

关于列宁的许多相片，我觉得最有意味的是在克伦斯基的反革命的政府用高压的手段对付布尔什维克党人的时候，列宁逃匿在圣彼得堡附近的一个乡间茅屋里的相片。当时布尔什维克党人被杀的被杀，被捕的被捕，列宁被诬为德国的侦探，生命危在旦夕，而他在这个稻草撑盖着的几尺面积的小草棚里，还在一个树根上握着铅笔埋头写他的大作："布尔什维克必须取得政权"，以指挥革命运动的前进！

其次要谈谈那天所参观的反宗教博物馆。最先陈列的是用图画及模型说明各宗教瞎造人类里历史的荒谬，其次说明各宗教的惨酷情形及欺骗的方法——尤其重要的是骗钱！用种种欺骗的方法骗来的钱，养着无数主教、牧师、教士等等，替地主、资本家及贵族等等麻醉一般人民，维持少数特权者的统治权，消除被压迫被剥削者的反抗意识。俄国教堂的全部历史——现在各国仍然如此——是对于统治阶级效忠的历史，把宗教作为维持剥削制度的工具。它教人民崇拜俄皇，说他是神的化身。把俄皇以及皇族中人的相貌雕在重要的神像面孔上去，使敬神的愚夫愚妇无意中感到俄皇等确是和神有着密切的关系！

同时教堂的本身也是很有势力的大地主。在二十世纪的初叶，俄国教堂所有的土地还有二百六十余万公顷之多，此外教堂和修道院所有的住宅、工厂、旅馆等等的财产还不在内；分得这种利润的，上自各级主教，下至牧师及其家属等，总在六七十万人。这也可算是革命的一个大障碍物。

教堂还居然有它们的报纸及各种刊物，在上面发表卓见，说当道捕杀革命党人，从宗教的立场看去是很对的。

当俄国的苏维埃政府和各国联军及白俄军队激战的时候，教堂中人千方百计赞助各国军队及白俄军队：他们在反宗教博物馆里所遗下的功绩，便有不少关于这类阴谋的文件。

"宗教是人民的鸦片"，鸦片的麻醉力是奇大无比的。苏联革命政府确立后，俄国的富农（所谓"枯拉克"）还尽量利用宗教来和社会主义的建设作最后的斗争——反对集体农庄，反对消除富农阶级极的政策，反对工业化等等。关于反对社会主义建设的"宗教的”斗争，他们有许多方法。其中尤其有趣的，是借“上帝”的名义对各乡村大发其通告：这些通告都是由“上帝”写给农民的，警告他们说，集体农庄是“反耶稣的事业”，凡是赞助这件事的人们，都必定要受到入地狱的责罚！又说“上帝”为着集体农庄的运动，已经大怒，世界的末日随时可以到来！凡是要希望得救的人们，须立刻离开集体农庄。试举一两个具体的例。在一九三〇年，乌克兰的鲁文斯基（Rovensky）区的农民接到不少的“上帝”写给他们的信里面，有一封说：

“我，你的主子上帝，告诉你们：魔鬼把你束缚在他的窝巢的时期已经到来了。凡是不受集体农庄所引诱的人们都可得救。我要在几天的时间里面毁坏一切的集体农庄，并且毁坏那些不带十字架在他们胸前的人们。”

一九三一年在卢萨香斯基（Rossashansky）区的农民所接到的“上帝”写给他们的信里面，有这样的妙文：

“亲爱的集体农民同志们，我从天上寄给你这封信。（记者戏按：天上大概也有了邮政局了！不知道每封信要贴几分邮票！）请你们离开集体农庄，并负起你们的重要的责任把集体农庄毁掉。凡不执行我这个训令的，都要永久地沦入地狱；但能服从我的都能加入神的地位，被允许到天国里面去。”

无论何时，每遇着这些“上帝的信”的来源被发现，总是出于富农或牧师的创造的天才！最初“上帝的信”也颇有它们的相当的效力，尤其是农村里的妇女们，有些地方便很坚决地拒绝加入集体农庄，因为她们想到“魔鬼……到来”，想到“永久沦入地狱”，性命交关，非同小可！但是后来“上帝的信”发得太多了，他们觉得“上帝”为什么有这么多闲工夫，好像吃饱饭没事做，专门写信，也引起了他们的怀疑！

除由“上帝”发出无数的信外，在一九三一年的夏季，正在农忙的时候，在中部伏尔加区的各村里忽然发现了不少“神泉”——谁干的不言而喻——牧师们特因此鼓动不少香客，继续地开着祈祷大会，大说其世界末日将到的鬼话，借以吸引正在忙于农务的许多农民。常有牧师在这种祈祷会里手上拿着《圣经》，引证其中语句，说集体农庄是“反耶稣”的阴谋；又说什么“社会主义的競赛”是圣经里从来未曾提过的东西，参加的当然要永久沦入地狱了！

苏联对宗教不用强力禁止人民信仰，但一方面用教育，一方面揭穿宗教黑幕，同时剥夺牧师的公民权（如选举及生产者所得享的种种权利），宗教大有“永久沦大地狱”的模样了！

在这个反宗教博物馆里还看见一个和帝国主义侵略殖民地有关系的东西。在一个墙上镶着很大的玻璃框，里面陈列的是一幕用电灯烘托着的全景：有三个牧师穿着黑色的道袍做先锋，一个手上拿着一本《圣经》，一个手上各拿着一个大十字架，左右后面便随着围着不少白人的军队，有马队，有步兵，赶着残杀在前面奔逃的千百“土人”！这一幕的背景是在一个殖民地的乡间大平原上，模型做得很精巧，活龙活现。这一幕全景的陈列，把宗教——或传教——和帝国主义侵略的罪恶的密切关系，表示无遗，胜过数十万册的什么书。像我们受尽帝国主义摧残的人们，看了更感到千愁万恨！痛心无极！

一九三五，三，十九，下午，伦敦

苏联的南方

莫斯科的暑期大学于八月十四日结束，当夜暑校全体学生和莫斯科各校学生代表共约四五百人，在暑校大食堂举行大宴会，后来又在大礼堂里举行跳舞会，孩子气十足的一班男女，大吃、大跳、大谈、大笑一番，到十二点后，才尽欢而散。第二天我们便离开莫斯科，开始作苏联南方之游。我们南游的时间只打算两星期，分三条途径：一条沿着伏尔加河沿岸，一条是游高加索，一条是游乌克兰和克里米亚，听各人选走任何一条。这三条路，当然各有好处。伏尔加是欧洲最长的一条河，蜿蜒于欧洲部分的苏联的东北部，由高尔基城到斯大林格勒，坐船四天，经地一千余哩，经城八九个，欣赏河景，湾泊多城。第二路游历高加索，最令人恋恋的是可在罗斯托夫看到最大规模的塞诺格拉国营农场（Zernograd State Farm）；以八十万亩的田地作一个单位，结队工作，好像军队，各部分用军用电话和总部连络，收成和播种最吃紧时，机械用在田间工作每日达二十四小时，晚间用强光大电灯照耀着，想来必有一番奇特的现象。第三路重在看看全苏联的劳动者的休养胜地，我们看了不少他们的努力的工作，也要看看他们的从容的休养；连带可以看到乌克兰的农村情形——集体农庄也有得看，不过规模不及高加索的大——和世界最宏伟的第聂伯水电厂。既不得不在三条路里选一条，我便选定了第三条路——看看乌克兰和克里米亚。同学中参加这三条路的约有五六十人。

我们于八月十五日下午七点钟由莫斯科乘火车，到第二天中午才到乌克兰的旧都哈尔科夫（Kharkov）。在火车里很闷热，灰尘不断地从车窗溜入，衬衫的领口和袖口很容易肮脏，面部更时时“蒙尘”，每一会儿把白的手巾向面上抹一下，便在手巾上现出一团一团的漆黑；幸同车厢里的两位英国朋友都很健谈，还不寂寞。一位是在利物浦大学读建筑工程的巴尔君，一位是在曼彻斯特大学地理系任书记的柏西女士。我们在暑校里虽已常聚会，但在南游中因更接近，竟由此成了莫逆之交。说来奇怪，这两位英国青年夹在许多美国人里面，他们竟觉得格格不相入；美国人的始祖大多数原是从英国去的，但如今两国人的性格确有许多差异，我在英国一年多，此次在暑校和许多美国朋友相处一个多月，愈益觉得这种差异的明显，这也可见他们所处的环境的影响的厉害。

我们到旅馆后，大家纷纷要洗澡。苏联各大城的旅馆都很将究，尤其是归苏联旅行社用来招待外国旅客的旅馆，比之西欧的旅馆并无逊色。我们到的这个旅馆里，浴室有两种设备，一是盆浴，一是淋浴。我们让女子去享受盆浴，我们男子便都到淋浴的浴室里去。这淋浴的浴室颇大，一边休息室，有绒地毡，有沙发；一边和休息室相联的便是同时可容十人左右的浴室，里面有白漆的矮板壁隔开，不过没有门。我们进去之后，有的在休息室里忙着脱衣，有的脱光了便跑进浴室里去大淋而特淋，大家其初都觉得奇异的，是有几位穿着白外衣的妙龄女侍者，拿着大毛巾进来，看见我们这些赤条条的男子，她们很自然地照料着，没有一点儿难为情的样子。我正站着淋洗的当儿，她们里面有一位还跑过来抹抹一个热水管上的龙头，看看行不行。她很自然，我最初倒不无觉得有一些碍手碍脚似的。我们这班“孩子们”最初大家见此情形，都面面相觑着发怔，后来看见她们那样自然的态度，也就很自然了起来。但她们出去之后，我们却不禁大笑，大家问着：“她们怎么竟能那样自然？”

乌克兰共和国在苏联中是第二大国，约等于德国的幅员，有居民三千万人，几及苏联全部人口五分之一。旧都哈尔科夫居民约有五十万人，是乌克兰三大要城之一（其他两个是奥得萨和基辅）。我们踏进这个名城之后，在沿途所见和在莫斯科相同的是随处表现的努力建设的景象：新铺的平坦广阔的道路，新辟的丛林绿茵的草地或公园，新建的厂屋、商店、工人住宅等等。所不同的最显著的是招牌、街名、机关的名称、报纸，都用着乌克兰自己的文字。我们知道在帝俄时代，乌克兰是被压迫的民族，在学校里不许教乌克兰文字，不许教读乌克兰历史，在任何印刷品上不许用乌克兰文字。乌克兰的大诗人谢甫琴科（Shevchenko）被充军。但在革命后，苏联对于少数民族的问题，用很聪明的民族自决的平等办法解决，一了百了；对于各民族的文化的发展，尤提倡不遗余力，各民族恢复他们原有的文字，便是一个例子。现在乌克兰政府在公文上所用文字也是乌克兰文字。

乌克兰是苏联的燃料（尤其是煤）、金属（尤其是铁）和农产品（尤其是谷类）的重要区域。在革命前不过是落后的农业区域，所有富藏都埋没在地下；革命后，尤其是在五年计划成功之后，不但农场几乎已百分之百的集体化，而且因工业的积极进行，利用最新最进步的机械和技术，同时猛烈地工业化，成为异常重要的一个经济中心了。例如哈尔科夫的拖拉机厂每年可制造拖拉机五万辆，为苏联最新最伟大的工业之一；又例如在哈尔科夫附近的第聂伯水电厂，为世界上最大工程之一；又例如顿涅茨煤矿区（Donets Coal Basin，简称顿巴斯 Donbas）占面积五万方哩，每年替全苏联出产一半的煤，一半的铁，三分之一的化学品。

记者为时间所限，在哈尔科夫城仅作两天的勾留，看了一个集体农庄，一个水电力发动机制造厂，当在下篇通讯里略述大概。

一九三五，三，二十六，晚，伦敦

由北明汉到塞尔马

我因为要看看美国南方的黑农被压迫的实际状况，所以特由纽约经华盛顿而到了南方“黑带”的一个重要地点北明汉[①]，这在上次一文里已略为提到了。我到后住在一个小旅馆里，茶房是个黑青年，对我招待得特别殷勤，再三偷偷摸摸地问我是不是要旅行到纽约去，我含糊答应他，说也许要去的，但心里总是莫名其妙，尤其是看到他那样鬼头鬼脑的样子。后来他到我的房里来收拾打扫，左右张望了一下，才直着眼睛对我轻声诉苦，说在那里日夜工作得很苦，衣食都无法顾全，极想到美国北方去谋生，再三托我到纽约时替他荐一个位置，什么他都愿干，工资多少都不在乎，唯一的目的是要离开这地狱似的南方。他那样一副偷偷摸摸、吞吞吐吐的神气，使我发生很大的感触，因为谋个职业或掉换一个职业这原是每个人应有的自由权利，但在他却似乎觉得是一件不应该的犯法的事情，一定要东张西望，看见没有旁人的时候，才敢对我低声恳求，这不是很可怜悯的情形吗？这个黑茶房又在我面前称羡中国人，说在该城的中国人都是很阔的，尤其是有个中国菜馆叫做加 Joy Young，这里面的老板姓周，置有两部汽车，使他津津乐道，再三赞叹。我依着他所说的地方，去找那家中国菜馆，居然被我找到了，布置得的确讲究阔绰；有两位经理，一个姓卢，一个姓周，他们虽然都是广东人，我们幸而还能用英语谈话，承他们客气，对于我吃的那客晚饭，一定不要我付钱。据说该城只有中国人四十五

① 北明汉：今通译伯明翰，美国南部城市。

人，都有可靠而发达的职业，有大规模的中国菜馆两家，小规模的中国菜馆一家。因为那里的中国人在生计上都很过得去，衣冠整洁，信用良好，所以该城一般人对于中国人的印象很好。后来我见到R君（即热心照呼我的一位美国好友，详上次一文），问起这件事，他也承认在该城的中国人比较地处境宽裕，但是因为这样，他们自居于美国资产阶级之列，对于劳工运动很漠视，赞助更不消说。他的这几句话，我觉得不是没有根据的，因为我曾和上面所说的那个中国菜馆的经理周君谈起当地人民的生计状况，他认为当地的人民里面没有穷苦的，而在事实上我所目睹的贫民窟就不少！——虽则最大多数是属于黑人的。但在我听到中国人在该城还过得去，这当然是一件可慰的事情，至于他们因生活的关系，有着他们的特殊的意识形态，那又是另一件事了。

R君告诉我，说一般人都很势利，所以叫我在街上走的时候，要挺胸大踏步走，对任何人不必过份客气，如有问路的必要时，可先问怎样走回塔特乌益勒旅馆（Tutwiler Hotel），因为这是北明汉最大最讲究的一个旅馆，有人听见你住的是这个旅馆，一定要肃然起敬，认你是个阔客！这样一来，他便要特别殷勤，你问什么他就尽力回答你什么。可是我从来没有装过阔，这在我倒是一件难事，幸而柏明汉城并不大，街道整齐，还易于辨别，所以也无须装腔作势来问路。

诚然，如果你不到许多贫民窟去看看，只看看柏明汉的热闹区域和讲究的住宅区，你一定要把它描写成很美的一个城市。它的市政工程办得很好，因为街道都是根据着计划建成的，所以都是很直很宽的，转角的地方都是直角，方向都是正朝着东西南北的。你在这样市政修明的街道上，可以看见熙来攘往的男男女女——指的当然是白种人——都穿着得很整洁美丽，就是妇女也都长得很漂亮，白嫩妩媚得可爱，不是你在纽约所能多遇着的。

我有一天特为到一个很讲究的理发店里去剪发，那个剪发伙计的衣服整洁，比我还好得多，我有意逗他谈谈，才知道他对于中国人很欢迎，说中国人和美国人是一样的高尚，他同样地愿为中国人服务。但是我一和他提起黑人怎样，他的和颜悦色立刻变换为严肃的面孔，说他决不许“尼格”进来[1]，“尼格”哪配叫他剪发！我说“尼格”一样地出钱，为什么不可以？他说你有所不知，只要有一个“尼格”进来，以后便没有白种顾客再到这个店里来剪发了，所以他们为营业计，也绝对不许“尼格”进来的。

我曾亲到黑人的贫民窟里去跑了许多时候，他们住的当然都是单层的破烂的木板屋，栉比的连着。我曾跑到其中一家号称最好的“公寓”去视察一番，托词要租个房间。起初那个女房东很表示诧异，我说我是在附近做事的，要租个比较相近的安静而适宜的房间，她才领我进去看，把她认为最好的房间租给我。我一看了后，除破床跛椅而外，窗上只有窗框而没有窗，窗外就是街道。我说这样没有窗门的房间，东西可以随时不翼而飞，如何是好！她再三声明，只要我肯租，她可以日夜坐在窗口替我看守！我谢谢她，说我决定要时再来吧。

我在这许多龌龊破烂的贫民窟跑来跑去的时候，尤所感触的是这里那里常可看到几个建筑比较讲究的教堂，有时还看见有黑人牧师在里面领导着黑人信徒们做礼拜，拉长喉咙高唱圣诗。教堂也有黑白之分，专备白人用的教堂，黑人是不许进去的。这事的理由，不知道和上面那位剪发伙计所说的是不是一样！

美国南方的资产阶级把剥削黑人视作他们的“生命线”，谁敢出来帮助黑人鸣不平，或是设法辅助他们组织起来，来争取他们的自由权利，都要被认为大逆不道，有随时随地被拘捕入狱或遭私家所顾的侦探绑去毒打的机会。

北明汉以铸钢著名，还是一个工业的城市，我听从 K 君的建议，更向南行，到塞尔马去看看变相的农奴。

塞尔马是在北明汉南边的一个小镇，离柏明汉一百十二哩，是

---

① 尼格：英语 Niger 的音译，意为“黑鬼”，是对黑人的蔑称。

属于达腊郡（Dallas County）的一个小镇。人口仅有一万七千人，这里面白人占五千，服侍白人的仆役等占二千，变相的农奴却占了一万。以一万二千的黑人，供奉着那五千的白人！这是怎样的一个社会，可以想见的了。

由北明汉往塞尔马，要坐四小时的公共汽车。那公共汽车比我们在上海所用的大些，设置也舒服些，有弹簧椅，两人一椅，分左右列。两椅的中间是走路的地方，这样两椅成一排，由前到后约有十几排。两旁的玻璃窗上面有装着矮的铜栏杆的架子，可以放置衣箱等物。开汽车的是白人，兼卖票，帮同客人搬放箱物。他头戴制帽，上身穿紧身的衬衫式的制服，脚上穿着黄皮的长统靴，整齐抖擞，看上去好像是个很有精神的军官。我上车的时候，第一排的两边座位已有了白种客乘坐了，我便坐在第二排的一个座位上。接着又有几个白种乘客上来，他们都尽前几排坐下。随后看见有几个黑种乘客上来，他们上座位时的注意点，和白种乘客恰恰相反。白种乘客上车后都尽量向前几排的座位坐下；黑种乘客上车后却争先恐后地尽量寻着最后一排的座位坐起。这种情形，在他们也许都已司空见惯，在我却用着十分注意和好奇的心情注视着。渐渐地白的由前几排坐起，向后推进，黑的由后几排坐起，向前推进，这样前的后的都向中间的一段推进，当然总要达到黑白交界的一排座位。那个黑白交界的座位虽没有规定在哪一排，但是前几排坐满了白的，后几排坐满了黑的，最后留下空的一排，只须有一个白的坐上去，黑的就是没有座位，也不敢再凑上去；反过来，如只有一个黑的坐上去，白的也不愿凑上去。所以在交界的地方，总是黑白分得清清楚楚，一点不许混乱的。我这次由北明汉乘到塞尔马的那辆公共汽车开到中途的时候，最后留下的空的那一排座位上坐上了一个黑种乘客，照地位说，那一排还有三个人可坐（两张椅，每张可坐两人，中间是走路的），但我看见有一个白种乘客上来，望望那一排座位，不进来坐，却由汽车夫在身旁展开一张原来折拢的帆布小椅，夹在第一排的两椅中间（即原来预备走路的地位）坐下。等一会儿，又有一个白种乘客上来，那汽车夫又忽而从近处展开一张同样的帆布小椅给他夹在第二排的两椅中间坐下。我记得当时第六排起就都是黑人，我不知道倘若继续上来的白种乘客即有帆布小椅可坐，挤满了第五排的中间以后，怎样办法。可是后来白种乘客并没有挤到这样，所以我也看不到这样的情形。这种帆布小椅小得很，只顶着屁股的中央，尤其是那位大块头的中年妇人，我知道她一定坐得很苦，但是她情愿那样，虽然有很舒服的沙发式的座位，因为在黑人一排而不肯坐。而且挤坐在两椅的中间，一路停站的时候，后面客人走出下车，她还要拖开自己的肥胖的躯体让别人挤过，怪麻烦的，可是她情愿这样。不但她情愿这样，那个汽车夫以及全车的客人，除我觉得诧异外，大家大概都认为是应该这样的。

那个黑白交界的两排座位——一黑一白——是随着黑白两种乘客在一路上增减而改变的。例如在中途各站，白人下去得多，黑人上来得多，那黑界就渐渐向着前面的空的座位向前推；如黑人下去得多，白人上来得多，那白界也就渐渐向着后面的空的座位向后推。我后来看到最后留下的那一排座位坐着一个白人，忽然有一个黑女上来，那黑女穿得很整洁，人也生得很漂亮，手上还夹着几本书，但是不敢坐上那一排上空的位置，只得立在门口。车子在那段的路上颠簸得颇厉害，但是她屡次望望那几个空着的位置，现着无可奈何的样子！我尤其恻然的，看见有三四岁天真烂漫的黑种孩子，很沉默驯良地跟着他的母亲坐在后面，又很沉默驯良地跟着他的母亲从后面踯躅着出来下车。他那样的无知的神态，使你更深深地感觉到受压迫者的身世的惨然。大概中国人到美国南方去游历的还少，尤其是在那样小城小镇的地方，所以汽车里面的乘客，无论是白的是黑的，对于我都表示着相当的注意，至少都要多望我几眼；但是他们所能望到的只是我的外表，绝对想象不到我那时的心情——独自孤伶伶的静默地坐着，萦回于脑际的是被压迫民族的惨况和这不合理的世界的残酷！

在途中还时常看见住在小板屋的“穷白”，他们的孩子因营养不足，大抵都面有菜色，骨瘦如柴。

我到塞尔马的时候，已经万家灯火了，在北明汉没有住成青年会寄宿舍，到这里却住成了青年会寄宿舍。当夜我只到附近的一两条街市跑跑，后来才知道这个小镇的热闹街市就不过这一两条，可是市政却办得很好，不但热闹的街道，就是住宅区的街道也都广阔平坦，都是柏油路。商店都装潢美丽整洁。第二天跑了不少住宅区，玲珑精美的住宅隐约显露于葱郁的树荫花草间，使我想到这是一万多黑人的膏血堆砌成功的，使我想到在这鸟语花香幽静楼阁的反面，是掩蔽着无数的骷骸，抑制着无数的哀号！

我们读历史，都知道美国有个林肯曾经解放过美国的黑奴，但是依实际的情形，美国现在仍然有着变相的农奴（这变相的农奴也就是黑奴），所谓解放黑奴，只是历史教科书上的一句空话罢了。“变相的农奴”这名词，我是用来翻译在美国南方所谓“Sharecropper”的，在英语原文的这名词可直译为“收成的分享者”。这原来可说是不坏的名词，因为农业有了收成，请你来分享一部分，这有什么坏处？但是在实际上这号称“收成的分享者”却丝毫“分享”不到什么“收成”，只是替地主做奴隶，所以我就把它意译为“变相的农奴”，使名副其实，以免混淆不清。这种变相的农奴除了自己和家人的劳力以外，一无所有。地主把二三十亩的田叫他和他的家人来种棉花——美国南方是产棉区。由地主在田地里的隙地搭一个极粗劣狭隘的板屋给他全家住，供给他农具和耕驴。在表面说来，到了收成的时候，他应可分得一部分的棉花，但在事实上地主并不许他自己占有这一部分棉花的售卖权。地主所用的方法，是强迫这黑农和他的家人用他替他们所置办的极粗劣的衣服和粮食，以及其他家常需用的东西。到了收成的时候，由地主随便结账，结果总是除了应“分享”的部分完全抵消外，还欠地主许多债。这种债一年一年地累积上去，是无法偿清的，在债务未偿清以前是无法自由的，不但他自己要终身胼手胝足替地主做苦工，他的全家，上自老祖母，下至小子女，都同样地要替地主做苦工。在南方的地主们数起他所有的变相的农奴，不是以人数，却以家数。例如一个地主说他有着十家的“收成的分享者”，这意思就是说这十家的大大小小都跟着那每个家里的变相的农奴一同为地主服役，没有工资可说的。所以说是十家，把人数算起来，也许要达一百多人。我除到了附近的乡村步行视察外，还雇了一辆汽车到塞尔马郊外的农村去看了好些时候，看见东一个大田中间有一个板屋，西一个大田间有一个板屋；这板屋就只是一个破旧的平房，黑奴几代同堂都塞在里面。在那里，你可以看到褴褛不堪的男男女女、大大小小，横七竖八地坐在门口地下，外面晒着炎热的阳光，他们就在这样的环境里呆坐着。那天正逢着星期日，他们照例是无须做工，但也无法出去娱乐，其实也无处娱乐，所以只得呆呆地在炎暑之下呆坐一天！他们平日工作是没有一定的时间的，从天亮起，一直到天黑为止！塞尔马的街道那么好，但却没有任何街车，因为地主们都有汽车，奴隶们就只配跑腿。全家服役的变相的农奴们，因此也只有局促在狭隘肮脏的小板屋里，无法出去；就是出去，也没有什么地方可去。他们乘车的时候也有，我在乡间亲眼看见地主把运货的塌车运输黑奴，一大堆地挤着蹲在里面，和运猪猡一样！

依法律虽不许买卖人口，但是在美国的南方“黑带”里，甲地主要向乙地主让若干变相的农奴，只要出多少钱给甲地主，以代这些变相的农奴还债为词，便可用塌车整批地运走，因为他即成为这些农奴们的新债主，有奴役他们的权利了！这不是变相的农奴是什么呢？

（原刊1936年9月《世界知识》第4卷第12号）

黄石公园和离婚胜地

黄石公园真够得上一个“大”字！它的面积共有三千三百五十方哩，长达六十二哩，阔达五十四哩，占怀俄明州的西北部，并朝北伸入蒙大拿州两哩余。公园的四面都有大森林包围着。公园的中央有着八千尺高的火山高原。里面有溪有湖，有怒涛汹涌的温泉，尤其吸引游客的是喷出高达一百五十尺的温泉，好像放花似的。据说每六十五分钟即喷出一次，每次喷泉能持至四分半钟。还有温泉洞，继续不断地发出惊人的吼声。此外还有一个奇景是奇大无比的山岩被河流劈开，河流已干，而两旁壁立千仞的危岩却巍然可见。这岩谷他们叫做“Grand Canyon”，两旁石壁高达八百尺至一千一百尺，阳光反映，美更无匹。这个公园里并有不怕人的熊，见人不避，亦不妨害，听说可从游客手上吃东西，但是非胆子大的人仍未敢尝试。

我们穿过这个奇大的公园之后，于当天下午七点钟达到犹他州西北部的盐湖城（Salt Lake City），这里有十四万余人口，算是一个较大的城市，街道店铺都很讲究，附近有个盐水湖，是完全盐水的，有许多人到那里去游泳，我们三个人也去尝试了一下。钻下水去游泳一会儿，露出身来，满身就都散布着亮晶晶的盐花，游完后要到湖边特设的淡水淋浴，把身上的盐水冲洗干净。我游到较深的地方，不留神喝了一大口盐水，咸得要命，弄得好久不舒服。由盐湖城再西行，要经过一个长途的沙漠，白天炎热非常，要在夜里启程，所以我们在二十一日这一天大游其盐水湖，到当夜十点三刻钟才向沙漠进发。这个整夜就在两边沙漠茫茫中向前开快车（仍有很好的公路)，虽在夜里，气候仍比白天热得多，除开车的一人外，其余两人都大打其瞌睡。第二日（二十二日）早晨开到内华达州的西部一小镇叫做爱锁（Love Lock)，因为一夜的疲顿，找到一个“木屋”，大家赶紧洗了一个澡，一睡就睡到下午三点钟才起来。二十三日上午八点钟离爱锁，下午四点钟到世界著名的离婚城雷诺(Reno)。

雷诺是在内华达州西部的一个镇，人口约一万八千余人。这小小的一个地方，所以闻名于天下的，就是因为那是一个离婚最容易的地方。我们到了之后，最注意的当然也是这件事，但是当天已晚，第二天才去参观当地的法庭。这里的法庭几乎是包办离婚的案件，因为别的地方遇着离婚感到困难的就跑到这个地方来解决。而且解决得真快！每件案子只有寥寥数句话，十分钟左右便可结束，所以我们坐在法庭旁听席上不到半小时，已看到三四起的离婚案件结束了。所看到的几个案子，都是女子来和男的离婚，而且只原告到案，被告不到案，也没有什么辩论。在这样法庭上做律师，真是便当之至！来离婚的女子，有半老的徐娘，有老太婆，也有青年女子。有一个青年女子在庭上已达到了离婚的目的，退庭时热泪竟夺眶而出，怪伤心似的！不知道她是追念前尘影事而不禁伤心呢？还是别有不足为外人道的苦衷？这却不是局外人所能猜度的了。庭上有个律师名叫章生（Kendrick Johnson)，因为他以前交过中国人做朋友，对于中国人特别有好感，看见在旁听席上有个中国人的我在，竟引起他的注意，退庭后就来找我谈话。在法庭上匆匆未能尽意，约他午餐后再去访问他一谈，他答应了。我们午后便按时同到他的事务所里去谈，由他那里知道了不少关于离婚的情形。

在雷诺进行离婚的法律手续有个重要的条件，便是须先在该处住了六个星期。住了六个星期，然后可以根据下面的九个理由中的任何理由起诉：

（一）在结婚的时候即不能人道，在离婚的时候还是这样。

（二）自结婚后即犯通奸，仍不为对方所宽恕者。

（三）任何时候，任何一方为对方所有意遗弃达一年时期者。

（四）犯重罪或不名誉的罪。

（五）酗酒的习惯，任何一方自结婚后即犯此恶习，以致对于家庭的维持发生影响。

（六）任何一方有极端的虐待行为（精神的或身体的）。

（七）丈夫忽略供给生活上的一般需要达一年时期者，惟此种忽略须不是由于丈夫贫穷的结果。

（八）在起诉前的两年内犯了神经病。

（九）双方分居已达五年的时期。

如果被告虽不愿亲自出庭争辩，但却委托律师出庭，那末在六个星期的时期届满之后，亦可由法院立即开庭判决。如果被告既不愿亲自出庭争辩，也不委托律师出庭，那末在文件送达被告之后，须再等候三十天，然后才可以开庭审问。这样算起来，住了六个星期，还要加上三十天。不过六个星期一定要住在本地，至于那三十天，原告是可以随意离开雷诺的。倘若被告的住址不明，无法传达，那末必须把传票登在本地的日报上，每星期登一次，连登四个星期，末期登出之后，还要再等候三十天，然后才可以开庭判决。这样算起来，住了六个星期，加上四个星期又须加上三十天。但是同样地，也不过六个星期一定要住在本地，至于那随后的四个星期和三十天，原告也是可以随意离开雷诺的。

必须住在本地六个星期，有提出证据的必要；离婚原因如果是神经病也有提出证据的必要。除这两点在法庭上须举出事实为证据外，其余一切都无须举出事实为证。这也是替要求离婚者大开方便之门！这里的法庭一年开到底，一点不间断，要离婚的无论何时都可以光顾，这也是替有意离婚者大开方便之门！如果起诉者要求关门审判，禁止旁听，法庭也可以“唯命是听”，把一切旁听的人和新闻访员都拒之门外，这又是“服务”得多么周到？就是双方都有错，但是法庭仍可为着错得少的一方准许脱离，所以离婚的成功总是有把握的！

据统计所示，一九三四年在雷诺离婚的案件达二千六百六十五件。依该处法庭所给予的种种便利，这数量似乎还不算怎样惊人，这是什么缘故呢？我想一定是经济的问题。我在纽约时，亲见有某机关的一个女书记，早就想到雷诺去提出离婚，但是要请假六个星期，要在雷诺住六个星期，要出律师公费，要出诉讼费，还要算算来往的一笔路费——这种种都是她不得不费些工夫筹谋一番的。听说她皇皇然凑足了千余圆，才敢动身到雷诺去。简单说一句，无论怎样便利，还只是替拿得出钱的人谋便利，没有钱的人免开尊口，因此，据说雷诺的“营业”近几年来也很受到经济恐慌的打击。

这种地方，律师业当然很发达，以人口不过一万八千余人的小镇，听说律师竟有八百人左右之多！

不但律师们沾光，雷诺的旅馆业以及其他部分的商业也都把旅客们当“洋盘”看。我们是过路客，并不是要来离什么婚的，但是无意中也做了一次小“洋盘”！事实是这样：我们到的第二天早晨，我和G因为头发已太长了，一同出去剪头发。跑进一家很平常的理发店去剪。在纽约剪发，像这样的小店，每人不过两三角或三四角钱就行，但是我们在这里剪完之后，每人却须付七角半，我们两人出了店门，都面面相觑，现出诧异的样子。所谓雷诺原来就是如此！

（收入1937年5月上海生活书店版《萍踪忆语》）

美国的殖民地

——夏威夷

美国的殖民地，除了菲律宾外，要轮到夏威夷了。我于八月十四日的早晨七点钟到夏威夷的首都火奴鲁鲁，和几位旅伴上岸租了一辆汽车，畅游了一整天。这是一个旅行者喜到的名胜，不但有很好的海滨游泳场，而且碧绿的山坡，一望无际的茵草，丛林密布，鲜花怒放，四季常春，所以有人称为“太平洋的天堂”。在表面上看来，似乎名不虚传，但是如果仔细研究一下，便知道未必尽然。

夏威夷群岛共有岛屿二十个（只九个岛上有居民），面积为六千四百九十九方里，人口共为三十八万余人(380,507)。但是这三十八万余人里面，这群岛原来的主人公（即夏威夷土人）却占极少数。当十九世纪初叶，美国的传教士——侵略殖民地的先锋——开始钻到这些岛上的时候，据估计夏威夷土人约有二十万。但是自从“文明”传进去之后，《圣经》和梅毒盛传各地，大肆其虐（传教士成为该群岛的资本家和政治的操纵者，详见后），到今日，夏威夷土人余下的只有两万余人(22,230)，占全部人口百分之六不到！据艾尔卿（W. B. Elkin）所调查，说夏威夷死亡率之所以高，重要的原因有二——恶疾和其他疾病。马洛（David Malo）关于夏威夷的记载，也说花柳病在该群岛的人民间极为盛行。他们两人都说花柳病都是那些宣传“文明”的先生们输入夏威夷群岛的。后来传教士和美国的商人合作，“文明”的范围愈益扩大，把资本主义的剥削制度也输入了进去！土人不胜梅毒和残酷榨取的蹂躏，到一八九三年的时候，土人仅残余五万八千人左右，比四十年前少去了一半，到今日更少，只有两万余人了！

今日在夏威夷最有势力的帝国主义者都是以前到该地的传教士的“世家”，大姓有卡苏（Castle）、库克（Cooke）、包尔温（Baldwin）、亚历山大（Alexander）、哲德（Judi）和杜尔（Dole）。这里面因为到得最早而尤其有势力的，是卡苏和库克。这两家的“上帝的传达者”看到商业资本的时代到来，就设立卡库有限公司（Castle & Cooke Ltd.），同时操纵政治。第二代的“卡库世家”看见商业资本的时代将去，工业资本的时代到来，他们就用种种取巧的办法，大买其土地，大规模种植甘蔗，改善交通工具如货船等，大作其糖业。同时因为他们的政治势力，于一八七五年和美国订立互惠条件准许夏威夷的糖免税入口。这样一来，在美国的夏威夷糖入口大增，免税后第一年入口就两千万吨。一八八七年最高增至两万万吨以上！于是巨大的利润尽往“卡库”的财库里滚。但是要使他们的糖业获得更大的保障，他们更作进一步地出卖土人的阴谋，于是一八九八年，索性怂恿美国吞并夏威夷，进一步巩固他们的“文明”！今日夏威夷政府在实际上只是“卡库”营业的一个支部而已。

他们的糖业发达，生产飞涨，土人死亡加多，劳工不免缺少。自一八五三年后开始输入中国的“苦力”，据说第一次数量是三百六十四人，五年合同，每月工资仅三块钱。这便是所谓“猪仔”，等于奴隶。但中国人不惯于做奴隶，慢慢地由甘蔗场溜出去做别的生意，如杂货铺、肉铺、酒店或其他商业。他们欢迎中国人去是去做“苦力”的，如今不愿安于“苦力”的地位，却给与他们不少的麻烦。到了一八九八年，美国并吞夏威夷之后，就用法律禁止中国人入口，转而求供于日本人。于是日本人大批地来，可是也不愿久做奴隶，也渐渐溜出去做其他商业，至一九〇七年，美日成立了所谓“君子协定”，也禁止日本人再来。但是已来的不易赶出去，现在日本人共有十四万六千余人（146,189），占该群岛人口百分之三十八。大老板又须另外设法找奴隶了，输入了好几千俄人、西班牙人、波多黎各人、朝鲜人等等，但是场主也不能把他们久留在甘蔗场做苦工，于是转而求供于菲律宾人。在一九二九年冬，输入的菲律宾人达一万一千余人(11,628)，都是男的，没有女的。（大概输入的工人都是男的，极少有家眷同来，娼妓的奇多和梅毒的广播，这也是一个因素。）据一九三二年的统计，该群岛人口中最多的是日本人，其次是菲律宾人，共有六万五千一人(65,515)。中国人只有两万七千余人(27,235)。日本人和菲律宾人都有他们的工会组织，所以资产阶级压迫得厉害，而劳工界的反抗也一天天高涨起来。

在夏威夷，糖业是最大的营业，共用工人达十万五千人，几占全部人口三分之一。近几年每年产糖约八百万吨。他们利用机器制糖，一九〇〇年每人每年可制糖六点七吨，一九二九年增至二十四点二吨，自一九〇〇年以来，生产力增加了四倍，但是这种效果，于劳工界毫无益处的。工资还是照旧，每日总在一元以下。自一九二九年以来，工资更被大大减少。每日工作时间通常十小时，每日工作至十二小时的也有。仅糖业一项投资共一万万七千五百万金圆。

夏威夷顶大规模的农业利润，除糖外，便是菠萝蜜。这一项的投资也有三千万金圆，工人约有万余人，工资和糖业工人一样的苦。可是少数资本家的利润却很有可观；以三十四万人口的地方，每年被资产阶级所榨取的利润竟有两千五百万金圆之多。“卡库”的“寡头政治”不但垄断甘蔗和菠萝蜜两大农业，成为他们的专利，而且也垄断夏威夷金融。夏威夷的十九个银行，除一个中美银行（Chinese－Amrican Bank）外，都在“卡库”的掌握中。一九三〇年，股息多到三分利。

夏威夷的土地也是由少数人所垄断专利的。像菠萝蜜大王杜尔(James Dole)，就有着林乃岛（Linai）全岛的土地——九万亩之多！因为糖业和菠萝蜜在这里是替帝国主义者榨取利润的两种农业，而土地又握在少数帝国主义者的手里，于是他们便限定土地只许种这两种东西，不许分营其他的农业。这样一来，食粮都要由他处输入了；就是纺织业，鞋业，或其他相类的轻工业，在这群岛上也都没有立足之地；差不多除了糖和菠萝蜜外，什么日用品都要由他处输入的！这种情形，阻碍了这群岛的工业化（这是帝国主义对付殖民地的一个方式），并使一般劳苦大众的生活费用增高，促进他们的穷困。

我们在游览火奴鲁鲁的时候，在田间看到许多甘蔗和菠萝蜜大农场的盛况，也许只知惊叹于生产的丰富，但是稍稍研究一下，便可知道这后面实含有这样多的把戏，隐伏着多少的被榨取的膏血！

夏威夷除做了美国大老板的剥削胜地外，在太平洋的未来战争中也占着很重要的位置。火奴鲁鲁的珍珠港（Pearl Harbor），便是太平洋上设备最完善的一个军事根据地。美国对这件事已用了五千万金圆，以依海军部的计划还要再用一万万金圆。这里不但是太平洋上海军的一个重要根据地，并且也是陆军、空军的根据地。我们想到国际风云的紧张，日美的矛盾，日帝国主义对中国和苏联的逼迫，便知夏威夷在军事上的重要性很显然的，美国目前在夏威夷的驻军约有三万人。

将开船时，在船上送客的人群里遇着一位华侨邝君，对他略微问起火奴鲁鲁侨胞的近况。据说该处日本人有六七万，华人只有一万余。华人事业，关于饭馆和洗衣，只有逐渐消减，无发展希望，尤其是洗衣自有公司利用机器之后，手工更难支持。此处最多的要算开杂货店，约有一两百家，但最近趋势，亦多被日本人所开的杂货店抢去生意，因为日货价格低贱，销路易畅。至于次一代的青年，多升学，毕业后即不愿经营父兄的旧业，但是因为经济恐慌，得业却也不易。他觉得非祖国振作有为，侨胞也受到严重的打击，前途是很暗淡的。

我在船上的房间里，原来只有一个人独住，经火奴鲁鲁后，加入了一位青年朋友梁君，他的家即住在火奴鲁鲁，这次是要回香港的学校里去继续求学。他的家人也在火奴鲁鲁开杂货店，据说这种杂货店最大的有四五家，小者无数，但是生意都大不如前。他的意思，最大的原因也是由于日本人的激烈竞争。日货特别便宜，例如毛菰，中国货每磅要售两元七角五，日本货每磅却只售一元二角五。又例如绿豆，原为中国特产，但是日本人仿效种植，中国货每磅要售五仙，日本货只售两仙。虽然日货的绿豆比中国货较差，不及中国豆大，但是因为有了他们贱货的竞争，中国货却不免受到打击。此外中国特产品最主要的有八珍梅，日货没有，但现在日本人已派人往中国广州去学习制法，将来他们成功后，又要来打击中国货了。他的结论是中国杂货店在夏威夷恐怕也没有什么前途。我安慰他说，中国必有光明的前途，所以侨胞也必有光明的前途，不过这光明的前途不会自己来的，必须我们共同努力，促成它的实现。

（收入 1937 年 5 月上海生活书店版《萍踪忆语》）

我的母亲

说起我的母亲，我只知道她是“浙江海宁查氏”，至今不知道她有什么名字！这件小事也可表示今昔时代的不同。现在的女子未出嫁的固然很“勇敢”地公开着她的名字，就是出嫁了的，也一样地公开着她的名字。不久以前，出嫁后的女子还大多数要在自己的姓上面加上丈夫的姓；通常人们的姓名只有三个字，嫁后女子的姓名往往有四个字。在我年幼的时候，知道担任商务印书馆出版的《妇女杂志》笔政的朱胡彬夏，在当时算是有革命性的“前进的”女子了，她反抗了家里替她订的旧式婚姻，以致她的顽固的叔父宣言要用手枪打死她，但是她却仍在“胡”字上面加着一个“朱”字！近来的女子就有很多在嫁后仍只由自己的姓名，不加不减。这意义表示女子渐渐地有着她们自己的独立的地位，不是属于任何人所有的了。但是在我的母亲的时代，不但不能学“朱胡彬夏”的用法，简直根本就好像没有名字！我说“好像”，因为那时的女子也未尝没有名字，但在实际上似乎就用不着。像我的母亲，我听见她的娘家的人们叫她做“十六小姐”，男家大家族里的人们叫她做“十四少奶”，后来我的父亲做官，人们便叫做“太太”，始终没有用她自己名字的机会！我觉得这种情形也可以暗示妇女在封建社会里所处的地位。

我的母亲在我十三岁的时候就去世了。我生的那一年是在九月里生的，她死的那一年是在五月里死的，所以我们母子两人在实际上相聚的时候只有十一年零九个月。我在这篇文里对于母亲的零星追忆，只是这十一年里的前尘影事。

我现在所能记得的最初对于母亲的印象，大约在两三岁的时候。我记得有一天夜里，我独自一人睡在床上，由梦里醒来，朦胧中睁开眼睛，模糊中看见由垂着的帐门射进来的微微的灯光。在这微微的灯光里瞥见一个青年妇人拉开帐门，微笑着把我抱起来。她嘴里叫我什么，并对我说了什么，现在都记不清了，只记得她把我负在她的背上，跑到一个灯光灿烂人影憧憧往来的大客厅里，走来走去“巡阅”着。大概是元宵吧，这大客厅里除有不少成人谈笑着外，有二三十个孩童提着各色各样的纸灯，里面燃着蜡烛，三五成群地跑着玩。我此时伏在母亲的背上，半醒半睡似的微张着眼看这个，望那个。那时我的父亲还在和祖父同住，过着“少爷”的生活；父亲有十来个弟兄，有好几个都结了婚，所以这大家族里看着这么多的孩子。母亲也做了这大家族里的一分子。她十五岁就出嫁，十六岁那年养我，这个时候才十七八岁。我由现在追想当时伏在她的背上睡眼惺松所见着的她的容态，还感觉到她的活泼的欢悦的柔和的青春的美。我生平所见过的女子，我的母亲是最美的一个，就是当时伏在母亲背上的我，也能觉到在那个大客厅里许多妇女里面：没有一个及得到母亲的可爱。我现在想来，大概在我睡在房里的时候，母亲看见许多孩子玩灯热闹，便想起了我，也许蹑手蹑脚到我床前看了好几次，见我醒了，便负我出去一饱眼福。这是我对母亲最初的感觉，虽则在当时的幼稚脑袋里当然不知道什么叫做母爱。

后来祖父年老告退，父亲自己带着家眷在福州做候补官。我当时大概有了五六岁，比我小两岁的二弟已生了。家里除父亲母亲和这个小弟弟外，只有母亲由娘家带来的一个青年女仆，名叫妹仔。“做官”似乎怪好听，但是当时父亲赤手空拳出来做官，家里一贫如洗。我还记得，父亲一天到晚不在家里，大概是到“官场”里“应酬”去了，家里没有米下锅；妹仔替我们到附近施米给穷人的一个大庙里去领“仓米”，要先在庙前人山人海里面拥挤着领到竹签，然后拿着竹签再从挤得水泄不通的人群中，带着粗布袋挤到里面去领米；母亲在家里横抱着哭涕着的二弟踱来踱去，我在旁坐在一只小椅上呆呆地望着母亲，当时不知道这就是穷的景象，只诧异着母亲的脸何以那样苍白，她那样静寂无语地好像有着满腔无处诉的心事。妹仔和母亲非常亲热，她们竟好像母女，共患难，直到母亲病得将死的时候，她还是不肯离开她，把孝女自居，寝食俱废地照顾着母亲。

母亲喜欢看小说，那些旧小说，她常常把所看的内容讲给妹仔听。她讲得娓娓动听，妹仔听着忽而笑容满面，忽而愁眉双锁。章回的长篇小说一下讲不完，妹仔就很不耐地等着母亲再看下去，看后再讲给她听。往往讲到孤女患难，或义妇含冤的凄惨的情形，她两人便都热泪盈眶，泪珠尽往颊上涌流着。那时的我立在旁边瞧着，莫名其妙，心里不明白她们为什么那样无缘无故地挥泪痛哭一顿，和在上面看到穷的景象一样地不明白其所以然。现在想来，才感觉到母亲的情感的丰富，并觉得她的讲故事能那样地感动着妹仔。如果母亲生在现在，有机会把自己造成一个教员，必可成为一个循循善诱的良师。

我六岁的时候，由父亲自己为我“发蒙”，读的是《三字经》，第一天上的课是“人之初，性本善；性相近，习相远”。一点儿莫名其妙！一个人坐在一个小客厅的炕床上“朗诵”了半天，苦不堪言！母亲觉得非请一位“西席”老夫子，总教不好，所以家里虽一贫如洗，情愿节衣缩食，把省下的钱请一位老夫子。说来可笑，第一个请来的这位老夫子，每月束脩只须四块大洋（当然供膳宿），虽则这四块大洋，在母亲已是一件很费筹措的事情。我到十岁的时候，读的是“孟子见梁惠王”，教师的每月束脩已加到十二元，算增加了三倍。到年底的时候，父亲要“清算”我平日的功课，在夜里亲自听我背书，很严厉，桌上放着一根两指阔的竹板。我的背向着他立着背书，背不出的时候，他提一个字，就叫我回转身来把手掌展放在桌上，他拿起这根竹板很重地打下来。我吃了这一下苦头，痛是血肉的身体所无法避免的感觉，当然失声地哭了，但是还要忍住哭，回过身去再背。不幸又有一处中断，背不下去，经他再提一字，再打一下。呜呜咽咽地背着那位前世冤家的“见梁惠王”的“孟子”！我自己呜咽着背，同时听得见坐在旁边缝纫着的母亲也唏唏嘘嘘地泪如泉涌地哭着。我心里知道她见我被打，她也觉得好像刺心的痛苦，和我表着十二分的同情，但她却时时从呜咽着的断断续续的声音里勉强说着“打得好”！她的饮泣吞声，为的是爱她的儿子；勉强硬着头皮说声“打得好”，为的是希望她的儿子上进。由现在看来，这样的教育方法真是野蛮之至！但于我不敢怪我的母亲，因为那个时候就只有这样野蛮的教育法；如今想起母亲见我被打，陪着我一同哭，那样的母爱，仍然使我感念着我的慈爱的母亲。背完了半本“梁惠王”，右手掌打得发肿有半寸高，偷向灯光中一照，通亮，好像满肚子装着已成熟的丝的蚕身一样。母亲含着泪抱我上床，轻轻把被窝盖上，向我额上吻了几吻。

当我八岁的时候，二弟六岁，还有一个妹妹三岁。三个人的衣服鞋袜，没有一件不是母亲自己做的。她还时常收到一些外面的女红来做，所以很忙。我在七八岁时，看见母亲那样辛苦，心里已知道感觉不安。记得有一个夏天的深夜，我忽然从睡梦中醒了起来，因为我的床背就紧接着母亲的床背，所以从帐里望得见母亲独自一人在灯下做鞋底，我心里又想起母亲的劳苦，辗转反侧睡不着，很想起来陪陪母亲。但是小孩子深夜不好好的睡，是要受到大人的责备的，就说是要起来陪陪母亲，一定也要被申斥几句，万不会被准许的（这至少是当时我的心理），于是想出一个借口来试试看，便叫声母亲，说太热睡不着，要起来坐一会儿。出乎我意料之外的，母亲居然许我起来坐在她的身边。我眼巴巴地望着她额上的汗珠往下流，手上一针不停地做着布鞋——做给我穿的。这时万籁俱寂，只听到嘀嗒的钟声，和可以微闻得到的母亲的呼吸。我心里暗自想念着，为着我要穿鞋，累母亲深夜工作不休，心上感到说不出的歉疚，又感到坐着陪陪母亲，似乎可以减轻些心里的不安成分。当时一肚子里充满着这些心事，却不敢对母亲说出一句。才坐了一会儿，又被母亲赶上床去睡觉，她说小孩子不好好的睡，起来干什么！现在我的母亲不在了，她始终不知道她这个小儿子心里有过这样的一段不敢说出的心理状态。

母亲死的时候才廿九岁，留下了三男三女。在临终的那一夜，她神志非常清楚，忍泪叫着一个一个子女嘱咐一番。她临去最舍不得的就是她这一群的子女。

我的母亲只是一个平凡的母亲，但是我觉得她的可爱的性格，她的努力的精神，她的能干的才具，都埋没在封建社会的一个家族里，都葬送在没有什么意义的事务上，否则她一定可以成为社会上一个更有贡献的分子。我也觉得，像我的母亲这样被埋没葬送掉的女子不知有多少！

一九三六，一，十日深夜

(1937年4月生活书店版《经历》附录)

永不能忘的先生

曾经偶然在西报上的“补白”里看到这两句怪有趣的话：

A gossip is one who talks to you about others; a bore is one who talks to you about himself。

如把这两句话勉强译成中文，大意也许可以这样说：“喜欢闲谈的人，就是对你瞎谈着别人的事情；令人讨厌的人，就是对你尽谈着关于他自己的事情。”我说“勉强译成”，因为一种文字的幽默意味，最难一点不走漏地译成别一种文字，但是无论如何，大意是可以明白的了。我尤其注意第二句，即“令人讨厌的人，就是对你尽谈着关于他自己的事情”。一个人谈到自己的事情，往往要啰啰唆唆地拖泥带水地说个不完，使人听了感觉到厌烦；诸君也许已经有过这样听得不耐烦的经验吧。我有鉴于此，所以向来对于“自述”一类的文字不愿写。

最近因为在香港办了几个月的报，回到上海以后，有不少朋友问起在香港的情形，我便写了好几篇“在香港的经历”（登在“生活星期刊”），原来不过随笔写来，拉杂谈谈而已，不料有好多读者写信来勉励我要多写一些，大概还不觉得怎样厌烦；但是在香港几个月的经历就不过那一些，所以登了九期就把它结束了。可是经读者的这样怂恿，我又转着念头，想要尝试写几篇“二十年来的经历”，不知道要不要引诸君的厌烦。倘若读者听得厌烦，我希望不客气地写信来警告一下，我便可提早结束，或不再写下去。

我这二十年来的经历，想从小学时代谈起。当时我所进的是南洋公学附属小学，校长是沈叔逵先生。他是一位很精明干练的教育家，全副精神都用在这个小学里面，所以把学校办得很好。我们那一级的主任教员是沈永癯先生，他教我们国文和历史——我最感兴趣的科目。他那样讲解得清晰有条理，课本以外所供给的参考材料的丰富，都格外增加了我的研究兴趣。我尤其受他的熏陶的是他的人格的可爱。我这里所谓人格，是包括他的性格的一切。他的服饰并不华丽，但是非常整洁，和我所不喜欢的蓬头垢面的自命名士派的恰恰相反。他对于所教授的科目有着充分的准备，我对于他所教的科目有任何疑难，他都能给我以满意的解释。他教得非常认真，常常好像生怕我们有一句一字不明了；他的认真和负责的态度，是我一生做事所最得力的模范。他并没有什么呆板的信条教给我，但是他在举止言行上给我的现成的榜样，是我终身所不能忘的。我自己做事，没有别的什特长，凡是担任了一件事，我总是要认真，要负责，否则宁愿不干。这虽然是做事的人所应该有的起码的条件，但是我却永远不能忘却永癯先生给我的模范。此外令我倾倒的是他的和蔼可亲的音容。他对于学生总是和颜悦色的，我从来没有看见他动过气；我上他的课，比上任何人的课都来得愉快。但是他所以得到学生的敬爱，并不是由于姑息、随便、撒烂污，却是由于认真而又不致令人难堪。我当时敬爱这位先生的热度可以说是很高很高，但是并未曾对他表示过我的这样的心意。现在这位良师已去世多年了，可是我一生不能忘记他。

当时我们的一级里只有二十个同学，因为人数少，彼此的个性相知很深，现在有的做医生，有的做律师，有的做工程师，有的服务于邮政局。陆鼎揆律师也是当时同级里的同学之一。在国文一课，我们俩是劲敌。每星期有一次作文，永癯先生批卷很严：最好的文章，他在题目上加三圈，其次的加两圈，再次的加一圈；此外仅于一篇之中比较有精彩的句子的点断处加双圈。每次文卷发下来的时候，大家都好像急不及待地探听谁有着三圈，谁有着两圈，谁有着一圈，乃至于下课后争相比较句子点断处的双圈谁多。有的同学紧紧地把文卷藏在课桌的抽屉里，压在重重的课本下，生怕有人去偷看它，那很显然地是一个双圈都没有！当时我们那种竞赛得津津有味的神情，大家都感觉到很深切的兴趣。有了这样的竞赛，每星期都受着一次推动，大家都的确容易有进步。

（《二十年来的经历》之一，
收入 1937 年 4 月生活书店版《经历》）

工程师的幻想

我的父亲所以把我送进南洋公学附属小学，因为他希望我将来能做一个工程师。当时的南洋公学是国内数一数二的工程学校，由附属小学毕业可直接升中院（即附属中学），中院毕业可直接升上院（即大学），所以一跨进了附属小学，就好像是在准备做工程师了。我在那个时候，不知道工程师究竟有多大贡献，模模糊糊的观念只是以为工程师能造铁路，在铁路上做了工程师，每月有着一千或八百元的丰富的薪俸，父亲既叫我准备做工程师，我也就冒冒失失地准备做工程师。其实讲到我的天性，实在不配做工程师。要做工程师，至少对于算学、物理一类的科目能感到浓厚的兴趣和特殊的机敏。我在这方面的缺憾，看到我的弟弟在这方面的特长，更为显著。我们年纪很小还在私塾的时候，所好便不同。当时我们请了一位老夫子在家里教着“诗云子曰”，并没有什么算学的功课，但是我的弟弟看见家里用的厨子记帐的时候打着算盘，就感觉到深刻的兴趣，立刻去买了一本“珠算歌诀”，独自一人学起什么“九归”来了。我看了一点不感觉兴味，连袖手旁观都不干。我只有趣味于看《纲鉴》，读史论。后来进了小学，最怕的科目便是算学。当时教算学的是吴叔厘先生。他的资格很老，做了十几年的算学教员，用的课本就是他自己编的。我看他真是熟透了，课本里的每题答数大概他都背得出来！他上课的时候，在黑板上写着一个题目，或在书上指定一个题目，大家就立刻在自己桌上所放着的那块小石板上，用石笔的的答答地算着。不一会儿，他老先生手上拿着一个记分数的小簿子，走过一个一个的桌旁，看见你的石板上的答数是对的，他在小簿上记一个记号；看见你的石板上的答数不对，他在小簿上另记一个记号。我愈是着急，他跑到我的桌旁似乎也愈快！我的答数对的少而错的多，那是不消说的。如我存心撒烂污，那也可以处之泰然，但是我却很认真，所以心里格外地难过，每遇着上算学课，简直是好像上断头台！当时如有什么职业指导的先生，我这样的情形一定可供给他一种研究的材料，至少可以劝我不必准备做什么工程师了。但是当时没有人顾问到这件事情，我自己也在糊里糊涂中过日子。小学毕业的时候，我的算学考得不好，但是总平均仍算是最多，在名次上仍占着便宜。刚升到中院后，师友们都把我当作成绩优异的学生，只有我自己知道在实际上是不行的。

但是大家既把我误看作成绩优异的学生，我为着虚荣心所推动，也就勉为其难，拼命用功，什么“代数”哪、“几何”哪，我都勉强地学习，考的成绩居然很好，大考的结果仍侥幸得到最前的名次；但是我心里对这些课目，实在感觉不到一点兴趣。这时候我的弟弟也在同一学校里求学，我们住在一个房间里。我看他做算学问题的时候，无论怎样难的题目，在几分钟内就很顺手地得到正确的答数；我总是想了好些时候才勉强得到，心里有着说不出的烦闷。我把这些题目勉强做好之后，便赶紧把课本搁在一边，希望和它永别，留出时间来看我自己所要看的书。这样看来，一个人在学校里表面上的成绩，以及较高的名次，都是靠不住的，唯一的要点是你对于你所学的是否心里真正觉得很喜欢，是否真有浓厚的兴趣和特殊的机敏；这只有你自己知道，旁人总是隔膜的。

我进了中院以后，仍常常在夜里跑到附属小学沈永癯先生那里去请教。他的书橱里有着全份的《新民丛报》，我几本几本的借出来看，简直看入了迷。我始终觉得梁任公先生一生最有吸引力的文章要算是这个时代的了。他的文章的激昂慷慨，淋漓痛快，对于当前政治的深刻的评判，对于当前实际问题的明锐的建议，在他的那枝带着情感的笔端奔腾澎湃着，往往令人非终篇不能释卷。我所苦的是在夜里不得不自修校课，尤其讨厌的是做算学题目；我一面埋头苦算，一面我的心却常常要转到新借来放在桌旁的那几本《新民丛报》！夜里十点钟照章要熄灯睡觉，我偷点着洋蜡烛躲在帐里偷看，往往看到两三点钟才勉强吹熄烛光睡去。睡后还做梦看见意大利三杰和罗兰夫人（这些都是梁任公在《新民丛报》里所发表的有声有色的传记）！这样准备做工程师，当然是很少希望的了！

（《二十年来的经历》之二，
原刊1936年11月1日上海《生活星期刊》第1卷第22号）

课外阅读

常有青年朋友写信问起写作的秘诀，其实我只是一个平凡的新闻记者，写的不过是平凡的新闻记者所写的很平凡的东西，说不上什么作家，所以对于这种问句，很感到惭愧。不过就我很平凡的一点经验说，觉得在初学方面最重要的不外两点：一是写的技术，二是写的内容。简单说起来，所谓写的技术，是能够写得出自己所要说的话，也就是能够达意。所谓写的内容是有话说，也就是有什么意思或意见要说出来。

我上次和诸君谈过在小学和中学里得到良师教授国文的情形。但教师尽管教得好，实际的领略和运用，还是要靠自己努力去干，从干的当中得到要诀。这好像游泳一样，只是听了算数是无用的，必须钻到水里去游泳，才有所得。我当时在学校里所学的国文还是文言文，读的是古文。只靠教师在课堂上教的几篇是不够的，所以对于什么《古文辞类纂》、《经史百家杂钞》、所谓八大大家的各个专集（尤其是《韩昌黎全集》）、《王阳明全集》、《曾文正全集》以及《明儒学案》等等，在课外都完全看了一下。觉得其中特别为自己所喜欢的，便在题目上做个记号，再看第二次；尤其喜欢的再看第三次；最最喜欢的，一遇着可以偷闲的时候，就常常看。此外如《新民丛报》，梁任公和汪精卫笔战的文字，在当时也是我看得津津有味的东西。还有一部书也是我在当时很喜欢看的，说来很奇特，是所谓《三名臣书牍》，共有四册，是曾涤生、胡林翼和曾纪泽的奏摺和信札[①]。我却不是崇拜什么“名臣”，只觉得这里面的文字都很精悍通达，对于他们处理事务的精明强干，尤其是物色人材和运用人材方面，感到很深的兴趣。据说他们的这些文字不一定是完全自己写的，有好些是当时幕府中的能手代做的。我有一天在旧书摊上无意中碰到这部旧书，偶然翻看了几页，觉得越看越有趣，便把它买回来，居然在我的书堆里占了很“得宠”的位置。

当然，这是当时研究文言文做了的一点点工夫，现在注意的是白话文，研究的人不一定要走这条路，而且时代也更前进了，内容方面相去也更远。所以我和诸君随便谈到这里，并不是要开什么书目供参考，只是表示我们在初学的时候，要想增进自己的写的技术，便要注意多看自己所喜欢看的书。

我当时发现一个有趣的事实。我所看的书，当然不能都背诵得出的，看过了就好像和它分手，彼此好像都忘掉，但是当我拿起笔来写作的时候，只要用得着任何文句或故事，它竟会突然出现于我的脑际，效驰驱于我的腕下。我所以觉得奇怪的是：我用不着它的时候，它在我那脑子里毫无影踪，一到用得着它的时候，它好像自己就跑了出来。我后来读到了心理学，觉得这大概就是所谓潜意识的作用吧。无论如何，我在当时自己暗中发现了这个事实，对于课外的阅读格外感觉到兴奋，因为我知道不是白读白看的，知道这在事实上的确是有益于我的写的技术的。

我觉得我们在阅读里既有着这样潜意识的作用，对于所选择的书籍的文字（这仅就写的技术方面说，内容当然也很重要），要特别注意。例如有些文字，尤其是所谓直译的文字，写得佶屈聱牙，几十个字一停的长句，看得多了，也要不知不觉中影响到一个人的写作的技术，写出来的东西也使人看了不懂，或似懂非懂，使人感觉头痛！

当然，看书有人指导是可以省却许多不必要的时间和精力的耗

---

① 曾涤生：即曾国藩，字涤生。

费。现在的青年在这方面已有比较的便利，因为有好些杂志对于读书指导都是很热诚的。我在当时却是自己在暗中摸索着，但是我自己却也有一点选择的“策略”，虽简单得可笑，但在当时确受到不少的好处。我每到书店或旧书摊上去东张西望着，看到书目引我注意时，先在那里看它几页，称心才买，否则就要和它永诀。有些所谓作家，你虽然东看到他的大名，西也看到他的大名，但是也许买到他的大作来看看，却不免感觉到硬着头皮看下去也看不懂，或是味同嚼蜡，看着就想睡觉！

（《二十年来的经历》之四，
收入 1937 年 4 月生活书店版《经历》）

写作的尝试

在国文课上作文，当然也可以说是写作的尝试，但是我在这里指的却是发表或投稿的文字。

我读到中学初年级，几个月后就陷入了经济的绝境。我知道家里已绝对没有办法，只有自己挣扎，在挣扎中想起投稿也许不无小补。但是不知道可以投到那里去。有一天偶然在学校的阅报室里看到《申报》的“自由谈”登着请领稿费的启事，才打定主意写点东西去试试看。那时的“自由谈”是由冷血先生主编，他自己每天在那上面做一篇短评，其余的文字大概都是靠投稿。

但是我有什么可以写呢？的确踌躇了好些时候。我上次不是和诸君谈过吗？我觉得写作在初学方面最重要的不外两点：一是写的技术，二是写的内容。这两点虽同是不可少的，但是第二点似乎比第一点还要重要。我这时在写的技术方面比较地有一些把握，但是因为经验的薄弱，观察的不深刻，实在觉得没有什么可写。于是我想个办法，到图书馆里去看几种英文的杂志，选译一些东西。这选择并不是什么长篇大文，只是几百字的短篇的材料，例如体育杂志、科学杂志等等里面的零星的材料，大讲其健康或卫生的方法，以及科学上形形色色的有趣的发明。这种材料在当时的“自由谈”是可以适用的，可是试了几次总是失败，好像石沉大海，无影无踪。但是我可以勉强抽出时间来的时候，还是试试看。有一天翻开报纸来，居然看见自己的文字登了出来，最初一刹那间好像还不能相信自己的眼睛，仔细看着题目下的署名，的的确确一毫不差的是“谷僧”两字（这是当时随便取的笔名）！这样陆陆续续地发表了好几篇，到月底结算稿费的时候，报上那个请取稿费的启事里，当然缺不了我的份！我便和我的弟弟同到棋盘街一个刻图章的小摊上去刻了一个，拿到申报馆去伸手拿钱。心里一直狐疑着，不知到底能够拿到多少。不料一拿就拿了六块亮晶晶的大洋！如计算起来，一千字至多不过一块钱，但是我在当时根本没有想到这样计算过，只觉得喜出望外。我的弟弟比我年龄更小，看见好像无缘无故地柜台上的人悄悄地付出几块大洋钱，也笑嘻嘻地很天真地替我高兴。我们两个人连奔带跳地出了申报馆，一直奔回徐家汇。这在我当时买一枝笔买一块墨都须打算打算的时候，当然不无小补。但是钱到了手，却也就学了一点坏！回校的途中经过了一个外卖彩票的店铺门口，和弟弟两个人商量一会，居然土头土脑地下决心掏出一块大洋买了一张彩票，后来这张彩票的结果和我最初若干次的投稿有着同样的命运！

不久我又发现了一个投稿的新园地——商务印书馆出版的《学生杂志》。记得当时在这个杂志里投稿最多的有三个人：一个是杨贤江，当时他还在师范学校求学；一个是萧公权，他的底细我不知道，由他文字里看出他似乎是四川人；一个便是我。我的文字虽常常也被采登，但我自己知道都不及他们两位的好，因此愈益勉力求进步，好像暗中和他们比赛似的。在这个杂志里所投的稿不像在“自由谈”上的只有数百字，一来就是几千字了。所写的内容，大概偏于学生修养方面的居多，这是我在当时的学生群中观察得来的材料（当时南洋公学的学生有千余人，这学生群还不算小），比以前译述健康方法和科学小品的内容又有不同，在组织材料和构思方面比较地多得一点训练。我从这里又得到一个教训，就是我们要写自己所知道得最清楚的事情，尤其是实践或经验中感到最深刻印象的事情。

但是我在《学生杂志》里投稿也不是完全顺利的，总是去了好几篇才登出一篇。登了一篇之后，好像替我打了一个强心针，再陆续写几篇去，登后再等着多少时候。关于好多没有采登的稿子，我当时并不知道，也没有想到这应该埋怨编辑先生，因为我知道自己的稿子并不是篇篇都好。我当时虽一点不知道自己将来的职业是编辑，但是说来奇怪，对于做编辑的苦衷，似乎已经了解。

（《二十年来的经历》之五，
收入1937年4月生活书店版《经历》）

青年“老学究”

我真料想不到居然做了几个月的“老学究”！这在当时的我当然是不愿意做的。一般青年的心理也许都和我一样吧，喜走直线，不喜走曲线，要求学就一直入校求下去，不愿当中有着间断。这心理当然不能算坏；如果有走直线的可能，直线当然比曲线来得经济——至少在时间方面。但是我们所处的实际环境并不是乌托邦，有的时候要应付现实，不许你走直线，也只有走曲线。我当时因为不能继续入校，心理上的确发生了非常烦闷悒郁的情绪；去做几个月的“老学究”，确是满不高兴、无可奈何的。不过从现在想来，如有着相当的计划，鼓着勇气往前走，不要自馁，不要中途自暴自弃，走曲线并不就是失败，在心境上用不着怎样难过；这一点，我很诚恳地提出来，贡献于也许不得不走着曲线的青年朋友们。拿破仑说“胜利在最后的五分钟”，这句话越想越有深刻的意味，因为真正的胜利要看最后的分晓，在过程中的曲折是不能即作为定案的。我们所要注意的是要作继续不断的努力，有着百折不回的精神向前进。

我当时在最初虽不免有着烦闷悒郁的情绪，但是打定了主意之后，倒也没有什么，按着已定的计划向前干去就是了。

我的那位东家葛老先生亲自来上海把我迎去。由上海往宜兴县的蜀山镇，要坐一段火车，再乘小火轮，他都一路很殷勤地陪伴着我。蜀山是一个小村镇，葛家是那个村镇里的大户，他由码头陪我走到家里的时候，在街道上不断地受着路上行人的点头问安的敬礼，他也忙着答谢，这情形是我们在城市里所不易见到的，倒很引起我的兴趣。大概这个村镇里请到了一个青年“老学究”是家家户户所知道的。这个村镇里没有邮政局，只有一家杂货铺兼作邮政代理处，我到了之后，简直使它特别忙了起来。

我们住的虽是乡村的平屋，但是我们的书房却颇为像样。这书房是个隔墙小花厅，由一个大天井旁边的小门进去，厅前还有个小天井，走过天井是一个小房间，那便是“老夫子”的卧室。地上是砖地，窗是纸窗，夜里点的是煤油灯。终日所见的，除老东家仍然进来探问外，只是三个小学生和一个瘌痢头的小工役。三个小学生的年龄都不过十一二岁，有一个很聪明，一个稍次，一个是聋子，最笨；但是他们的性情都很诚挚笃厚得可爱，每看到他们的天真，便使我感觉到愉快。所以我虽像入山隐居，但有机会和这些天真的儿童朝夕相对，倒不觉得怎样烦闷。出了大门便是碧绿的田野，相距不远的地方有个山墩。我每日下午五点钟放课后，便独自一个在田陌中乱跑，跑到山墩上了望一番。这种赏心说目的自然界的享受，也是在城市里所不易得到的，即比之到公园去走走，并无逊色。有的时候，我还带着这几位小学生一同出去玩玩。

在功课方面，这个青年“老学究”大有包办的嫌疑！他要讲解《论语》、《孟子》，要讲历史和地理，要教短篇论说，要教英文，要教算学，要教书法，要出题目改文章。《论语》、《孟子》不是我选定的，是他们已经读过，老东家要我替他们讲解的。那个聋学生只能读读比较简单的教科书，不能作文。夜里还有夜课，读到九点钟才休息。这样的儿童，我本来不赞成有什么夜课，但是做“老夫子”是不无困难的，如反对东家的建议，大有偷懒的嫌疑，只得在夜里采用马虎主义，让他们随便看看书，有时和他们随便谈谈，并不认真。

我自己是吃过私塾苦头的，知道私塾偏重记忆（例如背诵）而忽略理解的流弊，所以我自己做“老学究”的时候，便反其道而行之，特重理解力的训练，对于背诵并不注重。结果，除了那位聋学生没有多大进步外，其余的两个小学生，都有着很大的进步。最显著的表现，为他们的老祖父所看得出的，是他们每天做一篇的短篇论说。

我很惭愧地未曾受过师范教育，所以对于怎样教小学生，只得“独出心裁”来瞎干一阵。例如作文，每出一个题目，必先顾到学生们所已吸收的知识和所能运用的字汇，并且就题旨先和他们略为讨论一下。这样，他们在落笔的时候，便已有着“成竹在胸”、“左右逢源”的形势。修改后的卷子，和他们讲解一遍之后，还叫他们抄一遍，使他们对于修改的地方不但知其所以然，并且有较深的印象。

（《二十年来的经历》之一〇，
收入 1937 年 4 月上海生活书店版《经历》）

写作中的“积蓄”

上两次所谈过的是关于英文的说和看的方面，现在要谈谈怎样训练学生的写的能力。

写的能力当然和看的能力有着很密切的关系。我已经说过，中国学生不是没有意思发表，往往苦于所习的英文生字和成语不够用；要补这个缺憾，只有在看的时候注意“积蓄”最有用的生字和成语。可是仅在看的时候“积蓄”还不够，还要训练他们在写的时候也要下“积蓄”的工夫。这又怎么说呢？需要相当的解释。

学生们所用的课本的内容，大概不外乎故事或传记之类，并且是分章的。每遇学生读完一章的时候，我就叫他们各人在课外预备一篇短文，把那章的内容要点，用自己的结构重新写出来。这种短文的长短，可根据原文的长短和学生的能力而酌定下来。开始的时候，可限学生写两页或三页，以后可略为增加。这短文当然不可和书上的原文一样长，那样，学生便没有运用自己重组能力的余地，所以要比原文短，使学生要用一番思考和选择。这短文的内容要能尽量包括原文的全部要点；如果学生只是随便抄录一段，那是要不得的。这短文既比原文要短，又须包括原文全部的要点，所以学生尽管用着原文里的许多生字和成语，却并不能把原文照抄下来。但是因为要用着原文里的许多生字和成语，便在写的里面也包含着“积蓄”的功用。当然，有些学生在课外还自己看些英文的书报，如果他看得有心得，也另有些生字和成语运用在这短文里面，只须是用得好，也是可以的。这种地方，做教师的也可以鼓励学生的自动研究的精神。

初学英文写作的学生，通常往往因为所有的生字和成语不够用，文法的知识也不够用，而教师的英文题目却摆在他的眼前，他为交卷计，不得不瞎写一阵；生字和成语固然用得一塌糊涂，大半都是“独出心裁”，只就他所有的中文的语句，“捏造”成不中不英的语句来塞责，文法也是乱七八糟的。教师看了只有皱眉，改不胜改，叫苦连天，大怪学生的不行，不知道学生也不是愿意自己这样不行，无奈脑里“空空如也”，“行”不出何！用上面所说的那样办法，学生写的时候，有书里的原文做参考，文法不错，就是有也极少，辞意的表现也不必求助于“捏造”的不中不英的语句了。

这种短文须学生于课外自己预备好，然后在课堂上写出来。他们在课堂上写的时候，可以看原书，但是不许看自己所预备的稿子。这理由很简单。学生在外面的时候，也许因为自己的程度差一些，要请教请教比较高明的同学，甚至难免有一两次请人代写（虽则这是不应该有的，但是在最初的时候，在事实上也许不会完全没有）；本人也不得不用心，把这短文原稿的意识和结构弄清楚，记清楚，否则在课堂上既不许看原稿，也仍然是写不出的。学生在课堂上写的时候，所以许他们翻阅原书，这倒没有什么重要的意义，我觉得只是给学生一些便利，使他们不要感到过分的困难，对原稿不必用死记的工夫。学生觉得既有原书可以做参考，在精神上也似乎可以减少过于紧张的苦痛。他们在课堂上写的时候，不但可以带原书做参考，还可以带字典到课堂上来用。

学生这样开始练习写作，不但于他们大有益处，就是做教师的看卷子，也可以减少许多麻烦或甚至于苦痛！教师改卷子的时候，只须把不妥当的地方（无论是字的不妥，或是文法的不妥），用红笔划出，下次上课时发还学生，叫他们自己在课外改好后再交进来。有的学生需要发还三次，修改三次。为鼓励起见，教师在第一次发还给学生的卷子上都要依成绩的优劣，注明 ABC 等的等次，并另在簿子上记下来；第二次的修改也要把成绩记下来。每次全体文卷这样结束之后，教师还应该把这次各文卷里所犯的较大的错误，在课堂上提出来解释或讨论。

这样写作每做若干次后，可用一次来出一个学生所熟悉和有经验可以表现的题目，让学生自由（即不必根据书本）做一次文章，成绩一定是有相当可观的。

（《二十年来的经历》之二二，
收入 1937 年 4 月生活书店版《经历》）

聚精会神的工作

现在请再回转来谈谈《生活》周刊。

关于《生活》周刊，我在“萍踪寄语”初集里也略为谈到，也许诸君已知道大概了。这个周刊最初创办的时候，它的意旨和后来的很不相同，只是要传播传播关于职业教育的消息罢了。当时我对于这件事并不感到什么兴趣，甚至并不觉得这周刊有什么前途，更不知道我和它后来曾发生那样密切的关系。在事实上当时看的人也很少。大概创办了有一年的光景，王志莘先生因入工商银行任事，没有时间兼顾，职业教育社因为我原担任着编辑股主任的事情，便把这个周刊的编辑责任丢在我的身上。我因为职务的关系，只得把它接受下来。当我接办的时候，它的每期印数约有二千八百份左右，赠送的居多，所以这个数量并不算多。我接办之后，变换内容，注重短小精悍的评论和“有趣味、有价值”的材料，并在信箱一栏讨论读者所提出的种种问题。对于编排方式的新颖和相片插图的动目，也很注意。所谓“有趣味、有价值”，是当时《生活》周刊最注重的一个标语。空论是最没有趣味的，“雅俗共赏”的是有趣味的事实。这些事实，最初我是从各种英文的刊物里搜得的。当时一则因为文化界的帮忙的朋友很少很少，二则因为稿费几等于零，职业教育社同人也各忙于各人原有的职务，往往由我一个人唱独脚戏。最可笑的是替我自己取了六七个不同的笔名，把某类的文字“派”给某个笔名去担任！例如关于传记的由甲笔名专任，关于修养的由乙笔名专任，关于健康的由丙笔名专任，关于讨论的由丁笔名专任，关于小品文的由戊笔名专任，以此类推。简单说来，每个笔名都养成一个特殊的性格。这倒不是我的万能，因为我只能努力于收集合于各个性格的材料，有许多是由各种英文刊物里搜得的。搜求的时候，却须有相当的判断力，要真能切合于读者需要的材料。把材料搜得之后，要用很畅达、简洁而隽永的文笔译述出来。所登出的材料往往不是整篇有原文可据的译文，只是把各种相关联的材料，经过一番的消化和组织而造成的。材料的内容，仅有"有趣味"的事实还不够，同时还须"有价值"。所谓"有价值"，是必须使人看了在"进德修业"上得到多少的"灵感"（Inspiration）。每期的"小言论"虽仅仅数百字，却是我每周最费心血的一篇，每次必尽我心力就一般读者所认为最该说几句话的事情，发表我的意见。这一栏也最受读者的注意；后来有许多读者来信说，他们每遇着社会上发生一个轰动的事件或问题，就期待着看这一栏的文字。其次是信箱里解答的文字，也是我所聚精会神的一种工作。我不敢说我所解答的一定怎样好，但是我却尽了我的心力，有时并代为请教我认为可以请教的朋友们。

除了"唱独脚戏"的材料外，职业教育社的几位先生也常常做些文章帮忙。在这个初期里，毕云程先生做的文章也不少。关于国外的通讯，日本方面有徐玉文女士，美国方面有李公朴先生，都是很努力的。以上大概是最初两三年间的情形。

我对于搜集材料，选择文稿，撰述评论，解答问题，都感到极深刻浓厚的兴趣，我的全副的精神已和我的工作融为一体了。我每搜得我自己认为有精彩的材料，或收到一篇有精彩的文字，便快乐得好像哥仑布发现了新大陆似的！我对于选择文稿，不管是老前辈来的，或是幼后辈来的，不管是名人来的，或是"无名英雄"来的，只须是好的我都要竭诚欢迎，不好的我也不顾一切地不用。在这方面，我只知道周刊的内容应该怎样有精彩，不知道什么叫做情面，不知道什么叫做恩怨，不知道其他的一切！

《生活》周刊在这阶段的内容，现在看来显然有着很多的缺点，不过我所指出的是当时的这种工作已引起了我的兴会淋漓的精神，使我自动地也用着全副的精神，不知疲乏地干着。同时还有一位好友徐伯昕先生，也开始了他对于本刊事业的兴趣。我接办本刊后，徐先生就用全力帮助我主持本刊营业的事务，他和我一样地用着全副的精神努力于本刊的事业。孙梦旦先生最初用一部分的时间加入努力，后来渐渐地用着他的全部的时间。最初经常替《生活》周刊努力的职员就只是这三个人。

（《二十年来的经历》之二七，
收入 1937 年 4 月上海生活书店版《经历》）

深夜被捕

我对于国事的立场和主张，已很扼要地谈过了。这不仅是我一个人的主张，有许多热心救国的朋友们也都有这同样的主张；这不仅是我和我的许多朋友们的主张，我深信这主张也是中国大众的公意的反映。于是我们便以国民的地位，积极推动政府和全国各方面实行这个救亡的国策。我们自问很坦白、很恳挚，除了救国的赤诚外，毫无其他作用，但是出乎意外的是我和六位朋友——沈钧儒、章乃器、李公朴、王造时、史良和沙千里诸先生——竟于民国二十五年十一月二十二日的深夜在上海被捕！

在被捕的前两三天，就有朋友传来消息，说将有捕我的事实发生，叫我要特别戒备。我以胸怀坦白，不以为意，照常做我的工作。我这时的全部的注意力都集中在绥远的被侵略，每日所焦思苦虑的只是这个问题。本年十一月二十二日下午六点钟我赶到功德林参加援绥的会议，到会的很多：银行界、教育界。报界、律师界等等，都有人出席。我于十一点钟才离会，到家睡觉的时候已在当夜十二点钟了。我上床后还在想着下一期《生活星期刊》的社论应该做什么题目，所以到了一点钟模样才渐渐睡去。睡得很酣，不料睡到两点半的时候，忽被后门的凶猛的打门声和我妻的惊呼声所惊醒。我在床铺上从睡梦中惊得跳起来，急问什么事。她还来不及回答，后门打得更凶猛，嘈杂的声音大叫其赶快开门。我这时记起前两三天朋友的警告，已明白了他们的来意。我的妻还不知道，因为我向来不把无稽的谣言——我事前认为无稽的谣言——告诉她，免她心里不安。她还跑到后窗口问什么人。下面不肯说，只是大打其门，狂喊开门。她怕是强盗，主张不开。我说这是巡捕房来的，只得开。我一面说，一面赶紧加上一件外衣，从楼上奔下去开门。门开后有四个人一拥而入，其中有一个法国人，手上拿好手枪，作准备开放的姿势。他一进来就向随来的翻译问我是什么人，我告以姓名后，翻译就告诉他。他表示惊异的样子，再问一句："他是邹韬奋吗？"翻译再问我一句，我说不错，翻译再告诉他。他听后才把手枪放下，语气和态度都较前和缓得多了。我想他想象中的我也许是个穷凶极恶的强盗相，所以那样紧张，后来觉得不像，便改变了他的态度。他叫翻译对我说，要我立刻随他们到巡捕房里去。当时天气很冷，我身上只穿着一套单薄的睡衣，外面罩上一件宽大的外衣，寒气袭人，已觉微颤，这样随着他们就走，有些忍受不住；因为翻译辗转麻烦，便问那位法国人懂不懂英语，他说懂。我就用英语对他说："我决不会逃，请你放心。我要穿好衣服才能走，请你上楼看我穿好一同去。"他答应了，几个人一同上了楼。他们里面有两个是法租界巡捕房政治部来的，就是上面所说的那位法国人和翻译；还有两个是市政府公安局的侦探。上楼后我问那个法国人有什么凭证没有，他拿出一张巡捕房的职员证给我看。我一面穿衣，一面同那法国人和翻译谈话。谈话之后，他们的态度更和善了，表示这只是照公安局的嘱咐办理，在他们却是觉得很抱歉的。那法国人再三叫我多穿上几件衣服。公安局来的那两位仁兄在我小书房里东翻西看，做他们的搜查工作。我那书房虽小，堆满了不少的书报，他们手忙脚乱地拿了一些信件、印刷品和我由美国带回的几十本小册子。这两位仁兄里面有一位面团团的大块头，样子倒很和善，对我表示歉意，说这是公事，没有办法，并笑嘻嘻地对我说："我在弄口亲眼看见你从外面回家，在弄口走下黄包车后，很快地走进来。我想你还不过睡了两小时吧！"原来那天夜里，他早就在我住宅弄口探察，看我回家之后，才通知巡捕房派人同来拘捕的。我问他是不是只拘捕我一个人，他说有好几个。我想一定有好几个参加救国运动的朋友们同时遭难了。我心里尤其思念着沈钧儒先生，因为沈先生六十三岁了，我怕他经不住这种苦头。我除穿上平常的西装外，里面加穿了羊毛绒的里衣裤，外面罩上一件大衣，和四位不速之客走出后门。临走时我安慰了我的妻几句话，并轻声叫她于我走后赶紧用电话告知几位朋友。出了弄口之后，公安局的人另外去了，巡捕房的两个人用着备好的汽车，陪着我乘到卢家湾法巡捕房去。到时已在深夜的三点钟了。我刚下车，由他们押着走上巡捕房门口的石阶的时候，望见已有几个人押着史良女律师在前面走，离我有十几步路，我才知道史律师也被捕了。

（《二十年来的经历》之三三，
收入 1937 年 4 月上海生活书店版《经历》）

我们的“家长”

我现在要谈谈我们的“家长”。稍稍留心中国救国运动的人，没有不知道有沈钧儒先生其人。我认识沈先生还在前年（一九三五）十二月底组织上海文化界救国会的时候。我记得那时是文化界救国会开着成立大会，沈先生做主席。我那时还不知道他的年龄，也不详细知道他的平常，只看见他虽有着长须，但是健康的体格，洪亮的声音，热烈的情绪，前进的意识，都和青年没有两样。后来我因为参加救国会，和沈先生来往比较多一些，我更深深地敬爱沈先生的为人。最近因共患难，更有机会和他接近，更加深了我对于他的敬爱。他不但是我所信任的好友，我简直爱他如慈父，敬他如严师。我生平的贤师良友不少，但是能这样感动我的却不多见。我现在要很简要地介绍这位赤诚爱国的“老将”的历史。

沈先生号衡山，浙江嘉兴人，生长在苏州。七八岁时入家塾，十六岁进秀才，三十岁中举人，三十一岁中进士。但是沈先生却忽然脱离了科举的束缚，就在这一年到日本去进法政大学求学。他三十四岁时回国，在北京办过短时期的日报，几个月后回到浙江。当时立宪运动正在发展，他便在浙江筹备地方自治，筹备咨议局，当选为副议长。同时兼任浙江的两级师范监督（即校长），鲁迅先生就在这个时候在该校教授理科。后来他加入孙中山先生所领导的同盟会，辛亥革命成功后，他担任浙江教育司司长，后来辞职应选国会议员（因官吏不得应选）。袁世凯称帝，沈先生奋起反对洪宪，几为所害，回到南方。广州的护法政府成立的时候，他到广州，任参议院议员，兼总检察厅检察长。后来护法政府取消，北京政府改组，他北上重任参议院议员，兼该院秘书厅的秘书长（时在民国十一年）。后来曹锟贿选，沈先生也是激烈反对的一人。民国十五年回到南方，参加国民革命，组织苏、浙、皖三省联合会，反对孙传芳。同时冬季受蒋介石氏（这时做总司令）委任组织浙江临时省政府，中经反动的军队反攻，处境非常危险。民国十六年浙江全在国民政府统辖之下，分政务和财务委员会，分科无厅，除主席一人和秘书长一人外，其余四科的科长也由省府委员分任。沈先生当时任政务委员兼秘书长。“清党”后因误会被拘七天，到南京后因谅解恢复自由。回到上海以后，法学院因副校长潘大道被刺，聘沈先生担任该校教务长，直到现在。民国十七年起并执行律师职务，被选任上海律师公会常务委员，已有五年多了。

我们看了这样的经过事实，虽尽管说得简单，但已可看出沈先生二三十年来总是立于国家和民众的立场，作继续不断的奋斗，一直到现在还是丝毫不懈地向前迈进。他参加过辛亥革命，参加过护法之役，又参加过国民革命。他曾有过三反：反对袁世凯称帝，反对曹锟贿选，反对孙传芳阻碍国民革命。他在行动上实行这“三反”的过程中，冒着出生入死的危险，都在所不顾。我们一方面感到沈先生政治经验——革命经验——的丰富，一方面感到沈先生百折不回的毅力。现在这位赤诚爱国的“老将”，又用着同样的精神，参加当前的最艰危阶段的救国运动了！我们为着民族解放的前途，要竭诚爱护我们的这位“老将”！

我觉得陶行知先生的《留别沈钧儒先生》一首诗，很能说出这个意思，我现在就把它写在这里：

（一）

老头，老头！
他是中国的大老；
他是同胞的领头。
他忘记了自己的头，
要爱护别人的头，

唯一念头，
大家出头。

（二）

老头，老头！
他是中国的大老；
他是战士的领头。
冒着敌人的炮火，
冲洗四十年的冤仇。
拼命争取，
民族自由。

（三）

老头，老头！
他是中国的大老；
他是大众的领头。
他为老百姓努力，
劳苦功高像老牛。
谁害老头？
大众报仇。

（四）

老头，老头！
他是少年的领头。
老年常与少年游，
老头没有少年愁。
虽是老头，
不像老头。

在这首诗的后面，陶先生还加有一段附注，也很值得介绍：

沈钧儒先生，六十三岁的老翁，上海领导救国运动，亲自参加游行示威，走四五十里路，不觉疲倦。今年“一二八”到庙行公祭沪战无名英雄，我曾追随先生参加游行。现读“永生”，见一照片，知为公祭“五卅”烈士之影，前排有个老少年，仔细看来，知道是先生，回寓即想写一首诗表示敬意。但行色匆匆，诗思不定，到新加坡前一日才写成。现飞寄先生请览，并致联合战线敬礼。

这段附注里的“老少年”三字，我觉得是形容沈先生的最好的名词。沈先生这次在上海被捕之后，曾在捕房的看守所里冰冷的水门汀上静坐了一夜——在那样令人抖颤的一个寒夜里！但是这种苦楚在他是丝毫不在乎的。自从我和沈先生同被拘捕以来，每看到他那样的从容，那样的镇静，那样的只知有国不知有自己的精神，我不由得受到了很深的感动；反顾我自己这样年轻人，为着爱国受些小苦痛，真算是什么！这样一来，我的心也就安定了许多。

沈先生有四个儿子和一个女儿，都是很贤孝的，他们父子间的亲爱，也是令人歆羡不置的；沈先生伉俪情爱极笃，他的夫人去世以后，他于慈父之外，还兼有着慈母的职务。他的大儿子是留学德国的医生，二儿子是留学德国的土木工程师，他们两位都在国内为社会服务了；三儿子在日本学习商业管理，四儿子在德国学习电机，女儿在金陵女大理科。以沈先生的地位，尽可以做“老太爷”享福了，但是这位“老少年”为着救国运动，宁愿含辛茹苦，抛弃他个人的一切幸福。

我们不但要学沈先生的为国牺牲的精神，还要学他的至诚的爱；他以至诚的爱爱他的子女，以至诚的爱爱他的祖国，以至诚的爱爱他的朋友，以至诚的爱爱他的同志！我深深地感觉到沈先生的全部生命都是至诚的爱造成的！

我为着中华民族解放的前途，虔诚地为我们的“家长”祝福！

（《二十年来的经历》之四四，
收入1937年4月上海生活书店版《经历》）

“难兄难弟”的一个

除“家长”外，我们还有几个“难兄难弟”，倘若这里所用的“难”字可作“共患难”的“难”字解。他们的尊姓大名，我想读者诸友也许都已经知道了，那就是和我同时被捕的几个朋友。让我先谈谈章乃器先生。

我记得第一次看见乃器的时候还在十年前。当时他已在浙江实业银行做营业部主任，因为想办《新评论》半月刊，由一位朋友介绍他到时事新报馆来看我。我们所谈的全是关于出版刊物的情形，我一点不知道乃器是怎样的一个人。不久他在华安保险公司楼上结婚，特约我去观礼，并临时“拉夫”，要我起来说几句话，这是我第二次和他见面。此后我们很少遇着，直到在上海文化界救国会成立以后，我们晤谈的机会才渐渐地多起来。我们的友谊的加深，唯一的媒介可以说是救国会运动。尤其使我肃然起敬的，是他为着参加救国运动，虽牺牲二十年辛苦所获的行长位置而毫不顾惜。自从他和我一同被捕以后，从捕房的监狱起，中间经过上海特区第二监狱，上海地方法院看守所，上海公安局，以及苏州高等法院看守分所，我们总是羁押在一起。他所念念不忘的只是民族解放的前途，救国运动的开展；至于对他自身的遭遇，我从未听见过他有一言一语的自怨自怼。我对于他的纯洁爱国的精神，得到了更深刻的认识。

乃器的性格是偏于刚强的方面，但却不是无理的执拗；他和朋友讨论问题，每喜作激烈的争辩，只要你辩得过他，他也肯容纳你的意见，否则他便始终不肯让步。有些朋友觉得他在争辩的时候有时未免过于严厉些，但是知道他的性格的人，便知道他里心是很纯洁的，是很热烈的，一点没有什么恶意。

在上海特区高三分院法庭审问的时候，审判长问到他曾否煽动上海的日本纱厂罢工，引起了他的抑制不住的愤怒，他昂首睁圆着眼睛大声疾呼地答道：“我觉得很惭愧！因为我的力量还不够！倘若我有力量煽动日本纱厂罢工，我要很骄傲地回答审判长：我曾经煽动日本纱厂罢工！”审判长停了好一会儿，才又问道：“你如果有力量，是要煽动的，那你至少是同情的。”乃器又不加思索地高声答道：“是！”他接着又发出他的狮吼：“中国工人在日本纱厂所受的虐待，和猪猡一样，请审判长问一问全法庭的每一个有良心的中国人，对于本国同胞遭受到侵略者这样惨酷的待遇，谁不表同情！”站在左右的法警弟兄们，听到他这几句激昂慷慨的话语，也不自觉地大点其头！

我和乃器同做了囚犯之后，对于他由穷苦奋斗出来的经历，也比较地更清楚些。他生于浙江青田的乡间，求学的机会很少，二十岁在杭州的浙江省立甲种商业学毕业后，就进浙江实业银行做练习生，每月只得津贴两块钱。一年他后辞职往北方入通县农工银行做营业主任。这是一个附属于财政部的小银行，号称营业主任，月薪只有十六元。一年后升任襄理兼营业主任，月薪加了十块钱；但是和当时政府有关系的银行，政局有些变动，办事人的饭碗也随着变动，因此即此月薪二十六元的襄理，他只做了不到一年便滚蛋了。刚巧在北京有美国人和中国人合设中美实业公司，经营贸易和投资，美国人做经理，会计主任请他做，月薪有八十元，而且供膳宿，但是只做了三个月，因为代表美国人利益的洋经理擅用威权，他又愤然辞职。这样一来，二十四岁的章乃器又陷入了失业的恐慌境域，过着半年的很穷苦的流浪生活。随后回到上海，浙江实业银行的当局请他回到银行里去做营业部科员，月薪二十二元。十几年来因劳绩逐渐升任副经理兼检查部主任，后来又兼任中国征信所董事长。现在为着参加救国运动，都一笔钩消了！

从乃器的经历里，很显然地可以看到他办事的勇于负责，更可以看到他的正直的性格是在随处流露着。我尤其感触的是常人在职业上的位置愈高，往往颓唐，暮气愈深，学识也愈退步；乃器便完全两样。我们每读他的文章——尤其是两三年来有关救国问题的文章——没有不感觉到他从实践中得来的学识是时刻在那里前进的。

（《二十年来的经历》之四五，
收入 1937 年 4 月上海生活书店版《经历》）

“难兄难弟”的又一个

其次要谈到“难兄难弟”的又一个——李公朴先生。

上节谈过的章先生是银行练习生出身；倘若练习生可算是摩登学徒的另一名称，那末李先生却也有着相类的发源，他原来做过镇江一家京广洋货店的学徒！他原籍常州，生长在镇江，十三岁的时候就被送到京广洋货店里去“学生意”。一学就学了三年半，除最后一年每月有一块钱收入外，其余的时候，每月只得到所谓“月规钱”两角！他十六岁“满师”，但是他刚刚“满师”就开始“不安分”了！这个时候他就在“五四”运动的怒潮中发起爱国团，参加抵制日货，攻击店主卖日货，结果被开除！我觉得公朴的最大特点是有勇气，不怕难，就在这个时候已可见端倪了。

幸亏有他的阿兄公愚先生的帮助，勉强入校求学。在武昌文华大学附中只读了一年半，因校医虐待学生，酿成学潮，开除百余人，他是附中学生代表之一，也被开除，于是被开除的学徒又做了被开除的学生！他只得转学，最后转到沪江大学的附中，总算毕了业；但是在沪大一年级的时候，他又“不安分”了！他加入国民党，参加革命，从广东随北伐军出发，由福建、浙江而到达上海，做政治工作。到民国十八年，美国某大学有给与中国学生奖学金的机会，他便毅然赴美留学。在他动身的前几天，他的盘川还未筹足；可是他并不灰心，还是极力设法，终于得到朋友们的协助，达到他的目的。他到美国以后，很热心地替《生活》周刊写通讯。我和他做朋友，就在这个时候开始。我替所主持的刊物选稿向来是很严格的，那时的公朴，思想还不及现在的成熟，写作的能力也还不及现在的好，他的来稿并不是篇篇都登得出的。但是他却不管这些，你登，他很兴奋地再写来；你不登，他还是很兴奋地再写来！在这件事里也可以看出他的有勇气，不怕难。

他在美国虽有奖学金，仍不够用，所以同时还过着工读的生活。以这一个穷学生，毕业后居然还心花怒放，要从他的学校所在地的仆特冷（Portland）[①] 到纽约去看看！可是没有盘川。他得到一个朋友的介绍，去见一个轮船公司的经理，想在他们开往纽约的货船上做工，免费乘到纽约去。那里的工头们看他是中国人，不肯传达，叫他出去！他过一两天又去问，又被叫着出去。他不怕麻烦，继续着去问了十几次，才碰到那经理，结果许他在船上做些工作。途中湾了许多码头，整整一个月才到纽约。他在船上和水手们同干着笨重的苦工，还偷闲看他的书！这是他有勇气，不怕困难的另一表现！

他回国以来，对于民众教育特别努力。除他所创办的《读书生活》外，尤其有成绩的是他四年来在上海所办的补习学校和流通图书馆。补习学校的数量由一个增加到八个；学生的人数由两三百人增加到四千五六百人。图书馆里的书籍由两千册增加到三万册；登记的读者由两三百人增加到两万人。补习学校的最近的全部经费，每年不及五万元；图书馆的经费最初每年不过五千元，最近每年也不及一万五千元。这些在中国都打破了纪录！在这图书馆里还附设有读书指导部，在中国也可算是创举。这些还是在表面上、在数字上可以看得见的方面。至于经费支绌时的奔走经营，黑暗势力压迫时的艰苦支撑，那却不是局外人在表面上所看得到的。倘若不是有勇气不怕难，这个责任是很不容易担负起来的。

现在公朴已把他的这种勇气和不怕难的精神用到救国运动的阵线里来，这是我们要为救国运动前途庆幸的。

（《二十年来的经历》之四六，
收入1937年4月上海生活书店版《经历》）

---

① 仆特冷：今通译波特兰。

“难兄难弟”的又一个

我们这几个“难兄难弟”里面，居然有着三个学徒，这也可算是这几个人的奋斗史的特色。已谈过的两个是乃器和公朴，第三个要轮到沙千里先生。

据千里说，他在民国十八年（距今八午前）就曾经来看过我，那时我在辣斐德路一个小小的过街楼上办《生活》周刊，他已在一家趸批匹头的字号里做账房先生了。这一段故事，以及当时的情景，我已完全不记得。就寻常说，账房先生所注意的只是算盘，他竟注意到《生活》周刊，他平日对于新运动的注意和同情，从这种小事里已可想见了。后来我们就一直没有见过面。直到我由香港回到上海，才在救国会的会议席上遇着，我想千里在八年前来看我的时候，哪里梦想得到我们会住在一个牢狱里？

但是因此我对于我们的这个“小弟弟”的生平懂得更清楚一些，却是一件很愉快的事情。他是苏州人，生长在上海，十五岁时候小学还未读完，就被送到一家趸批匹头的字号里做学徒，每月仅得“月规钱”二百文。因为他学习敏捷，办事负责，过了两年多就升任职员，每月月薪四块钱。不久账房缺人，他被请代理账房，后就担任清账房，月薪有了二十元，年龄约在二十岁左右。好些职员在闲暇的时候，喜欢酒食征逐，狂嫖滥赌，他却能利用闲暇的时间来增加自己的知识。他先在补习学校补习英文，喜欢阅看前进的刊物。后来他过着工读的生活；一面做账房先生，一面却在上海法科大学（即现在的法学院）做学生。那时只须考的成绩够得上就行，并不像现在对于升学文凭有着那样呆板的规定，所以千里虽然连小学毕业的文凭都还没有到手，但是因为他平日补习的勤奋，应试的成绩够得上，居然也有入大学的机会，替社会增加了一位能够主持正义的律师。看了这样的事实，为着一般穷苦出身力求上进的青年，我向来积极主张升学应该重视实际的考试成绩而不应死守文凭的主张，更得到有力的证明（为着这件事，在《生活》周刊上曾和朱经农先生有过很激烈的辩论）。

千里不但有强烈的求知欲，坚强而有恒的研究精神，对于社会的新运动也有着深刻的注意和浓厚的同情。在民国十五年的时候，北伐军正在出发，还未到上海，一个账房先生的他，就奋起参加国民党的秘密工作。那时的上海，正是疯狂似的李宝章以杀头残害革命青年的时候。民国十七年，他曾经同几位朋友创办“青年之友”，一年半后被禁；前年十二月起主编《生活知识》，一年后也被禁。

今日的千里，我看他的求知欲的强烈，研究精神的坚强而有恒，和他在做徒的学时候没有两样；这只要看他这次在牢狱里还是那样孜孜不倦地研究英文，研究法律，便可以知道的。他在这里还学会了“苏武牧羊”的悲壮歌曲，这是没有听过的朋友们不可错过的！至于他参加救国运动的热烈，更不必我来多说了。

（《二十年来的经历》之四七，
收入 1937 年 4 月上海生活书店版《经历》）

“难兄难弟”的又一个

我们的“难兄难弟”里面有一个胖弟弟——王博士。这个胖弟弟的样子生得那样胖胖白白，和蔼可亲！他的性情又是那样天真烂漫，笃实敦厚！凡是和我们这个胖弟弟做过朋友的，想都能得到这样的印象吧。

我第一次和造时见面，比认识乃器的时候迟了一半，是在五年前；但是他来看我的情形，却有些和乃器的相类。那时他正在光华大学做文学院院长，为着要替他所办的《自由言论》半月刊登记的问题，特到《生活周刊》社来和我商量。后来在蔡孑民先生等所领导的民权保障同盟开大会的时候，才第二次和他见面。此后没有机会碰着，一直到前年（一九三五）年底上海文化界救国会开成立大会的时候，他扶病到会，刚巧坐在我的旁边，我们才第三次见面。他对我说，国难严重到这样地步，他虽有病，也不得不勉强来参加。他在会场上还起来说了几句激昂慷慨的话；他说要起来组织救国会，先要有准备进监牢的决心，现在他自己果然进监牢了。

造时是江西安福县人。在我们这几个“难兄难弟”里面，他得到比较顺利的求学机会，因为他在十五岁的时候，就考进了北平的清华。那时这个学校是官费留美的预备学校，他进了这个学校，由中学而大学，由大学而出洋，出洋后由学士而硕士，由硕士而博士，都是一帆风顺的。但是在另一方面，他却不是没有逆境，却不是没有需要艰苦奋斗的逆境！那是他参加救国运动的方面。他十六岁在清华求学的时候，因为参加反对巴黎和约，要求罢免卖国贼曹、陆、章，就两次被捕过。第一次因领队到东安市场演讲被捕，第二次参加代表团向徐世昌请愿被捕。所以最近一次的被捕，在他算是第三次了。他回国后担任上海光华大学和中国公学等校的政治学教授，并加入《新月》杂志担任撰述。一年后“九一八”国难发生，他又被卷入了救国运动的漩涡！当时他发表了不少关于对日抗战的主张。后来被政府聘为国难会议会员，因反对限制讨论范围，代表平、津、沪国难会议会员和行政当局交涉无效，拒不出席。同时他起上海大学教授抗日救学国会和各团体救国联合会，以号召民主，主张抗日，援助上海抗战军队为主要任务。不久他又加入蔡先生等所发起的民权保障同盟，被选为上海分部执行委员。结果被禁止教书，不能再做教授了。于是他开始执行律师职务，并从事译著的工作。但是一年后他又加入上海文化界救国会和全国各界救国会，重振旗鼓，努力于救国运动。最近又第三次被捕了。

王博士具有演说的天才，尤其是在广大群众的大会场上，他能抓住群众的心理，用明晰有力的话语，有条理的说法，打动他们的心坎。

王博士屡有做官的机会，但是因为忠实于他自己的主张，不肯随便迁就，宁愿过清苦的生活，行其心之所安，这是很值得敬佩的。

（《二十年来的经历》之四八，
收入1937年4月上海生活书店版《经历》）

一个“难妹”

和我同时被捕的几个“难兄难弟”，关于他们的生平，我已和诸君谈过了。最后要谈到我们的一个“难妹”。这个名词似乎很生，但是既有“难兄难弟”，为什么不可有“难姊难妹”呢？男女是应该平等的，救国运动也应该是男女都来参加的。现在有了“难妹”，正是中国妇女界进步的象征，所以我用这个名词，很觉得愉快。说“难妹”而不说“难姊”，这是因为和我们同时被捕的那位史良女律师，在我们里面是年龄最小的一个。

在这次同患难的几个朋友里面，我和史律师见面得最迟，虽则她在律师界的声誉，以及她参加救国运动的英勇热烈，都是很早就知道的。她思想敏锐，擅长口才，有胆量，这是略有机会和她接近的人就可以看得出的。我觉得她尤其有一种坚强的特性，那便是反抗的精神——反抗黑暗的势力和压迫。这种精神，在她很小的时候就流露了出来。例如她在十三岁的时候（民国六年），在本县的武进女子师范附属小学求学，做高三的正级长，就领导同学驱逐一个才不胜任的算术教员，掀起学潮，罢课三天，结果终于达到掉换教员的目的，虽则因为她是这次学潮的首领，被记了一次大过，作为这个教员下场的条件。又例如她在十七岁的时候（民国十年），在女师本科三年级，因为同学们不满意颟顸的校长，她又领导同学驱逐校长，罢课示威，向南京教育局请愿，大闹县公署，包围县长三小时，围困教育局长十三小时，结果胜利，达到掉换校长的目的。当时她担任女师学生会会长，同时担任武进学联会评议部主任。

她二十三岁（民国十六年）毕业于上海法科大学。在随后五年里面，她担任过的职务有：南京总政治部政治工作人员养成所少校指导员，江苏省特种刑事法庭临时地方法院书记官，江苏省区长训练所训育员，江苏省妇女协会常务委员兼总务主任，青岛特别市党部训政科主任。自从民国二十年以来，她开始执行律师职务，在律师界已有五年了，有着很好的声誉，同时对于救国运动，非常努力。

史律师最近的被捕，已是第四次了。她在"五四"和"五卅"的怒潮中，曾经热烈参加妇女运动和学生运动，因为演讲和领导的工作，被上海捕房拘捕过两次。她在政治工作人员养成所任职的时候，有某主任追求她，被她拒绝，竟被诬为"共党"，被拘入南京模范监狱十四天，幸由吴稚晖、蔡孑民两先生查明保释。后来她在特种刑事法庭临时地方法院任职的时候，又有某君追求她，五六年未达到目的，又诬陷她和"反动"有关，经该院停职侦查，结果认为毫无反动嫌疑，宣告无罪，仍得恢复原职。

去年十一月二十二日深夜，她和我们这几个"难兄难弟"同时被捕。第二天由高三分院审问，认为证据不足，准许"责付"律师保出，公安局仍坚向法院请发拘票，她拒绝到案，后以同案六人解送苏州高等法院依法审理，她便于十二月三十日到苏州自行投案。

我曾经征求史律师对于妇女运动的意见。她认为：还在双重压迫下的中国妇女，一方面自应加倍努力，求自身能力的充实，在职业上、经济上力争男女平等的兑现，另一方面，也只有参加整个的反帝、反侵略的民族解放运动，才有前途。她又说，她最反对一种以出风头为目的的妇女，自己跳上了政治舞台，只求自己的虚荣禄位，朝夕和所谓"大人物"也者瞎混着，却把大众妇女的痛苦置诸脑后；这种妇女虽有一千人上了政治舞台，也只有一千人享乐，和大众妇女的福利是不相干的。

史律师还未曾结婚，有些朋友问她对于女子独身的意见，她说："我始终没有提倡过独身主义。我觉得独身并不是一件高尚的事情；结婚也不是一件低微的事情。高兴结婚就结，不愿意就不结。不过为着要免除工作事业的阻碍起见（如生育与家事麻烦等），结婚就算是私人的幸福，也只有牺牲一点，多做些工作与事业。”

有人问她“嫁不嫁”，她反对这个“嫁”字。她说这个“嫁”字明明是重男轻女，把女子嫁给男子；换句话说，还是把女子当作男子的财产；她认为这种因袭陈腐的思想是人们所应当注意纠正的。

史律师的反抗和奋斗的精神是值得我们敬重的。我们要提倡妇女解放，“免除工作事业的阻碍”的确是一件很重要的先决条件。我在苏联视察的时候，就看到他们对于这一点非常努力进行。可是生育这件事，他们也看作妇女对于社会的贡献，不过要极力造成良好的环境，使结婚不致成为“工作事业的阻碍”。

（《二十年来的经历》之四九，
收入 1937 年 4 月上海生活书店版《经历》）

“六个人是一个人”

因为监狱里男女是要绝对分开的，所以入狱后，我们的“难妹”是不能和我们在一起的，常在一起的只是我们的“家长”和几个“难兄难弟”。

我们六个人都到了上海公安局之后，“家长”就郑重宣言：“六个人是一个人！”我们大家一致拥护这句话。

我们要有一致的主张和行动。我们参加救国运动，固然有着一致的主张和行动，那是不消说的。在这里所特别提出的，是在被捕的这个时期里面，我们也应该有着一致的主张和行动。关于这一点，我们一致议决了三个基本原则：（一）关于团体（指救国会）的事情，应由团体去解决；（二）关于六个人的共同事情，应由六个人的共同决议去解决；（三）关于各个人的事情，应由各个人自己负责。关于第一个原则，例如倘若有人提出解散救国会或其他有关整个团体的要求，我们六个人便不应该接受。关于第二个原则，例如倘有需要我们表示什么态度，或公布什么文件，便须经过六个人的公议决定。关于第三个原则，例如审问的时候，各人只对自己的部分负责，关于别人的部分便不应代为擅答，或有所牵涉。

“六个人是一个人！我们六个人既已被捕进来，有罪大家有罪，无罪大家无罪；羁押大家羁押，释放大家释放。我们下了患难相共的决心。我们很坚决地要同关在一处。我们预先约定：倘若当局要把我们六个人分开羁押，我们必然地要一致以绝食抵抗。这件事我们所以要“预先约定”，因为我们恐怕当局用迅雷不及掩耳的手段把我们分开，匆促间也许来不及知照；既已预先约定，倘若有这样的事实发生，不必有所知照，各人便应该依照共同的预约实行。

在这个预约还未议决以前，大家还先有一些讨论。讲到绝食，我们的胖弟弟似乎最没有什么顾虑，因为他常常要减少他的胖，绝食也许是减少肥胖的一种办法，虽则一直绝下去，在大块头也不免有绝命的一天！我们所最顾虑的是以“家长”的那样高年，绝食未免太苦了他，所以大家都主张“家长”可以除外。但是“家长”无论怎样不肯，他说，“六个人是一个人”，果有实行绝食抵抗必要的时候，他必须一同加入。于是这个预约便没有例外地一致通过了。很侥幸地，这个“议决案”到现在还没有实行的必要。

我们被押解到苏州，关在看守所以后，最初还可以接见亲友，自从十二月十四日以后（西安事件发生以后），看守所的形势突然紧张起来！不但朋友不准接见，连家属都不准接见了。门口不但忽然加了好几个武装的保安队，并加了好几个宪兵来监视我们。既不准接见，又不准看报，我们对于当局的真相是无法可以明了的。但是看守所的职员不免流露着恐慌的神情，我们也猜想到形势的紧张。我们对于时局和自己的遭遇都有着种种的估计——虽则估计所根据的材料当然是很不够的。我们都是纯洁爱国，胸怀坦白，原用不着有所忧虑，但是在混乱的形势下，意外的牺牲却也不是绝对不可能的。我们在无所不谈的当中，无意中也谈到枪毙的问题。我们提出的问题是假使来了不测之祸，把我们这几个人绑出去枪毙，我们应该怎样？我们的一致的回答是应该一致的从容就义。我们一致主张出去的时候应该高唱《义勇军进行曲》——“起来！不愿做奴隶的人们！……”临刑时应该一致大呼：打倒日本帝国主义！民族解放万岁！这个“议决案”当然到现在也没有实行的必要，否则我便没有机会写这些文字给读者诸友看了！我们并且希望永远没有实行这个“议决案”的必要！

救国是一件极艰苦而需要长期奋斗的事情。参加救国运动的人当然要下最大牺牲的决心，但同时却须在不失却立场的范围内，极力避免不必要的牺牲，因为我们要为救国运动作长期的奋斗。我们这次的不幸被捕，有些人说这是“求仁得仁”，这句话很有语病，因为如果说我们的目的是要进牢狱，现在我们进了牢狱便是“得仁”，那是大错而特错！我们的目的是要救国，并不是要进牢狱！进牢狱绝对不是我们所“求”的，只是一种不幸的遭遇。我们为着要替救国运动做更多的工作，是要在不失却立场的范围内极力避免的。我在上面所以说希望永远没有实行那个“议决案”的必要，理由也在这里。

（《二十年来的经历》之五〇，
收入 1937 年 4 月上海生活书店版《经历》）

最有益于全世界的老头子

你做了有益于人的事情没有?

科学界发明家的老前辈爱迭生(Thomas A. Edison)已八十岁了!最近美国有人发起全国用选举方法选全国最伟大的人物,这位白发老翁便是当选的人,其实受他发明之赐的岂但美国,简直是全世界!我现在要和诸位谈谈这位有益于全世界的八十岁老头子。经过五十年之久,爱迭生在他试验室或工厂里面,在一个星期里,通扯平均起来,有六日工夫每日十八小时作工,有许多时候简直七日里面日日都做十八小时的工作。根据每日八小时的工作计算起来,他所尽力于有益于世界人类的工作,和平常一个人用去一百二十五年的时间一样!假使这位每日八小时工作的人从二十二岁起(爱迭生的重要发明是从他二十二岁开始)即开始发明,那末照爱迭生的发明成绩算起来,这个人现在要活了一百四十七岁才行。就是这样,他还不能赶上爱迭生,因为爱迭生的发明至今尚未停止,在最近的已往七八年里面,这位老怪杰每日工作平均仍有十六小时之多!这样说起来,如把上面所说的五十年,和最近的八年,共总计算起来,那位要赶上爱迭生的人,简直要现在已经活了一百六十岁!而且不可就死,还要很强壮的活下去!

现在爱迭生怎样?是不是要停工享福?不!不!他还有许多有益于世界的事情要发明,他还有许多工作要做,他没有工夫想到他自己的个人!

美国奇异电气公司副经理莫利逊是爱迭生四十多年的老友。他曾经说过:“他们说爱迭生是一个伟人,是一个有光荣的发明家,是具有出类拔萃的天才,虽都不错,但这些事都还容易,在爱迭生还不止此,他是世界上最有用的一个人;他的有用于世界,影响全世界的几千万人的生活,现在活着的人,哪一个及得到他!你们若不相信,尽可视察视察,便要觉得奇异!”

这话一点不错,我们往往想到爱迭生发明了这个,发明了那个,却不甚留意他所发明的东西使得人类的生活受着很大的影响,使得实业受了很大的影响!尤其在注意的,是这种空前的惊人成绩乃出于一个脑子的产物!这个人真配得上“世界上最有用的人”的尊号。

这个尊号并不是空吹的。要明白这个尊号的意义,我们可略为谈谈他的发明事业。爱迭生发明的东西里面,最重要的或者要推白光电灯和发动机,这类事业不但创造一种新实业,在投资和用人方面规模之大,也是有史以来所少有。但是这类事业还不过是他的许多发明里面的一种!

他所发明的电影,又创造了一种新实业。此外还有蓄电池,留声机。以上据说的四样,不过是最普通最易明白的例子,其余还有许许多多,真说不完!

有人仅就美国一国里面,把由他发明而发生的各种实业统计一下,总结果如下:投资的金钱共有一百八十七万万零五千万金圆;服务的人共有九十三万零五百人;每年所付工资及薪金共有十六万万零一千五百万金圆(本年的统计),还有别国不在内,可惊不可惊!

有人把这个统计报告爱迭生,这位老先生眼巴巴的望了一会,说道:“我自己倒也弄得糊里糊涂!”说完付之一笑。

诸位!他使得实业,交通,灯光,运输,娱乐,教育,种种方面都受着他的好处!他使得人类的生活状况和工作状况都发生了很重要的改革——但是对他提出他的已往成绩,他丝毫没有骄容,不过肩头一耸,笑一笑就算了,他以为算不了什么!

喜得说不出话来

爱迭生的成功秘诀，在乎不尚空谈，但专心致志的去干。他曾有一次说过："倘若一个人所已做过的事没有什么成绩，不足以表扬他自己，请他埋头工作，不要多开他的尊口。我深信实事求是不讲空谈的人，一定没有许多话可说。"

要爱迭生谈谈过去的事情，很不容易；因为他的全副精神都贯注于"现在"，简直没有工夫想到"过去"。不过当他少年穷困，初到纽约，怎样获得第一个位置的事，说者纷纷，言人人殊，最近有人诱得这位八十岁老头子说出他二十一岁初到纽约的遭遇，非常有趣，也非常有价值。

他说："在一八六九年的夏季，我那个时候已二十一岁，有一天早晨我由波斯顿乘船到纽约，我提着手囊跑过船板上岸之后，四顾盼望，身上搜挖一下，才晓得衣袋里一个钱都没有，因为所有的钱都付作船费了。我由船坞往街上走，一路走，一路心里想总要想出一种办法才好。

"我当时法子还没有想出来，肚里却已饿得要命，似乎早餐倒是一件要事。但是一钱不名的人，早餐怎么办呢？真是一个不易回答的问题。我一面走，一面这样自言自语的瞎想，偶然仰头一望，看见路旁一家茶行里面有一个人正在那里面尝茶样，把这个杯里所泡的茶尝一尝，又把那个杯里所泡的茶尝一尝，我便随步踏进这个茶行，请这个人给我一点茶样尝尝，他倒还客气，居然拿一点给我。我拿这一点茶叶塞在嘴里嚼嚼，就算我在纽约第一次的早餐！

"我记得在波斯顿认得一位电报生，听说他已到纽约做事。这个人很好，我这个时候决意去找他，以为倘若找到了，他必能在我未寻得工作以前，助我维持几天。哪里晓得千辛万苦的找到了他，刚巧他在前一个星期失业，真算得我的触霉头！那个时候他全力所能帮我的，就是把一块钱借我，这一块钱就是我未得事以前所靠以维持生活的唯一经费！

“我写了好几封自荐书，寄与几个电报局，同时便在一个公司里面寻着一个稍为有点认识的工人，求容我在那房子的角里小地方，暂时栖身，承他答应，我把那角里龌里龌龊的东西稍稍整理，勉强留出一个睡的地方。……我对于这个公司里所用的机器，却觉得极有趣味。其中装有五百部机器，靠一部总机发动。我当时空的时候很多，便很用心的对于这些机器加以研究。“但是我袋里只有一块钱，做我粮食费用，我便想法只吃粗而易饱的东西，但是能够吃几天呢？心里正在愁虑，而我的好运来了！这个好运气是发生于我对机器的留心研究。

“有一天那公司里面的总机器出了毛病，管理的人弄不好，公司里面许多人都弄不好。于是五百部机器都受影响，不能进行。总经理劳斯博士也焦急咆哮，不知所措。全公司弄得一团糟。我当时也夹在里面看热闹，觉得我看出了其中毛病在什么地方。其初劳斯博士还不大注意，后来他姑且叫我试试看。我把外衣脱掉，整整的工作了两小时之久，居然将机器修好！但是我这次是拼老命干一下，机器虽被我弄好，而这种说不出的吃力却是我生平第一次所受过的。

“当时劳斯似乎非常感谢我，叫我第二天到他办公室去看他。我心里想，他叫我去见他，只不过多送我十块钱酬劳罢了。但是第二天对我宣布的话，竟使我喜出望外，喜得说不出话来。他叫我做总工头，每月给我三百圆薪金。这么多的钱，比我当时生平所赚的总数不止三倍！我当时初听他的话，还疑心这位博士存心和我开玩笑，哪里知道他的确是一番诚意。

“我得了这个位置，第一件事就赶紧请那位允我暂时栖身一个小角里的朋友，到馆子里去大吃一顿！”

有一句话给学生听见了倒要大大的赞成！

由爱迭生看起来，金钱不是做事业的主要目的；他个人对于金钱，觉得有助于他的实验事业到什么地步，这金钱的价值也到了什么地步。所以他曾经说过：“我做事的时候，总是专心致志的要想把所做的事如何如何做得好，并不想到如何可以藉此大赚其钱。我们如把营业的观念夹入实验室里面去，直正创造的实验事业便不可能。据我的经验，倘若一个人只不过为发财而做事，别的好处固然很少得到，就是钱财也未见到都可以得到。”

爱迭生所已成功的大发明里面，电影也是一种。现在电影事业已普及于全世界，就是我们中国也已经开始发动。在美国，这项事业规模更大。但是据发明这种事业的老头子说，他发明这种事业的原来宗旨还未曾达到。他说他最初把电影实验成功的时候，他不想专门供人娱乐，他是想电影大可以利用来改良教育。

他觉得普通学校用教科书教授，实在不适当，这种书本教育，据他看起来，最多不过有百分之三十的效率。但是我们却靠他做教育的唯一工具，要藉此使儿童了解社会上的实际生活，岂不大难！

所以爱迭生主张利用电影给与儿童一种新式教育，教他们由这里面学习许多实际的学识，不必全读死书。

倘若他老先生的理想能够实现，岂不是各校都要大做其影戏；做学生的读书的时候少，看戏的时候多，这倒是一件大可赞成的事。这不但学生觉得有趣味，就是做教员的，也要格外觉得有趣味。

有人问爱迭生，假使他再能从头活起，他的志愿怎样。他说：“我还是不愿弃掉我的奋斗生活。我极宝贵由奋斗而得的经验，尤其是战胜困难所得的愉快。一个人要先经过困难，然后到了顺境，才觉得受用，才觉得舒服。”

爱迭生还有一句很有价值的话，他说：“有的事情不是我们的眼睛所看得到的；但是尽力去干，却可以做到所不能见到的事情。”

（原刊1927年6月5—19日《生活》
周刊第2卷第31—33期）

伊斯德门[①]

“柯达”照相机，销路已达全球，就是在中国的市面，也随处可以看见。关于发明并制造这种照相机的人，我有几句惊人的话告诉诸位。他在一九二六年一年内所得的纯利有二千万金圆之多！他的公司资产已达一万万二千万金圆！他终身不娶，真像嫁了他的大发明——照相机！他现在的志愿要把他所赚的这许多钱，完全替社会做公益事业。但是他说要好好的用去这许多钱，比赚的时候还要难！他说他很希望再能多活几年，俾得亲眼看见这许多钱能够用得得当。这位老头子的奋斗史很有趣，很可以激励我们的，请让我再简单的和诸位谈谈。

这位发明家的名字叫做伊斯德门（George Eastman），是美国人。他的父母极穷，他六岁的时候，他父亲就已逝世，家境更穷得不堪；所以他十四岁的时候，就在一个保险公司里面做使童，每星期赚三块钱的工资，还要拿回去津贴他孱弱的母亲和两个妹妹。这位发明家的出身这样的苦，使他心里常常觉得穷的可怕，所以他的头发老早就已完全变成灰白色。

他在保险公司里服务非常勤慎。所以后来他的雇主便升他的位置，使他每年有六百圆的薪水。这个保险公司规模有限，不能再加他的薪水，他的雇主奖掖心切，把他荐到一个储蓄银行里面去，任簿记员，每年可得八百圆的薪水。但是他的脑子极能想出新花样，很想做关于新奇的东西，簿记员并不能限了他的终身，所以他在家

① 伊斯德门：今通译伊斯德曼（1854—1932），美国发明家，柯达相机的发明者。

里便备了一个小小的工作室，工余回家的时候，就在那里面大研究其机械的工作与发明。他看见当时照相机的粗笨，所用湿片的携带不便，一心想要改良它。有一天他读英文杂志的时候，看见其中有段说起一种试验，可把胶质做成干片，代替寻常所用的湿片。他得了这个暗示，大做其试验的工夫，做了无数次的试验，居然被他弄出一个可用的公式来，造出的干片可用。

伊斯德门从事试验的时候，所受窘迫非常利害，为糊口奉母计，他不敢并且不能辞去银行职务，俾得专心试验。他决意两件事都要做。于是他雇用了一位青年，当他自己日间往银行任事的时候，就叫这位青年在家里做他所指定的呆板的工作。一到夜里，他自己便由行里回来从事实验。这两方面的事情都极劳苦，有许多时候，在一星期内，他连着几夜没有睡，真是“心力俱瘁”！

幸而他所试验的干片，确有结果，于是经营照相业的人渐有所闻，知道是一位青年（伊斯德门当时二十五岁）所做的，大家都以为异。纽约有一个公司听了这个消息，便来做批发生意。当时伊斯德门便请了一位朋友增加些股本，一同经营，不过这生意只是夏天才旺的，又是一个困难。幸而批发公司答应全年都来购货，平常购进的货，都存起来，到夏天一起卖出。当时每月竟有四千圆的生意。

到了这个时候，他才把银行职务辞去，他辞去银行职务的原因，也很有一述的价值。他自己说：“当时比我上一级的职员因事辞职，依序我应得升任，因为我和他共事很久，一切极为谙练。但是当局却不把我升入，另外用一个亲戚，做我的上级职员。这当然是不对的，是不公平的，是与正义相反的，所以我毅然辞去了。商界中人这样私心自用，无异驱逐很好的人材。”这样看来，伊斯德门可算已经战胜困难，可恃照相片的制造以求自立了，哪里知道又逢着一个大的困难。

伊斯德门千辛万苦的寻出可以造成照相机上用的干片的公式，

而且做出的干片有大公司来批发，比前此的湿片简便得多，上回已经讲过了，但是忽然有一个困难发生。什么困难呢？就是他所做的干片不能久藏，久藏了就没有效验，不能应用，这样一来，已经批发卖出去的许多干片，藏着预备夏天出售的，统统退了回来！伊斯德门不得不大亏其本，把退回来的统统搁起，连夜在他的小工作室里面赶造新货，以应市上的需要。这样拼命的干去，在经济上当然是完全白做；不过要维持信用，不得不做！

当时虽已勤苦不堪，幸而做出来的立时可用，总还算得顺利。但是不久又发生一个更大的困难。又是什么困难呢？忽然之间，他的公式不灵！造出的干片一张都不能用！他千研究，万研究，总莫名其妙。当时他真是一筹莫展，那种完全无望、走投无路的苦痛，真非身处其境的人不能领会。所以他自己也曾经说："我生平所经过的艰苦困难，莫过于这一次所遇着的。"于是他暗暗的跑到英国"纽克苏鲁"的地方，到造干片的工厂里面去做工，经过烦苦，又回美国，重振旗鼓，但所得的结果总不及他从前自己所寻出的好许多。他想要解决这个难题，非更从基本科学下手不可，非研究化学利用显微镜考察不可。于是又经过许多烦苦，才发现须有一种特别的胶质，才有效验。他最初碰巧用到相当的胶质，后来用着不相宜的胶质，所以公式虽同，前后的结果大异。同时有许多人听了干片的广销，也纷纷寻出一些公式，虽然不及伊斯德门的好，但是生意被他们抢去不少，所以在一八八四年的时候，伊斯德门的地位仍是很觉困难。

但是肯研究的人，肯进取的人，肯奋斗的人，终究要立于更优胜的地位。往昔照相用的湿片，携带非常重笨累赘；后来由他改用干片，已经比较的便当得多了，但是他还觉得不满意。他要把照相机弄得非常简便，要弄得随手可以携带，要拍的时候只要随手压一下就行。往昔所用的片子，无论是湿片或是干片，总是玻璃片，他想要达到他理想中的简便照相机，非想法废去呆笨的玻璃不可，他于是大用其化学的试验工夫，做了无数次的试验，千辛万苦，发明现在“柯达”照相机中所用的薄膜的片子；这种片子透亮薄软，可以卷藏的。这种重要发明的薄膜片子，不但替照相机开一个新纪元，而且影戏片子全靠有这种软片。伊斯德门刚发明了这种软片的时候，电学大家爱迭生正在研究电影的发明事业，听见伊斯德门先有了软片的发明，立刻和他接洽，就用他所发明的软片。现在电影事业遍世界了！我们看电影的时候，不要忘记爱迭生，也不要忘记伊斯德门，他们俩真可称“相得益彰”，在人类生活上做了愉快的有用的贡献。天下事“苦尽甘来”，伊斯德门既发明了透明软片，随后的逐步胜利，不言而喻。现在“柯达”的名词，各国文字里差不多成了通用的名词，美国路赤斯得的柯达照相机厂规模宏大①，内有百余幢大屋，直接从事工作的人近三万，为全世界实业大中心点之一。

他所发明的东西是有益于全世界人类生活的东西。他是极穷出身的，现在他却要把所得的万万金圆以上的资财，尽量捐做社会公益的事业，不以自私，这一点尤其使人佩服。

编者附志：此文重刊时，伊斯德门已于三月十四日开枪自戕，享年七十七岁。他忽萌厌世思想，并非由于财政困难，乃由最后数年之体弱多病，生理对于心理影响之大，益为显著。他遗书说：“我的工作已毕，留待何为?”虽为变态心理，但其意以为在世必须有益于群众之工作，则世之行尸走肉，徒生于世而无贡献可言者，其可愧为何如?

（原刊1927年8月21日、28日《生活》周刊第2卷第42期、43期）

① 路赤斯得：今通译罗彻斯特，美国纽约州第三大城市，柯达公司总部所在地。

大骂学校的当代文豪

英国的萧伯纳（George Bemard Shaw）是世界一位很著名的文学家，常能本他冷眼的观察，发出惊人的议论，最近有一位女记者见着他，这样的问他道："假使你现在能够重复过你小时的学校生活，你肯从新进学校去过那同样的学校生活吗？"

这个文学界的怪杰听了反诘她道："你想一个人被法庭定了罪去做苦工，做了之后再肯重做一番吗？"那位女记者倒被他问得发呆！他继续的说，凡是爱学校的儿童，都是那些怕父母比怕教师还要利害的儿童。讲到他自己呢，他老实宣言，他在学校时候是用坚决的怠惰来救了他的脑子，未致破坏！他说他绝对不肯死记那些只备应考的东西。他又继续的说，他急欲保全他的脑子的本能，使他在学校里上地理课的时候，在翻开的地理教科书下面放着一本小说偷看。

那位女记者听他这样把学校痛骂一顿之后，接着问道："近世学校对于儿童方面的自由，是否比从前那样训练好些？"

萧伯纳答道："这我却不知道。不过在我从前所进的学校里，既无所谓自由，也无所谓训练。他们只叫你死读他们所教的书，只叫你静坐，倘若你不照他们的话做，他们就打你几下，强迫你那样做！"

那位女记者不因他的痛骂而有所畏却，临走的时候还问一句："照你看起来，现在国家费了许多钱实施教育，能希望得着什么结果？"他答道："照现在的情形，所能希望得着的结果是道德的和智慧的萎靡不振，加上文字上及言语上的鄙陋盲塞！要实施一种合理的，真诚的，切合实用的教育制度，也许在一二代之后，能希望全国受得真正的教育。”

我介绍萧伯纳这一番议论，决不是劝做学生的人做什么“坚决的怠惰”，也不是劝他们做什么“在翻开的地理教科书下面放着一本小说偷看”，是要唤起做家长的，做学校当局及教师的，以及做青年的人，要注意天才，要注意所学的是能合于青年的个性，不要糊涂，不要蛮干。萧伯纳自己恨极了那些破坏人家脑子的学校，所以很偏激的说他自己在校里坚决的怠惰，其实他无时不在那里留心他自己的天性，留心他自己的天才，他的偷看小说是含有意味的，是自己知道天才是在文学界的，不是偷懒的事情，不然，也就糊里糊涂的过日子，哪里想得到什么“保存他的脑子”呢，所以他的“坚决的怠惰”是指不肯读死书方面讲，他的精力是另有所注的，天下决没有真正怠惰而能成功的人。

我们自己要常常留心默察我们的特长和特殊的兴趣，朝着这个方向准备修养，寻觅机会作尽量的发展，各尽天赋，希望对社会有最大的贡献——各人天赋范围内的最大贡献。这不仅是在求学时代应该如此，一个人的一生是天天在进步的路上向前走的，所以就是在社会上做事的人，就是有了多少成功的人，一面做事，一面还是要修养的，还是要常常增高自己的知识的，不然，便要做时代的落伍者，就好像停了机的坏了的机器一样。

萧伯纳还有一句惊人的话，他说“一个人过了四十岁都是无用的”。有人批评他说，萧伯纳自己现在已活到七十多岁了，照他的说法，他自己在过去的三十年中岂不是虚度了吗？但是我们听说他却仍是活泼泼的，仍是很健旺的，笔健，脑健，身健，好剧本仍是源源不断的写了出来。讲到他的身体，看上去好像是练好来比赛体格似的，他不但在心智方面有继续的良好训练，因此有了“老当益壮”的趋势，就是体格方面也有继续的良好训练，因此也有“老当益壮”的气概。所以著作家霍普卿斯（R. Thurston Hopkins）曾经说过，萧伯纳参加公开辩论的时候，他那样精神饱满，持久不懈的精力，已使人觉得他已胜人一筹。

这样一来，他虽到了七十三岁，还是很有用的，还是很有贡献于社会的，这就在乎他的继续不断的进步，就在乎他年虽老而精神不老能力不老的缘故。像寻常的人，不求进步的人，过了四十岁就说他无用，似乎并不算冤枉，因为你看平日不求进步而过了四十岁的人，他的思想是何等的顽固，他的行为是何等的顽固！他的顽固不但害了自己而且阻碍社会进化是何等的可恨！但是他的顽固，他的无用，不是到了四十岁而由一朝一夕造成的，是在平日，是在四十岁以前的许多平日，不求进步而使然的。所以我们大家要记着：一个人的一生是天天在进步的路上向前走的。

（原刊 1929 年 4 月 14 日《生活》周刊第 4 卷第 20 期）

萧伯纳的夫人

英国的萧伯纳是现代的一位名震世界的文学家，他幼年对于自己个性及特长之爱惜，与后来投身社会之奋斗生涯，记者曾两次为文叙述其概略。诚以一个人在学问或副业上真能有所树立，闻者往往眩于他的声誉震动寰宇，但见其光耀境域，而初未想到天下无不劳而获的真正学问，无不劳而获的真正事业，此种光耀境域的底面，实含有艰苦困难的处境，咬紧牙根的努力，所以像萧伯纳那样的经历，很值得我们的注意。我现在要谈谈这位文豪的家庭，所以要接着做这篇短文，把萧伯纳夫人之为人，介绍给读者诸君。

萧伯纳夫人在未嫁以前是平汤馨女士（Charlotte Frances Pagne Townshend），对于社会服务，非常尽力，所以关于社会改造的各种运动，她无不用全副精神参加。她富有组织的能力和管理的能力，但她不喜欢出风头，因此在实地去做的方面常看见她在那里欣欣然尽其心力的干，在报纸上和可以吸引公众注意的场所，却不大看见她的名字和踪迹。

她遇着萧伯纳和他做朋友的时候，老萧还是一个无名小卒，还是一个正在努力竞存的新闻记者，但是她已经很敬重他的才学，很敬重他的为人。有一次萧伯纳因意外受伤，一病几至不起，由女士尽心看护，竟获痊愈，痊愈后他感于女士的情谊，就在一八九八年和女士结婚，得女士的鼓励和安慰，使他能够弃新闻业而专心致志于他天性及特长所近的事业——戏剧的著作。当时萧伯纳已经四十二岁了。有志努力的人，四十二岁也还是可以努力的，不怕迟；年纪更小于此的，更是不必自馁了。所最可怕的是年未老而精神先老，体格先老，志气先老，那就虽然不是“老朽”，却已是“朽木不可雕也”的青年或壮年，实际上已成了“青朽”或“壮朽”了。

萧伯纳至今谈起他们俩举行结婚礼时候的一段笑话，还笑不可抑。据他说，当时他们俩的婚礼是定在一个注册局里举行的。他预先在许多朋友里面请定两位做证人，这两位之中有一位就是很著名的社会哲学家瓦勒斯（Graham Wallas)。他们这两位朋友逢此盛会，都把最好的衣服穿在身上，比那天的新郎不知道好了多少，因为当时的萧伯纳所有的衣服，简直没有一件够得上“最好的”形容词。那位新郎虽在那里起劲得很，但是那位准备主持婚礼的注册办事员却不以为他是新郎，所以当行礼的时候，证人和新郎新娘立在一起，那位注册办事员开口执行主婚的当儿，竟把眼睛望着那位一身穿着“最好的”衣服的瓦勒斯，险些儿把平汤馨女士嫁给他！这个错误当然立刻即被纠正，但当时的那幕情景却令人发噱。

萧伯纳夫人是一位妩媚悦人蔼然可亲的女子，她的温柔和善的性情和态度，凡是遇着她的人，没有不受感动的。她的幽默的天性，和萧伯纳一样，无论她的家庭在伦敦的什么地方——从前在伦敦的爱德尔飞（Adrlphi)，最近在伦敦的怀德荷（Whitehall）——那个地方的许多朋友以及他们的家庭，都觉得她的感化力之伟大。

萧伯纳夫人对于自己家庭的布置安排，异常的简静而合于美术。这种和谐的环境，愈益引起萧伯纳的文思。这种和谐的环境，任何人的躁急性子，都要被它所融化。萧伯纳夫人是她丈夫的亲密的伴侣；她对于他的事业，对于他的思想，具有十分的热诚与同情，无时不在那里协助他，鼓励他，安慰他。她所以能成为她丈夫的同情伴侣，尤其因为她自己也是有文学的天才，不过因为她丈夫的盛名而掩蔽了不少。

萧伯纳夫人对于英国的舞台上的文学，有一个很重要的大贡献，便是她不畏艰难的把法国的著名戏剧家白利欧（Eugene

Brieux，1858）[①] 的剧本介绍到英国来。她敬重白利欧的剧本，好像她丈夫有一时敬重易卜生（Henrik Ibsen，1828—1906，挪威的著名戏剧家及诗人）的剧本一样。白利欧也是一位社会改造家，他有勇气批评近世文明里的缺点，以及历代相传视为当然的许多问题。萧伯纳夫人自己也是一位社会改造家与理想家，所以对白利欧的著作很表同情，就把他的许多名著，由法文译成英文，译本畅达流利，声誉鹊起，同时因为她自己也是英国舞台协会执行委员之一，用许多方法劝请审查委员会允许白利欧的剧本在英国舞台上演，其初有许多人反对，后来终因她的毅力主持，获得胜利。

平汤馨女士是萧伯纳的活泼的同情的伴侣，萧伯纳在近代文坛上的声誉，在促成他成功的要素里面，这位贤夫人的力量不小。她替世界上成全了这样一位文学家，这不仅是她自己对于丈夫的事情，不仅是她自己对于丈夫的贡献。

（原刊 1929 年 4 月 28 日《生活》周刊第 4 卷第 22 期）

---

① 白利欧：今通译白里欧（1858—1932），法国剧作家，著有《西哈诺》等。

诺贝尔奖金的创始者

诺贝尔奖金（Nobel Prizes），现在已世界闻名了，尤其是关于文学的奖金，世人更翘望得殷切，要急于知道是哪一位文学家得去。这类消息，想诸君在国内刊物上也常常有得看见。不过诺贝尔奖金的创始者自己为何如人，也很值得我们的注意，因为他自己对于人群也很有重大的贡献，而他把一生所得的九百万圆金洋完全公诸于世，作为促进世界文化之用，尤有他的伟大的精神。

诺贝尔奖金的创始者就是诺贝尔（Alfred Bernhard Nobel），他是瑞典国人，于一八三三年生于斯德哥尔摩（Stockholm，瑞典国的首都）。他的祖父是在瑞典北部做医生。他的父亲天性不近医业，却近于机械的和科学的方面。但是机械和科学方面的天才，在当时还不被人怎样重视，所以家人因家境关系，不把他送进学校，却叫他去学习航海的生涯。幸而后来他航海归来，自己寻得机会研究建筑工程，竟因成绩优异，被斯德哥尔摩一个实业学校请去担任“机械制造”教员，他便利用这个学校的设备，大做其发明的研究，在一八三七年他才三十六岁，已发明潜水艇炸弹，为俄国政府所知，重币聘往，为之开设试验厂，供以充分经费，使他无经济上之顾虑，得专心于发明，为俄国发明了好几种重要的东西，后来他叫第二子在俄试验，他自己回瑞典首都，和第一、第三、第四三个儿子继续研究炸药发明，创始上述奖金的诺贝尔就是老三。有一次因在试验室里试验的时候，忽然炸发，第四子丧生，他自己亦受重伤，终身未得复原，政府不准他再在岸上试验，他的几个儿子不为灰心，弄一只船在湖中继续试验，终以艰苦的奋斗，在一八六三年由老三诺贝尔发明一种炸药，名中 Dynamite，为很重要的一种化学品，其优点在用的时候，用者可免危险，欧洲经过阿尔卑山的铁路，穿过山洞九英里之长（叫做 St. Gotthard Tannel），就是利用他所发明的炸药开洞，因此减少五百万圆的经费，节短数年的工程时间。

这位老三诺贝尔所受学校教育极有限，所幸助他父亲工作，自己阅读又勤，旅行的地方又多，所以精通数国文字，除瑞典文外，对于英文、法文、德文、俄罗斯文，都写得很好。他在化学上的大发明，除上面所说的中 dynamite 之外，还有多种，共得八十五种发明品专利证书，他的发明事业对于人类的贡献当然很大，同时他的一部分的财富，也是由这种发明品专利而得到的，还有一部分财富于利用他的发明天才，开油矿得来的。

他是独身，于一八九六年死于意大利的圣勒摩（San Remo），六十三岁。他在死前一年，就备好遗嘱，把他的遗产九百万金圆作为基金，每年利息作为奖金，送给前一年对于人类有最大贡献的人。奖金分为五个部分：一部分是奖给一年中在物理学上有最大发明者；一部分是奖给在化学上有最大发明者；一部分是奖给在生物学上或医药上有最大发明者；一部分是奖给在文学上有最理想的佳作者；还有一部分是奖给对于增进世界和平有最大之贡献者。除最后一种系托瑞典国会特组委员会办理外，其余各种均委托斯德哥尔摩各该科最高学术机关办理。虽文学一部分的奖金屡有人訾议，以为人选有未尽当，但此类奖金能促进科学家之奋勉，其贡献于人群者实甚大。而且诺贝尔在遗嘱中郑重声明以贡献于人群之事业为标准，决无国界之畛域，尤有卓识。此项奖金自一九一〇年开始支配，基金不动，利息得永远地利用下去。

以一人而能对人群有如许之贡献，且使其祖国由此而得世界之刮目相待，这位诺贝尔先生给我们的“烟士披里纯”为何如！

（原刊 1929 年 5 月 12 日《生活》周刊第 4 卷第 24 期）

极怕新闻记者的文学家

“古之学者为己，今之学者为人”，所谓“为己”者，是极力求自己获得实际的学问，“为人”者即有了一知半解，或竟一无所知，却不患无知，但患人之不己知。前者是脚踏实地的做工夫，后者憧憧往来，以滥出风头自扰心志。像震动科学界的发明家安斯坦极不愿意有人替他做广告，很不喜欢看见新闻记者把他的相片登在报上。现在又有一位极怕新闻记者的文学家，比安斯坦还要厉害。这位文学家就是罕姆森（Kunt Hamsum）[①]，挪威人，以能深刻描写农民生活闻于民，曾于一九二〇年获得诺贝尔文学奖金。挪威国得到这位在国际上替祖国争光的文学家，简直把他当作国宝，今年八月四日是他的七十寿辰，挪威全国替他庆祝，简直好像是一件有关全国的大事。这是由于全国人民敬仰他而出于自动的行为，并不是由政府出了什么命令指使的。这总算得是一件很出风头的事情，但是这位文学家却是著名的怕出风头，极怕有人替他吹，因此极怕新闻记者。

这次逢他七十大庆的机会，挪威国的许多新闻记者又想包围他，弄点谈话的材料刊登出来，但是还是失败。在将近他生日的那几天，有许多新闻记者各处寻他，都被他躲掉，后来在他寿辰的前一天，居然有三个新闻记者在克立斯坦孙（Christiansand，系挪威南部一个海口）地方寻见他和他的夫人玛利。但他们夫妇俩一觉得有新闻记者追踪，立刻跃入汽车，向树林中急驰，三个记者虽分途

---

① 罕姆森：今通译汉姆生（1859—1952），挪威作家，代表作有《大地的成员》、《饥饿》等。

赶去，还是赶得一场空。

比较的有点记载登出来的要算是哥本赫根（Copenhagen，丹麦国的京城）有一家报纸，名叫“Afterposten”。这家报馆最近有一个新闻记者知道罕姆森因旅行到了该处住在一个旅馆里，他不待通报，闯入旅馆里去自动的寻觅，忽在一个走廊上瞥见罕姆森，当时罕姆森正要步人走廊旁的一个房间。这位眼灵腿敏的新闻记者三步改作两步的追上去，先把自己介绍后，不敢说出他所厌闻的一个字，就是“接谈”（“interview”），只不过临时问他几个问句，那位文学家对这个新闻记者相了一会儿，回答道：“务请你做个好事，让我安宁罢。我告诉你，我并不住在这里。再会，先生！”说了就走，这就算是这家报纸所得到的和他“接谈”的记载了！

哥本赫根：今通译哥本哈根。

照我们看起来，罕姆森的怕宣传似乎未免过分些，但以他这样在世界文坛上鼎鼎大名的文学家，而生性却如此之不喜张扬，也无非宁愿过心安理得脚踏实地的生活，而不愿过表面浮华而内心感觉空虚的生活。世之但知热中钻营欺世盗名而一点不肯反躬自省，一点不想到自己能力怎样，一点不想做点实际工夫的人，对之似乎不能无愧。

（原刊1929年10月27日《生活》周刊第4卷第48期）

辛克莱路易斯

辛克莱路易斯（Sinchair Lewis）是获得一九三〇年瑞典诺贝尔文学奖金①，以讽刺小说惊动世界文坛的美国小说家。他今年已四十五岁，但他在二十三年前毕业于耶路大学后②，即为新闻记者及杂志编辑，笔墨生涯即已开始。在十六年前，他的第一部小说 Our Mr. Wrenn 一问世③，在当时仍默默无闻，随后四五年间又续出小说四种，仍不为人所注意。幸此时他已可恃小说自维其生计，将积蓄所得，驾一汽车，遍游美国全境，观察各地风俗人情，搜集无数琐屑材料，根据观察思索所得，精心结撰，至一九二〇年，距今得文学奖金恰为十年，他的最先著名的小说《大街》（*Main Street*）出版，距第一部小说问世的时期为六年。记者所以郑重把时间的距离提出，长者二十余年，短者亦六年，足以表示一业之成皆须有其相当之准备与努力乃至失败时期的经过，决无一蹴可几，咄嗟立就者。

准备与努力固为要素，尤要者在能独出心裁，不落恒蹊。美国以首富闻于天下，科学发达，物质享用日新月异，在常人殆歌舞升平，称颂功德之不暇，而路易斯独用其锐敏眼光作深切之观察，对美国文化作激烈的攻击，对于美国各大学顽旧思想的人物尤明目张胆猛攻不遗余力，其严厉之批评与直率之态度，遂引起国内顽旧派之反感，有的竟说瑞典文学院本届以文学奖金给与路易斯简直是侮

---

① 辛克莱路易斯：今通译辛克莱·刘易斯（1855—1951）。代表作有《巴比特》、《大街》等。

② 耶路大学：今通译耶鲁大学。

③ *Our Mr. Wrenn*：《我们的雷恩先生》，辛克莱的第一部长篇小说。

辱美国，其所受之反感可以想见，但路易斯并不为之气馁，在本年一月间由美亲赴瑞典参与授奖典礼时，其演辞中仍是充满反抗现实的态度，他在此批评美国思想之落伍，有这几句话："我们大多数人所敬重的时髦杂志的著作家，仍是那些满嘴高唱着一万二千万人口的美国，其简单与仅属村舍的性质，与四千万人口的美国一样；以为现在有了一万工人的工厂，其中工人和经理的关系仍和一八四〇年只有五个工人时候一样的亲近，一样的不复杂；以为现在家人虽住在三十层楼公寓中的一所房屋，下面有三辆汽车等候着应用，书架上只有五本书，下星期也许就有离婚的危机，却说父子间的关系和夫妇间的关系，和一八四〇年玫瑰花笼罩五个房间村舍时代完全一样。总而言之，美国虽经过了一种革命的改变，由粗率的殖民地一变而为世界上一大国，他们以为山叔叔的田舍的和清教徒的简单生活仍是一点未曾改变。"美国舆论界对他这样的批评持异议者颇多，但记者译述他这几句话时，想到我国一般国民的思想态度是否能与我们现在所处的时代相应，倒是一个很有研究价值的问题。

他的那部最先著名的杰作《大街》，出版后，风行之广，再版之速，为始料所不及，几于全国人手一编，其魔力之大，为十年来小说界中所仅见。该书以一医士之妻与其夫为主角，描写美国西中部乡镇生活之狭陋，其地只有一大街，可容一福特汽车通过，此镇居民蠕蠕然活动于此街，其思想之平凡，见识之浅陋，趣味之狭小，在旁人视之，到处可鄙可笑，而彼等乃麻木无知，无从启发。此医士之妻在做女学生时代，本有提倡文艺改良社会的志愿，乃嫁此医生后，意志逐渐消磨，碌碌一生，事夫育儿以终。著者之意，此镇上非无头脑较为敏锐之人，惟头脑敏锐，则与庸俗格格不相入，终为同化而成一样的麻木。居民除机械的物质生活外，不知其他。著者对于美国现代文化深致不满，虽尽其冷嘲热讽之能事，却具有提高之热诚，使读者发生超脱环境之感想。

（原刊 1931 年 3 月 14 日《生活》周刊第 6 卷第 12 期）

悼世界文豪高尔基

记者因为写过了二十万字左右的世界文豪高尔基的传记，对于他的生平有过很感兴味的研究，前年在欧洲游历到莫斯科的时候，很想和这位久所钦仰的文坛老将谈谈，不料他正在别处旅行未回，竟错过了这个机会。不过当我在苏联游历的时候，听到许多朋友谈起，知道他真是苏联的“国宝”。你无论遇着什么乡村的妇女，或田间的小孩，提起高尔基，他们都知道，他们都要一团高兴地和你谈论关于他们所心爱的高尔基，都要手舞足蹈地告诉你关于他们所心爱的高尔基的这样那样。这种情形使我愈感觉到他是大众的文豪，和那些只供少数人消遣的所谓文学家，大不相同。其实他在文坛上四十几年的努力，不但为了苏联的大众的利益，同时也为了世界的大众的利益，所以他不但是苏联的文豪，也是世界的文豪。我们听到他去世的不幸消息，不但为苏联怜惜这位文坛大将，并为世界悼惜这位文坛大将。

高尔基的一生，最使我兴奋的，是他的始终不倦的艰苦奋斗的精神。他五岁便做了孤儿，十龄便投身社会，在一家鞋店里当学徒，艰苦备尝。不久他在一个绘图师的家里做“打杂”，他的主人有个母亲，一个长舌的老太婆，一早就把高尔基叫醒，一直使他忙到深夜。他要劈柴搬柴，要烧茶水，要起灶火，要擦地板楼梯，要洗碗碟，要摘菜，要从市面上把菜物搬回来，还要替主人抱婴孩，洗一家人的衣服！这时候，高尔基才十二岁！他又做过神像店的学徒，做过糕饼店的学徒，做过守夜，做过码头脚夫，还做过许许多多下层民众的苦工。他在糕饼店里做工，每日要做十四小时的好像地狱生活的苦工，每月仅得到三个卢布的工资。我们读到他的奋斗史，好像读着不可思议的神话。但却都是事实，千磨百折的可惊的事实。这些事实都不能把高尔基压下去，他终于排除了万难，成了今日全世界大众所敬慕的文豪。

他的原名叫做阿列克塞·皮什柯夫（A1exey Peshkov）。他二十三岁的时候，在梯弗里斯的铁路上会计处做个小职员，工余自己读书，开始尝试创作，第二年九月（即一八九二年，他二十四岁），第一次把他的小说《马加尔·楚德拉》发表于当地的“高加索”日报，才第一次用他的笔名玛克西姆·高尔基（Maxim Gorky）。这位“下流社会的代言人”的为大众福利的著作生活便开始了。他四十几年的著作生活，作品的丰富，是很可惊人的，继续不断的努力也是很使得我们闻风兴起的。

我最喜记诵他在所著的《鹰之歌》应里面的警句：“我们唱着歌，赞美傻子的勇敢!”在中园——这样危迫的中国——我们所需要的是无数“傻子的勇敢”!

痛念亡友雨轩

吾国的模范新闻记者朱雨轩先生不幸于十月二十日夜里病没沪寓。以朱先生之勤恪忠款，谦敏笃实，为群服务，成绩斐然，不骛名，不自矜，实为社会上不可多得的一个优秀分子，英年不禄，殒此美才，我们深为社会惜此贤良，故记者于上期本刊为文以哭，不仅为私谊哀恸而已。

我于雨轩逝世后的这几天夜里，睡到半夜，梦寐中总见他在病榻上僵卧着的状态，相对惨然，醒知为梦，便感触猬集，辗转不能再睡。他临终时连说几声“我自己决想不到如此之快!”岂特他自己，我二十日下午六七时最后去看他的时候，也决想不到如此之快!

他在二十日下午最后服药的时候，神志尚清，不过就慨然说：“今天药吃下去很好，明天便什么东西都不能吃了!”又好像他自己已知道第二天必离人世。人之将死，往往有这种的自觉，颇为不可思议的事情，也许由于自己在此刹那间实在觉得精力殆已丧尽，不能再坚持了。

他病前的一两星期还到杭州去了一趟，回来的时候欣然问我喜喝茶么，我莫明其妙，只告诉他说我平日只喝白开水，有好茶时也偶尔揩油，他听了就往编辑部里去拿来两罐龙井好茶叶，说是由杭州带回来的，当时情景，犹历历在目。现在那两罐茶叶，我还不过用了一小部分。睹物思人，悲不自胜，音容宛在，呼唤无从！既而想人谁无死，有生必有死，诸位和我总有一天要“完结”，这是一定的未来的事实，将来科学能否补此缺憾不可知，在目前却是人人所不能避免的一件事。我向来主张绝对不能避免的事，便无须多愁多虑，只得听其自然。不过造物弄人，既使人有“死”，又使人有“情”，于是惨事当前，又使人不能自禁其悲哀伤恸，这真是无可如何的事情！

雨轩弃世后，他的许多好友无不挥泪悲悼，社会上知道他的人无不痛惜，这是他生前做人所留的自然结果，热心为社会上服务所留的自然结果，决不是幸致的。真要死，是我们无可如何的事情，不过在未死之前，做一个好人，尽自己力量多替社会做一些好事，这是我们后死者可以自主的事情。

现在所最难堪的，当然是朱夫人。所幸朱夫人受过高等教育，本在国立上海商科大学四年级肄业，明夏即可毕业。朱先生的好友很多，朱夫人既学有专攻，毕业后必不难在社会上获得相当的服务机会。惨遭不幸，哀痛悲伤，一时当然非所谓高等教育所能减损，惟为将来计，既有专门学识，获得相当职业，在研究学问中有安慰处，在社会活动中有安慰处，在自立精神中有安慰处，在社会活动中有安慰处。倘朱先生死后有知，我们愿以此告慰他在天之灵，同时并愿以此奉慰朱夫人。想到这种地方，我们深觉女子受有良好教育，具有专门技能，在家庭方面社会方面固然得益不浅，即万一有不幸的事情发生，也比较的有办法。因此我们尤深切地觉得普及并提高女子教育，实为妇女解放的根本方法。

（原刊 1928 年 11 月 4 日《生活》周刊第 3 卷第 51 期）

鲁迅先生逝世周年纪念

十月十九日的今天，正逢着鲁迅先生逝世周年纪念，回忆去年的今日①，整千整万的民众在静肃悲痛的气氛中瞻仰先生的遗容，恭送先生的灵柩，民众异口同声很沉痛而悲壮地唱着挽歌，那个时候，中国还在含垢忍辱过着无耻的生活。安葬的时候，沈钧儒先生等在先生的灵柩上很严肃地覆上一面白色大旗，上面写着三个大字："民族魂"。把"民族魂"和这位伟大的民族斗士联系起来，是很正确的，因为鲁迅先生的战斗精神已注入了千千万万的广大的中国人的血液里，使失却灵魂的民族恢复了它的灵魂。在今年的今日，全民族的抗战已在展开了，我们已秉着先生的遗教，承受着先生的英勇坚决的战斗精神，向着日本帝国主义猛攻了。"中国的最大的问题，人人所共的问题，是民族生存的问题"！"中国的唯一的出路，是全国一致抗日的民族革命战争"！先生的遗言，我们是永远不会忘记的。先生的躯壳虽离开我们一年了，先生的精神是永远不会离开我们的。

鲁迅先生对于民族革命战争，曾经说过"战线应该扩大"；又说"应当造成大群的新的战士"；我们觉得在今日抗战已发动之后，这种工作尤其是需要我们努力去做的。这伟大的民族革命战争，必须使全国人民都集中他们的力量来参加，必须在战斗中锻炼广大群众的战斗能力，如鲁迅先生所谓"造成大群的新的战士"，作坚决的持久战，然后才能保障最后的胜利。

---

① 鲁迅先生与1936年10月19日去世。

“什么是路？就是从没有路的地方踏践出来的，从只有荆棘的地方开辟出来的。”鲁迅先生所策励我们的是要从没有路中踏践出路来，要从荆棘中开辟出路来。我们今天纪念先生，不要忘却先生始终英勇战斗的精神，奋发努力于民族解放的工作，不怕艰苦，不许妥协。

编者后记

邹韬奋是中国现代史上卓越的新闻战士，是文化战线的进步人士。他虽然不以作家闻名，但他的杂感随笔、旅行通讯、经历忆述等，不仅数量众多，而且兼具史料性和文学性，有着无可替代的价值。

邹韬奋是以主编《生活周刊》而知名的，这份刊物从一九二五年一直出版到一九三三年。此后，他又先后主编过十种报刊，参加编辑和担任特约撰述的报刊也有数种。他在盛年就被病魔夺去了生命，但他一生著、编、译的书却有近三十种，其中所著《小言论》三集、《韬奋漫笔》、《事业与修养》、《萍踪寄语》三集和《萍踪忆语》、《经历》、《抗战以来》等，以及编译的《革命文豪高尔基》等，都是当时颇有影响的著作。

从以上书目可知，邹韬奋的主要作品是杂感、随笔、游记以及对自己的经历的记述或回忆，还有一部分论文。本书基本上就是按这样的文章类型来分辑的。

第一部分是杂感、随笔和短论。这是韬奋作品中数量最多的。除上文列举的集子外，还有《大众集》、《坦白集》、《展望》、《再厉集》、《曙光集》等。这些作品多是针对当时的社会政治现象，发表感想和评论，观察精准，观点鲜明，分析透辟，语言犀利，其中许多是现代杂文的优秀之作。

第二部分是旅行通讯。邹韬奋曾经有过比较系统的海外旅行经历，行踪遍及欧陆、英伦（包括意大利、法国、瑞士、德国等）、苏联、美国。沿途与所到之地，他都记下了所见所闻。不过，他的这些文字并不是普通的游记，风景名胜乃至一般的风土人情并不是记述的重点，而社会政治状况等等才是作者所钟情的内容——向国内读者报告这些，也正是作者出国考察的目的。而且这些作品绝不仅仅是“记述”，它更有分析、比较、评论。因此，说它是“旅行通讯”固然不差，称它是“考察报告”也不算不妥。这方面共有四个集子，本书从每个集子中都有选录，注重政治性的同时，也注意了文化性。

本书的第三个部分是作者有关自己经历的忆述，主要来自《经历》一书。该书有两个部分——“二十来年的经历”、“在香港的经历”，这里主要选自前者；原书附录的《我的母亲》一文，在这里按时间顺序安排到了开头。自述必然涉及交游之人，这里选录的文章除记述早年的先生外，作者狱友的几篇也都全部选录，因为这“友”的独特，也因为他们都是现代史上的名人。不过，为了保持原著的完整性，这些文字并未与第四部分专门谈人的放在一起。

邹韬奋的作品具有明显的新闻特性，又有独特的文学性。他在宣言《生活周刊》的文风时，表示要“力避‘佶屈聱牙’的贵族式文字，采用‘明显畅快’的平民式的文字”。“明显畅快”，他的文章是做到了的。这样的文风，似也是现时代的执笔为文者们所该取法的。

编　者

图书在版编目（CIP）数据

邹韬奋散文/乔继堂主编；刘宏标选编．—上海：上海科学技术文献出版社，2012.10

ISBN 978-7-5439-5564-6

Ⅰ．①邹…　Ⅱ．①乔…②刘…　Ⅲ．①散文集—中国—现代　Ⅳ．①I266

中国版本图书馆 CIP 数据核字(2012)第 226047 号

责任编辑： 张　树

封面设计： 戴东明

邹韬奋散文

邹韬奋／著　刘宏标／选编

*

上海科学技术文献出版社出版发行

（上海市长乐路 746 号　邮政编码 200040）

全国新华书店经销

北京建泰印刷有限公司印刷

开本 150×230　1/16　　印张 16　　插页 2　　字数 210 千字

2012 年 10 月第 1 版　　2012 年 10 月第 1 次印刷

ISBN 978-7-5439-5564-6

定价：25.00 元

http：//www.sstlp.com